无限好山都上心

余一鸣 著

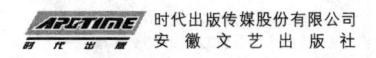

时代出版传媒股份有限公司
安徽文艺出版社

图书在版编目（CIP）数据

无限好山都上心 / 余一鸣著 . -- 合肥 : 安徽文艺出版社 , 2023.2
（鲸群书系）
ISBN 978-7-5396-7488-9

Ⅰ.①无… Ⅱ.①余… Ⅲ.①中篇小说—小说集—中国—当代 Ⅳ.① I247.5

中国版本图书馆 CIP 数据核字 (2022) 第 118758 号

出 版 人：姚 巍	策 划：李昌鹏
责任编辑：胡 莉 宋潇婧	特约编辑：罗路晗

封面设计：鸿儒文轩·末末美书

出版发行：安徽文艺出版社　　www.awpub.com
地　　址：合肥市翡翠路 1118 号　　邮政编码：230071
营 销 部：（0551）63533889
印　　制：阳谷毕升印务有限公司　　（0635）6173567

开本：880×1230　1/32　印张：8　字数：180 千字
版次：2023 年 2 月第 1 版
印次：2023 年 2 月第 1 次印刷
定价：48.00 元

（如发现印装质量问题，影响阅读，请与出版社联系调换）
版权所有，侵权必究

总　序

我将中国当代文坛创作体量巨大、深具创作动能的作家群体命名为"鲸群"。入选这套"鲸群书系"的作家在 2021 年度中短篇小说的发表量皆有 15 万字以上，入选小说皆为 2021 年发表的作品。

"鲸群书系"以最快的速度集结丰富多元的创作成果，以年度发表体量为标准来甄别中短篇小说创作的"鲸群"，展示作家创作生涯中的高光年份——当一个作家抵达极佳的状态才能进入"鲸群"。如果我们喜欢一位作家，一定会着迷于他高光年代的作品。

我想，"鲸群书系"问世后，一定会有更多的人关注被我称为"鲸群"的作家群体，因为这个群体标示了中国当代小说创作的年度峰值——它带着一种令人心醉的澎湃活力。

如果"鲸群书系"在 2022 年后不再启动，多年后它可能会成为中国当代小说研究者珍视的一套典藏；如果"鲸群书系"此后每年出版一套，它或许会为中短篇小说集的出版带来新格局。

  这套书的作者中或许有一部分是读者尚不熟悉的小说家，我诚恳地告诉您，他就是您忽视了的一头巨鲸。正因为如此，"鲸群书系"的问世，显得别具价值。

2022 年 10 月 30 日

目录

湖与元气连　　　　　　　　　001

请代我问候那里的一位朋友　　087

稻菽千重浪　　　　　　　　　129

无限好山都上心　　　　　　　179

湖与元气连

一、公元二〇一九年

　　王三月到上元上任那天，是乡长老杜亲自送他去的。上元地处本县的西南，属丹阳乡，南边是南漪湖，隶属另一个省份，北边是水阳江和丹阳湖。丹阳乡其实是个圩子，不过，这个圩子有些历史了，据说当年周瑜训练水军和饲养军马就在此地，现在依旧保留的地名，如"拴马桩""饮马渡"印证了这个传说。王三月来之前，专门查阅了本县县志，此言不虚。车在圩堤上行驶，王三月坐在副驾驶座上，视野开阔，左边是沉静的江水，隐约可以看到江对岸的村庄，右侧是郁郁葱葱的稻田，稻田之间，是纵横的水沟。这里的稻田被称为"垛田"，本来是平坦的湖底，先民们掘土成河，垒土成田。这一个丹阳圩，拥有良田五万多亩，近水，种植水稻得天独厚，县里有二十多个圩子，历朝历代都视此地为粮仓，所谓"鱼米之乡"。杜乡长指着前面树木掩映的村庄说，快到了，前面就是上元。王三月说，不对呀，上元应该在丹阳湖湖畔呀。看那左侧，依然是浑浊的江水，只是江道变窄了，对面还是相对而立的长堤。杜乡长说，你认的是老皇历，丹阳湖早筑成了新圩——胜利圩，丹阳湖只剩一个名号了。王三月是学中文的，李白曾途经丹阳湖，赋诗一首——《姑孰十咏·丹阳湖》，王三月特意背下了。"湖与元气连，风波浩难止。天外贾客归，云间片帆起。龟游莲叶上，鸟宿芦花里。少女棹轻舟，歌声逐流水。"那莲叶呢？那芦花呢？那浩难止的风波呢？杜乡长哈哈大笑，李白是李白，王书记是王书记，假如现在的丹阳湖还像李白诗中那样，那只有是新圩破了，重回汪洋，那我这乡长你书记就当到头了。杜乡长朝窗外连"呸"了三下。

没进村,小车就遇到了"拦路将军",是一群水牛,它们聚集在圩堤中间。司机不停地按喇叭,水牛却不理睬。堤下有一位老头,冲水牛吆喝了几声,牛群才不急不慢地散开,剩下一头体格魁伟的黑色公牛,却转身,瞪着一双牛眼睛与小车对视。堤面是土路,被来往的车轮轧出了两条凹槽,中间凸起了一溜路脊,不熟悉路况的司机一不小心,车就会被架在路脊上,四轮空转。黑公牛站在路脊一侧,肩胛骨一边高一边低,肌肉紧绷,牛头下压,气势汹汹。杜乡长怕了,说,倒车,倒车,别惹急了它。王三月早拉开车门,在堤下绕到了公牛的侧边。杜乡长还没来得及看清楚,轰然一声,那牛突然就侧翻了,路面腾起一团土尘,黑公牛顺势打了个滚,灰溜溜地小跑几步,朝堤下逃去。杜乡长想不到王三月还有这一手,朝王三月竖起了大拇指,说,就该派你来上元,没错。王三月谦虚地说,练过几年格斗,三脚猫功夫,那水牛站位高低不平,重心不稳,借势欺了它一把。说话间,堤下的老头已上了路面,王三月心里慌了,他曾经开车时轧死一只鸡,赔了五百元,这可是一头牛,主人说把他的牛摔坏了,漫天要价,怎么办?好在边上有杜乡长,杜乡长一眼就看穿了他的心思,说,别担心,本地民风彪悍,但以胜之不武为耻,没人敢在自家村口耍赖皮。老头敲开车窗户,朝王三月说,好拳脚。说完转身就走,任杜乡长怎么喊也不回头。看他年纪,也有六七十了,戴一副眼镜,穿一件褪色的BOSS外套,不像是本地老农民。可他肩上挑着两只粪筐,粪筐里装着新鲜牛粪,手里拿着长柄粪铲,分明就是一个拾粪老头。杜乡长说,陈疯子,也是上元一个人物,以后你会领教他的。此人姓陈,上元村多姓刘,陈姓当是外来户。王三月在心里记下了这位拾粪老头。

老杜把王三月带到了村委会。村委会是一幢漂亮的三层楼，矗立在大院的中央，院子的两侧各一溜平房，合起来有二三十间。王三月从车窗看过去，这些房子的墙上都画着建设新农村的墙画，门侧是统一的标牌，近处的标牌上是"电商培训中心"，看上去有模有样。王三月大学毕业后在县政府办公室打过两年杂，后来因为解决不了编制，才考了大学生村官。王三月跟着领导跑过不少乡村，大多数村委会都比较简陋，有的建在撤并后废弃的小学，有的就是几间平房，这上元的村委会够得上"气派"两个字了。早就有一名三十左右的少妇迎上来，杜乡长介绍说，村委妇女委员卜银花。卜委员说，欢迎王书记，刘书记让我一早就在这恭候领导大驾。那眉眼，那身条，这女人不是一般的漂亮，漂亮得让王三月不敢多看。卜委员和王书记握手时，王书记发现她的手特别柔软，指甲上居然做蔻丹，不像是下地干活的手。衣服可以网购，这发型和蔻丹是一定要上县城或者省城才能搞定的。王三月寻思时，杜乡长说，惊艳了？王书记我得叮嘱你一句，卜委员早就名花有主，轮不到你打主意了。卜委员打了杜乡长一小掌，说，乡长您说什么呢？王书记看上去可比我小多了，我是他姐哩。杜乡长挨了一掌，笑得更加放肆，说，谁知道王书记是不是想赶"姐弟恋"的时髦？王三月去车上拎了行李，卜委员抢过去，领着他上了三楼，推开一扇门说，王书记，乡下条件差，委屈您住这屋了。王三月打量了一眼，屋里摆着一张办公桌和一套沙发，电视电脑俱全。门后还藏着一扇门，推开是大床和洗漱间，原来是个套间，抵得上城里那几星的宾馆了。卜委员说，楼上有两间这样的客房，这间以后就归你住了。乡下比不得城里，您将就着住。王三月说，卜委员客气，这于我而言，已经够奢侈了。

杜乡长在二楼会客室喝茶，村主任刘四龙还没露面，卜委员说，他去县上办个事，快回了。

杜乡长说，你们刘主任可真忙啊。

卜委员说，刘主任什么心思，还能逃得过乡长这双毒眼？

刘四龙本来是上元的书记，满了两届，能力强，负面消息也不少，乡党委早想换人，这次机不可失，没想到村民选举，又把他选成了村委会主任。这事杜乡长心里明白，刘四龙心里也明白。

卜委员说，闲着也是闲着，王书记，我给您讲个杜乡长的故事。

那时候杜乡长还没当上乡长，是公社计生小组组长，上元的书记还是老支书刘大宝，就是刘书记，不，刘主任他爹。杜组长盯上了老支书的侄媳妇，她已有两个女儿，有线人报告她又怀上三胎。老支书表态，坚决支持杜组长的工作，派饭就派在了侄媳妇家。老支书说，我这侄媳妇胖是胖了点，可有腰身的人不一定都是孕妇。这侄媳妇家就在村口，篱笆墙的院子，院子有两垄青菜，菜地边就是一露天茅厕。那时候农民都不讲究，只图浇灌方便。杜组长一行人，进院子一眼就看到了茅厕里带血的卫生纸，副组长是女的，捣一下杜组长腰眼，说，这家女的还有月事，看样子确实弄错了。杜组长点头，老支书说，就是嘛，我怎么敢糊弄乡领导。吃饭时，上了一碗红烧鸡，杜组长贪婪，往自己碗里拣了鸡胗鸡肝鸡肠子，筷子还在那盆子里倒腾。老支书说，你找什么呢？杜组长说，找鸡血，这鸡血可是好东西。老支书的脸色一下子变了，说，老杜，你这眼睛真毒辣，罢罢罢，先吃饭，吃完了饭我让她跟你们去公社。

杜乡长说，你别听卜委员编排我。不过，这倒提醒我，不见刘四龙可以，但不拜刘大宝这个老龙头，王书记在上元怕是行不通。

杜乡长在丹阳乡政府干了三十多年，对每个村庄的状况都了如指掌。杜乡长说，走，去拜见老支书。我们不能空着手，得把后备厢里我那两瓶烧酒捎上。

刘大宝是上元的大神，做了二十几年支书，曾经是县政协委员，现在头顶上最后一道光环，是本市"非物质文化传承人"。传承什么呢，上元武术。上元人崇武，自古至今，与阳江对岸的邻县人打，与湖里的土匪打，与日本人打，当然，也免不了与邻村的人打，与本村人打。甚至是亲兄弟，一言不合，就上了拳脚。上元武术闻名的有矮凳花、桨拐花、长桨花，这个"花"在本地是类型的意思，曾有人这样说，只有上元人操练的"花"才称得上"花"，有褒奖的意思。矮凳是船上的小矮凳，拐和桨是划船的配套工具，争斗时，这些东西顺手成了武器，祖祖辈辈的上元人硬是在斗争中成长，总结出使用它们的套路，变成了自成一体的武术，代代相传。刘大宝是远近闻名的矮凳花大师，年轻时使一张小矮凳，出为矛，守为盾，曾立于船头，将对岸来偷袭的十几个小伙子撂入水中。据说，等他将矮凳置于屁股下，慢悠悠抽完一锅烟，淡定地摇桨归去，那些落水者这才敢爬上自己的船只，狼狈逃窜。刘大宝有四个儿子，大龙在南方做建材生意，小龙在省城做到了厅官，三龙在部队是校官，只四龙留在身边，接了他的班。老刘家在这一带乡村，也算是祖坟冒了青烟，四个儿子都出人头地了。

圩区的村庄，大村都坐落在圩堤内侧，沿着斜坡向下延伸，一直扩展到内河边上。人丁兴旺的村庄，会填了内河，占了垛田，形成一个庞大的村落。上元就是一个大村落。而小的村庄，大多是后期迁入的移民。由于经常闹水患，为了不让内涝的河水侵扰逝者，圩堤的内侧都被坟墓占满，后来者不敢侵扰，只能在圩内安村扎寨。上元附属的两个自然村，卜村和胡村就属于这种情况。人民公社时代，一个村就只有一个生产队，而刘姓的上元有八个生产队，占了本大队的十分之八，刘大宝从当大队支书到当村支书，都是无可动摇的。刘大宝住的是三间平房，只是有一个很大的院子，栽着几垄蔬菜，而院墙的下面，是一圈盆栽的花卉，王三月认出有几盆是名贵的兰花。这是有别于其他的农家院子的地方。刘大宝不像王三月想象中的那样高大魁梧，他瘦小，或许老了的缘故，背也有些佝偻。但是这老头的一双眼睛炯炯有神，他迎上来与杜乡长和王三月握手，王三月能感受到那筋骨的坚硬。王三月学格斗时教练告诉他，盯住对手的眼睛，眼睛是心灵的窗户，只有眼睛能暴露对手的下一个动作。但老头这双眼睛，是深邃而捉摸不透的。老支书说，杜乡长，我早就在家恭候大驾了，村委会的酒，没我这里的好。杜乡长说，那当然，八项规定后，要想喝茅台，就只有你这里能解馋了。老支书说，四龙呢，怎么没陪你一起来？杜乡长说，你家老四眼里哪里有我这个破乡长，到现在没露面呢。老支书说，这小子肯定被事绊住了，一会儿会追过来。怎么着他还是个党员，还是个村干部，得讲党性，得讲政治嘛。老支书回头对王三月说，王书记，你以后得替我多帮助教育刘四龙。

老支书说，王书记功夫不简单呀，没进村就放倒了一头牡牛。

王三月很惊讶，这也太神奇了，莫非沿路都有他的眼线？老支书递过来手机，说，你看你看，陈疯子把抖音发上网了，村里人都在为王书记点赞。

王三月说，也就要个巧劲，小巫见大巫，老支书您见笑了。

开席前，刘四龙来了。他向杜乡长和王三月反复道歉。他面对杜乡长，举起酒杯自罚了三杯。又转身对着王书记要再罚三杯，老杜说，不要再罚了，这么好的酒让你霸占，莫非还想让你爸再开第二瓶？老支书说，必须罚，罚完了再开一瓶就是。

刘四龙长得不像他爸，个子高，身坯大，看上去就能扳倒一头牛。

二、公元二〇一二年

陈疯子大名陈玉田，是县农业局种子站的退休技术员。陈疯子的外号并不是来上元后才有，而是在单位上班时拜同事所赐的。一个县级种子站，也就是个中转站，相当于二道贩子，批发来种子，零售给农民，只要来处有手续，去处不是颗粒无收，不出乱子就得过且过。陈玉田做事顶真，眼睛里容不得沙子，常把站长联系好的业务掐黄掉。陈玉田还常年坚持一个梦想：培育出本县圩区的稻种。稻子一般是高产不好吃，好吃不高产，他的梦想是种的稻子既好吃又高产，可是他把种子站几亩试验田折腾了几十年，也没弄出名堂，同事们私下笑话他，你以为你是袁隆平呢，你就是个陈疯子。好在陈疯子到六十岁就退了休，种子站的试验田名正言顺地被收回，种子站上下的人心情都舒畅不少。

陈疯子有一套单位的公寓房，老婆走得早，儿子在京城一家研究所做科学家，据说是研究无人飞机的，听上去高大上。陈疯子的老爸还活着，八十五六了，曾经是县中的历史教师，独居多年。陈疯子把老爸接过来，小老头和老老头相依为命，两人都有退休工资，衣食无忧。老老头身体依然硬朗，体检各项指标都没发现问题，只是耳朵聋了，与人交流不便，有了自言自语的习惯。忽一天早上，吃过牛奶米糕，老老头说，陈玉田，你爷爷让我们去他那里。陈疯子没听懂，爷爷死得早，陈玉田生下来就没见到过。老老头以为儿子没听见，声音提高了八度，听见没？你爷爷让我们去他那里。陈疯子觉得这回是老爷子疯了，说，爷爷在哪里？老老头说，你爷爷在上元对面，在丹阳湖里。上元对面确实是丹阳湖，没错，爷爷要是活着，得有一百几十岁了，莫非他在丹阳湖做了神仙？老老头说，我没糊涂，你爷爷天没亮时还坐我屋里喝茶，催我们早点动身。

老老头从他屋里搬出几本线装书，一边用放大镜查找，一边说，民国三十五年（一九四六年）的冬天，你爷爷在丹阳湖一去无踪影，可是老陈家每临大事，他都会回家与我夜谈。那线装书是一套一九四九年修订的《三湖县志》，几年前，老老头受县政府邀请，参与新县志修订，这套留下的旧县志成了他的床头书，他每天必读，也不知道读过多少遍，页角起卷，封面皱皮。陈疯子想替它做个护理，老老头还心肝宝贝似的护着不让。老老头说，就是这一年。

老老头所指的那一页上，有如下记载：

宋·《三湖志》：政和五年十月，上阅李白《游丹阳湖》诗，因询蔡京。京言："此处石臼湖、固城湖、丹阳湖三湖相连，其中高阜处可围湖成田。"上遂召集建康、上元、江宁、句容、三湖五邑民夫，命将军张抗督筑。值冬雪盈湖，时有白鹿行踪之异，缘踵其迹而成之。内筑穿心一字埂，分为上下两坝，名曰丹阳圩。

本县有点文化的人，都听说过这段历史。这蔡京曾四任北宋宰相，是书法大家，在历史上却是臭名昭著的奸臣。单从筑丹阳圩这一点来看，算是替他添了正能量的一笔。老老头说，往下看，这一条才与你爷爷有关。

民国三十五年，抗战胜利，三湖县与湖阳县民众围丹阳湖，筑胜利圩。

陈疯子看了几遍，没有一个字提到他爷爷陈大先。老老头说，你爷爷的故事就在其中，就在其中。陈疯子平时关注新闻，新闻播报的特点是字少事大，字多事琐。这史书不是新闻，却是一样的套路。陈疯子问老爸，我爷爷想让我们搬家，搬到上元住？老老头耳朵突然不聋了，说，没错，我们搬回上元。

陈疯子觉得老老头，不，应该是他爷爷的建议不错，上元他去过，有一回上元大队买去了假稻种，是他连夜走了十几里路追回的，当时的支书刘大宝感动不已，说他救了全大队的老少。陈疯子还抱着私心，现在年轻人都进城打工，农田有不少抛荒，他去可以租农田，继续搞他的稻种试验。陈疯子满口答应了老爸，搬家，一定搬到上元去。连老老头都没想到儿子能如此痛快，破天荒表扬了陈玉田一回，说，我儿孝顺。

陈玉田找到了卜家村村口的一户农家，两层小楼加一个偌大的院子，户主两口子在省城打工，春节正好都在老家。户主年轻，不认识陈技术员。听说这小老头想租他的房子，将信将疑。现在的风气，农村人都是往城市跑，发大财的往大城市跑，发小财的往小城市跑，小姑娘结婚提条件，都有一条，在县城买套房。这小老头却逆行，要住到乡下来。或许是冲着乡下空气好，想长命百岁。房子得有人住，人气养房，房主正愁要不要请个远亲近邻替他看守房子，这小老头来得正是时候。房主开价年租四千，小老头说，我再加一千。房主等着他压价，没料到有这一手。这人莫非脑子有问题？别遇上个问题老年，那就麻烦了。小老头说，是这样，我想把你的口粮田也一并租下。房主释然，一口应允。

陈玉田搬家租了一辆大卡车，不是装家具，房主的家具都是现成的，他只带了几只箱子。车上最多的是他的试验仪器。紫外光照射箱、压力装置以及浸泡液等等，大部分都是他当年从单位实验室搬回家的，窃书不为偷，他为了研究，窃仪器也不为偷。反正那些东西在单位也就是摆设，除了他，没人有兴趣，站长也睁只眼闭只眼。当然，单位的仪器也不能完全满足陈玉田的需要，他的工资也有不少花在添置仪器和购买种子上。二十世纪六七十年代时，生产队的稻种还是自己挑选育种，不知从什么时候开始，农民的稻种全部从种子站购买。三湖县的农田栽种的基本上是外来稻谷，本地的湖熟稻种彻底灭绝。外来稻种产量高，收益大，却无法留种。打个比方，它就相当于马和驴杂交后产下的骡子，孔武有力，却没有生殖能力。农民得每年购买种子，种子价格不断上提，稻子产量却连年下跌，逼得农民再购买新品稻种。种子成本不断加大，农民苦不堪言。陈玉田原来是研究外来稻种在本地育种的可能，屡试屡败，后来陈玉田转变方向，培育本地的湖熟稻稻种，梦想替本地农民夺回稻子的种子权。

陈玉田和老爷子搬家尘埃落定，坐在二楼阳台上歇息，前面是碧水波澜，远处稻田绿意盎然。陈玉田脑子里闪现出八个字：广阔天地，大有作为。似乎是多年前领袖的题词，现在用在他身上依然应景。老老头说，玉田，还有一件事没完成，我们得放鞭炮、烧纸，告知你爷爷，我们回到上元了。

陈玉田诺诺。

小老头喜欢在野外转悠，而老老头尽管高龄，腿脚灵便，喜欢与上元的老人扎堆。夏天，他与老头老太们在村口大槐树下乘凉；冬天，他与老头老太们在山墙脚晒太阳。老头老太们摆"龙门阵"，说者无意，听者有心，即使耳朵不灵敏的人，他真正想听的内容，反复打听，一句都不会落下。老老头回家后，喜欢把听来的传说一一记在笔记本中。

三、公元二〇二〇年

王三月选择到上元当村官，是听了父亲的建议。父亲在位时曾经是本县农业局的一位副局长，与杜乡长有过交集。父亲的意思很明确，放长线，在上元干两三年，到乡政府干两三年，然后调回县城。很多人选择去贫困村，好处是一张白纸可以画最新最美的图笔，就像运动员跳高一样，起点越低，升杆的空间越大。父亲说，那是书生意气，人家村干部几十年都没干出名堂，你一个赤手空拳的大学生真以为能翻天覆地？起步得求稳，上元是全乡有名的富裕村。他和杜乡长一商量，王三月就定在上元落脚。

水阳江是长江的一条叉江，皖南山区的洪水经水阳江路过丹阳湖大泽，然后奔长江主流而去。上元早些年的发家致富，主要是搞长江运输，靠山吃山，靠水吃水，他们在圩堤上自造几百吨乃至几千吨的铁船，从湖北江西打砂，然后运到上海龙华码头卸砂，收入颇丰。上元船队几十条铁船同出同进，船佬人心聚一，且人人都会武术，据说江匪也不敢招惹上元船帮。只是后来长江禁止挖砂，自造铁船又屡出断船沉船惨祸，村民才陆续上了岸。刘四龙在船上是船帮老大，下了船接任了村支书，村民们手里拎着第一桶金，造楼，买小车，不亦乐乎。但乐乎过后，钱在手里会毁人，刘四保带领大家投资养螃蟹。别的村养螃蟹，都是各家养各家的，上元成立了螃蟹养殖合作社，刘四龙是合作社董事长。从村委会的宣传栏看，上元是全乡集体致富的典型，刘四龙的事迹还上了市里和县里的报纸。

  上元的蟹塘都集中在新圩，说"新"，也有几十个年头，筑成于二十世纪抗战胜利后，官名"胜利圩"。王三月上任不久，就到新圩考察了一次。这一带的村民家家都有一支四舱小船，去圩内或去新圩劳作，方便自在，上坡下坡，一个男劳力能轻松扛过圩堤。王三月去新圩，得去大河边蹭船。划船的是一老汉，自称姓胡，接了王三月递的烟，说，王书记，刘四龙咋不给你派只船？王三月说，我没去过新圩，好奇，自个想去看个新鲜，不是公干。胡老头笑一笑，说，坐稳，船小颠簸大。王三月站在新圩的圩堤上，眼前是一望无际的蟹塘，只在西南方向，有一簇隐约的稻田。这些蟹塘都是良田开挖而成的，每个蟹塘都呈长方形，四周围一圈塑料挡板，防止螃蟹逃跑，在每个蟹塘的角落，都立着一间蓝色的小屋——塑板简易房，是养蟹人歇息的地方。天蓝，屋蓝，云白，水白，风景这边独好。王三月沿堤往前走了几里地，终于看到了界河，河那边是湖阳县，胜利圩一分为二，三湖县和湖阳县各占一万亩，湖阳县那边基本看不到蟹塘，绿油油的庄稼犹如绿色的大毯，一直铺展到天际。王三月忽然想起李白那首咏丹阳湖的诗，这里本来是丹阳湖的湖底，倘若诗仙重来，再也寻不到"云间片帆起"的场景了。

王三月在新圩渡口等船，远远看见一垛湖草缓缓移近，近了才看出是胡老头，偌大的草垛被捆在他的背上，草垛上还搁着他的竹篮，篮子里放着镰刀和茶杯，还有一个系着绳子的收音机。胡老头停下脚步，双臂从麻绳中松开，接了王三月的烟，说，让你久等了，撒完化肥，见湖草长得好，忍不住割了一堆。王三月说，不是说都用上煤气灶了吗？胡老头说，那是年轻人烧钱，这草，晒几个日头，草把往大灶一扔，才是过日子的烟火。说罢，突然往草垛上一仰，双手探进麻绳，嘴里说一声"起"，草垛就稳稳地立在他后背。上船，那草垛就占去了三个舱位。王三月说，老爷子，好大的力气！胡老头笑着说，这草都是浮材，看着一堆，其实才百十斤。要说厉害，传说刘大宝的太爷爷，原先也是穷人，年轻时一人挑两垛，到了巷口，横着竖着都进不了村，分成六垛才进了巷。王三月说，你还在侍弄稻田，我看不少人都养螃蟹了。胡老头一边划桨，一边说，那都是大村头刘姓的人，得听刘四龙招呼。王三月说，养螃蟹收入应该比种稻收入高吧？胡老头冷笑，也就是说得好听，养蟹户六七成都亏本，真正赚钱的就刘四龙，除了销售，他还经营蟹饲料、塑料挡板等，稳赚。要是我们卜胡二村跟风，只怕会人人亏得裤子没裆。

这和王三月听到的宣传完全不同。

王三月在村委会见面最多的是卜银花，别看这里只是最基层的组织，小品里有句台词"别不把村长当干部"，现在讲究下基层,千条线一头扎,村里迎来送往的事都落在卜委员身上,王三月这个村干部的日程被她安排得满满当当。开村干会,王三月低调,敢跟刘四龙唱反调的也就这位女将,她婆家在刘村,娘家是卜村,农耕补贴扶贫资金等等,她都替卜胡二村力争,刘四龙也拿她没办法。杜乡长说她名花有主,她的正主,也就是他的老公,是刘四龙的堂弟,王三月蹲村后从没见过这个人,后来才知道,她老公早年弄船,上岸后看不上挣慢钱,一心想让手头的钱翻倍上涨,去南方加入了传销,结果把身上的钱弄光了,还骗走了一批亲友的钱。老公没脸回家,卜银花在亲朋面前也抬不起头,过了一阵以泪洗面的日子,想开了,那男人就等于他死在外面了,她和儿子的日子还得往下过,欠下的钱她慢慢还,她卜银花人在债不烂。卜银花说过,刘四龙是她人生中的贵人,卜银花进入村委做委员,虽说村干补贴有限,总比一分钱收入没有强,关键一条是,她在村委,逼债讨钱的人口气都变软了,她在村委会大楼忙活,那些讨债人有天大的胆子也不敢到这大楼里纠缠。刘四龙还让她做了螃蟹养殖公司的办公室主任兼财务会计,另有一份工资;刘四龙还专门给卜银花一份补贴,名义是用于卜银花的服装和美妆,刘四龙说,卜银花是我们公司,不,应该说上元的形象大使。

　　有人说,卜银花肯定是让刘四龙睡了。有要债的人跟卜银花说,你如果肯跟我睡,你家欠的债一笔勾销。这人被卜银花用烧火的铁叉打出了门,第二天晚上,他在路边被人套了麻袋,揍个半死,从那以后再也不敢来上元要债。作为一名村干部,你当然不能制造八卦,但是你不能不听听这类八卦,从这些真假信息里进行筛选和推断,既不脱离群众,又能成为脱离低级趣味的人。卜银花的身子是不是刘四龙的不知道,但卜银花肯定是刘四龙那边的人无疑。卜银花有一次让王三月有了好感，第一次开村干会时，那几位依然一口一个刘书记，卜银花跳了出来，说，我建议以后村干会上我们还是正式一些，王书记是王书记，刘主任是刘主任。那几位都面面相觑，刘四龙说，卜委员说得没错，我支持。自那以后，村里人当着王三月的面，称刘四龙都称刘主任，背后是不是还喊刘书记，他王三月反正听不到了。

某次闲谈，王三月问她，卜委员，你自己家在新圩的田都挖了蟹塘，为什么你父母和娘家兄弟的田还种着稻子？

卜银花说，嫁出去的女儿泼出去的水，我做不了他们的主。

王三月说，种稻的收入比起养螃蟹差不少吧？

卜银花说，也未必，养螃蟹风险大，蟹瘟、天气、市场，很多想不到的问题，防不胜防。种水稻，国家有农耕补贴，收成稳定，像我父母这帮六十岁以上老人上级还发放养老金，他们过日子足够了。

王三月继续追问，说，比如你哥哥，他如果不愿自己养螃蟹，可以把田租给你们螃蟹公司挖塘养蟹，每亩年租一千二百元，他还能出去打工另外挣钱，为什么卜胡两村的人都不干呢。

卜银花说，哟，王书记，你这些日子可没闲着，打听得这么详细呀。

王三月知道引起了卜银花警觉，便说，我就寻思，能不能让你们螃蟹公司把另外两个村也带动起来，共同致富嘛！

即使下了乡，王三月依然改不了散步的习惯。晚饭后，村外的圩堤上常常有他孤独的身影。下乡之前，父亲一再叮嘱，克己复礼，小不忍则乱大谋。农村工作复杂，说白了，你是个打酱油的，镀金的，别卷入当地的纷争。王三月答应得容易，但真正面对，毕竟年轻气盛，虽说强龙压不了地头蛇，但他是村党支部第一书记，第一书记的职责理论上是配合和支持村主任工作，促进而不决策，但老百姓眼里总把书记看得比主任大。按规定他至少得在村里干满三年，三年耗下去，一事无成，这与那些在机关一台电脑一杯茶混日子的人有什么区别？王书记心有不甘。要树立自己的威信，首先要借用卜胡二村的力量，其次要在刘村内部各个击破，至少得到一部分刘姓村民的拥护。王三月确实没闲着，但他一个外来者，村民都知道他这种干部待不长，没人肯与他交心，他最多就只能捞点皮毛。

年轻的王书记，心里有点窝囊，但没有气馁。他有一个积极支持者——他的女朋友，大平保险公司的业务经理柏亚男。每天通话时，柏经理都给他打气，最好的时代最好的年纪，我们必须有所作为。大不了你一辈子待乡下，我养你。女友和父亲唱反调，这拔河的比赛谁输谁赢，结果用不着猜。

王三月是格斗爱好者，在县城，有一个同好俱乐部，晚上大伙一起切磋。到这乡下角落，他把沙袋杠铃等装备移到了宿舍，但毕竟房间小，施展不开拳脚，夜幕落下，他在散步回来的路上，会打几套拳活动筋骨。这天，他打完拳，发现堤面上倒了一个人。堤内侧都是坟茔，王三月来上元后听闻过不少鬼故事。他厉声问，谁？却并无应声，他打开手机上的电灯，照见地上躺着一位老者，照亮面孔，竟然是他蹭过船的胡老头，已陷入昏迷。他驮起胡老头，急奔村委会大院，发动小车，直接赶到县医院。小县城的好处是人头熟，他直接把胡老头送进了急诊室，值班医生是他中学同学。胡老头的毛病其实不严重，高血压高血糖，只是自己没当回事。胡老头醒了，医生给他开了一堆常用药，嘱咐他必须坚持每天服用。王三月心里踏实了，才转身去替胡老头补交了急诊挂号费，想了想，又从窗口扫微信，取了药。网上支付确实方便，手机在，钱就在，否则他随身也不会带那么多现金。

老同学说，三月，老人是你亲戚？在你家没见过老人家。

王三月说，亲戚？当然是亲戚。

在金庸、古龙笔下的江湖，见人都称"兄弟"；在十里洋场上海，陌生人见面都称"朋友"；在省府南京城里，开口则是称人"师傅"。而在三湖县乡下，向你问个路、打听个人，首先是喊你一声"亲戚"。这一声"亲戚"，把彼此的距离拉近了，不是亲戚也是亲戚了。

医生走后，王三月才想起给胡老头的三个儿子打电话。村子小，儿子的多少就是家族力量的强弱，在胡村，胡老头有三个儿子，也算是人生赢家。

胡老头说，王书记，我刚才可听你说了，咱是亲戚。

王三月说，你认了我这个亲戚，吃亏大了。一旦村委食堂不开伙，我就到亲戚家蹭饭。

这是己亥年的初冬，踌躇满志的王书记和所有人一样，无法预料到，即将到来的庚子年年景将是怎样。

四、公元一九四一年（民国三十年）

乡村的夜晚是小老头和老老头都喜欢的，坐在院子里，或者站在阳台上，仰头就能看到满天的星星。对于老人而言，他们看到的满天星与孩子眼中的不同，与诗人骚客眼中的也不同，尤其是老老头，看过《新闻联播》后，天也黑了，星星出来了，老老头开始他的自言自语。他教了一辈子历史，有资格与星星对话，与往事干杯。他虽然不需要听众，但是，在这样的乡间夜晚，黑灯瞎火，小老头除了做一个聆听者，他能往哪里走呢？

陈大先第一次来到水阳江，还是一九四一年的冬天。陈大先硕士毕业于上海大同大学水利系，毕业后留校在水利研究所工作。水阳江是长江最大的支流，每年洪水季节，江水直冲三湖、湖阳等县的圩堤，首当其冲的就是丹阳圩。为免水患，光绪年间，本地圩民建筑了水阳江水垾。水垾由两部分组成，一为"九垾八挡"，二为鳡鱼嘴分水垾。前者作用是固堤护堤，后者功能为分水。共筑有九垾八挡，垒石为壁的称"垾"，夯土为墙的称"挡"。据传九垾的基核，都奠有真牛大小的铁牛，垾墙均由条石砌成，条石之间用本地秫米米浆兑入江砂灌注，牢不可破。每垾之间有挡，两垾相距两百米左右，水阳江洪水到此，锐可挡，势可阻，暴戾脾气陡减，从那以后，两县圩田有了保障。依丹阳圩为例，水垾筑成后，此地历史上只有两次溃堤记载。水垾是长江流域圩民智慧和劳动的结晶，也是陈大先的课题研究对象。

陈大先到了三湖县城，三湖县大半是圩区，小半是山区，其时三湖县是日占区，汉奸在县城设立了伪县政府，但共产党在山区，国民党在圩区，也都建立了自己的县政府。陈大先手持文书，去伪县政府报备，人家根本顾不上理睬他，他在小旅馆待了三天，雇了一辆驴车，独自朝丹阳圩进发。既然伪官府靠不住，他到了上元干脆找本地乡绅。村人引他去了族长刘金奎家，刘金奎既是刘姓族长，也是清末最后一批乡试秀才。刘族长听说过"德先生""赛先生"的主张，对陈大先礼遇有加，敬重之余，老先生包揽了陈大先的吃住，并委派一名家丁听陈先生调遣，随时随地保护"赛先生"。

应该说，在那兵荒马乱的岁月，能遇到刘金奎，陈大先的运气不错。

冬天是丹阳湖的枯水季节，湖底大半裸露在蓝天之下，刘黑皮说，春天一到，湖草能长到一人多高，人在湖草中穿行，一不小心眼睛就让草尖啄了。刘黑皮不光是族长的家丁，也是丹阳乡民团的团长，还是丹阳乡远近闻名的拳师。刘黑皮说，三国时期，三湖地区是孙权的领地，丹阳湖是周瑜的军马场。陈大先只听说过，草原上有军马场，第一次听说湖畔也曾经是古军马场，觉得新鲜。这一天，陈大先要在头华的石壁上做一个水位线标尺，以后水涨水落，看一眼就心中了然。枯水期是做标尺最佳时节，刘黑皮先去了水阳镇，又去了县城，洋漆店都关了门，人心惶惶，老板们都无心做生意，关门大吉。还是刘黑皮出了个主意，先用黑炭做标尺标数，再刷几层桐油，晒几个日头，应该能长久保持。本地木船防水侵蚀，都是扛船上岸，在船身刷几遍桐油。陈大先觉得这主意不错，赞赏刘黑皮智勇双全。两人正忙活间，湖滩上走来几个人，战乱期间，防人之心不可无，刘黑皮掏出驳壳枪，喝住来者：什么人？对方立即卧倒，一个女声说：请问那位是陈老师，陈大先先生吗？刘黑皮收了枪，答：正是。一个姑娘立起来，拍了拍身上的枯叶和灰尘，说，我是陈老师的学生，钱中英。陈大先耳闻，急忙下了木梯，迎上来握手，说，幸会，幸会，真想不到能在这里遇见你。

钱中英是何人？她是大同大学工程分院二年级女生，不仅长得美丽，而且是学生社团活跃分子。即使她现在一身农妇打扮，肥袄肥裤，脚上是一双老棉鞋，但那城里姑娘的皮肤，即使在脸上手上抹上锅底灰,也掩盖不了本色。钱中英说,听说陈老师在此做水阳江水文研究,我们几个也追随您来了。她介绍另两位男伴,说都是大同大学的同学,一位师兄,一位师弟。看那两人打扮,都戴着老棉盔,着斜襟棉袄子,看那脸上的风霜,实在看不出是学生的模样。钱中英笑着说,国不像国,民不像民,学生也不像学生了。我们到了此地,只有化装成农民的样子,才敢下到这圩乡。陈大先对那两位不觉得面熟,大同大学学生人数不过一千出头,学府里抬头不见低头见,多少应该有点印象。但钱中英绝对是钱中英,大同大学的男生都不会认错她,既然钱中英这样介绍,陈大先也一一握手,表示欢迎。陈大先跟刘族长介绍,这三位都是他的大学同人,专程来参与水阳江的水利研究,刘族长给这三位也安排了吃住,待他们一视同仁。

钱中英三人对水牮不感兴趣,其中的张同学据说是植物学系的,他们借了刘族长家的六舱船,穿行在芦苇荡中,寻找湖区新物种。他们三人食量奇大,常常出门时将灶间的包子馒头一扫而空,偶尔还会带走一篮干面,当作中午的干粮。寄居在刘家的第三天,一直等到掌灯时分,那三人还没回,厨娘从菜橱里找到一张欠条:今欠刘金奎六舱木船一只,米三十斤,腊肉十斤,折合约为十五个银圆。落款为新四军一支队傅秋涛。刘族长低头抿茶,沉默不语。陈大先连声道歉,说,真没想到他们是新四军,早知道我就不会把他们引入府中。刘族长抬起头说,也不算个什么事,只要是抗日的队伍,给他们提供个方便也没做错什么。刘族长说,这张欠条,我一会儿烧了,一没指望新四军还得上,二呢,一旦被举报到上头,说不定诬我一个通共的罪名。

老老头说，刘金奎并没有真的把那欠条烧了，那张欠条至今还保存在三湖县新四军纪念馆，我每年都去看它一两次。那个傅秋涛，系马来西亚华侨，确实是上海大同大学学生，日本人侵华，他和一批热血青年没等到毕业，就投笔从戎，投奔了新四军。新四军中有一大批军人是富家子弟，更有一批是东南亚华裔富商的后代，报国心切，令人感动。只可惜壮志未酬，冤死皖南。老老头打开新县志，县志载：

一月六日，国民党制造震惊中外的"皖南事变"。原新四军一支队副司令员傅秋涛及孔诚、汪克明十几人从皖南突围后到达三湖境内，在党组织接应和群众掩护下，通过封锁线回到部队。

是月，国民党四十师于"皖南事变"后回兵三湖县，驻扎于乡镇，追捕、杀害新四军人员。

陈玉田说，这么说，那个钱中英，其实是共产党党组织派来护送那批新四军返回部队的。为什么是一个女大学生来呢？首先钱中英肯定是共产党员，另一个可能，傅同学张同学说不定读大学时就是共产党员，还可能这三人曾是一个党支部成员。钱中英是他俩信得过的人。

老老头说，小子，你退休后，终于变聪明了。

刘金奎怎么也没想到，共产党真的有一天得了天下。刘金奎乐善好施，尤其他向当时的县长交出了那张欠条，他虽被划为地主，但县长说他是开明地主，有功于新四军。历次运动，那张欠条都做了他的保护伞。

陈玉田说，那这与我爷爷的死有什么牵连？

老老头说，五十年代，我奉命来上元合作社开展"扫盲"活动，也就是教贫下中农识字，学文化。教室设在上元刘氏祠堂，我正在洒扫教室，有一老者叩门，问，请问可是县里来的陈老师？我抬起头热情相迎，说，正是。老者却惊呼一声，陈大先，陈大先你怎么还活着？我正要解释我不是陈大先，是陈大先儿子。却听到先是拐杖乓然一声落地，接着是老者身子一歪，倒了。我急忙大声召唤人，大家七手八脚把他抬回家中。这老者就是刘金奎，我相信他一定知道我父亲死亡真相，可惜没过几天，老族长就一命呜呼了。

陈玉田越听越有兴致，老老头却赶他去睡觉。老老头说，我也得睡了，一会儿你爷爷又会来找我说话，不得耽误。

老爷子这是卖关子，让他"且听下回分解"的意思。

五、公元二〇二〇年

春节过后，新冠疫情的形势严峻。先是封城，接着是封村。村委会上，王三月传达上级指示，保持两米距离，少出门，戴口罩，勤洗手。刘四龙说，真这么邪乎吗？这样弄，人没瘟死，也得憋闷死。王三月说，刘主任，这可不是我个人的意见，这是上级党委的指示，真有了问题你我都担当不起。刘四龙说，行，封村不难，把两头的村口扎住，给武术队的人排班值日，书记放心，连只麻雀都不敢飞进村。但问题是口罩，卜银花跑遍了县城，都断货。上网网购，不是价格奇贵，就是非正规厂家产的货，不敢下单。刘四龙看了王三月一眼，说，王书记是县城人，门路多，有困难找书记，这事就烦劳王书记了。王三月还没表态，其他几位都一致呼应，王三月只得硬着头皮接下了，说，我来想办法吧。

王三月打遍了同学和朋友的电话，一听说买口罩，都说没那能耐。听说省城的口罩厂家，每天都得完成相关部门布置的任务，省政府和市政府的人在后面排队钉着，那口罩就是长了翅膀也飞不出厂门。王三月没辙，这下子得让刘四龙他们看笑话了。王三月如困兽在宿舍里团团转，手机响了，是柏亚男的号码，这才想起，有些日子没跟女朋友联络了。亚男说，王大书记，看样子有了新欢忘旧人了。王三月说，别闹了，我都快愁死了。三月讲了买不到口罩的难处，亚男说，多大事啊，不就是买口罩嘛，你要多少？王三月说，全村六千多人口，一人三只，那也得有两万只才能对付。

柏亚男比他有能耐，王三月服气。柏亚男的父亲是常务副县长，在县内算得上实权人物，女儿不争气，考了个三本，柏副县长安排女儿在司法局上班，打算找机会转事业编制。可柏亚男没耐心，坐了三个月办公室，人就闪了，去保险公司做了业务员。在小县城做保险业务，两个条件必须占其一，或者家有靠山，或者貌美如花，柏亚男都具备。柏亚男没让父母失望，一年挣的钱比父母工资加起来还多，而最让父母开心的是，她找的男朋友靠谱，聪明，且求上进，考上了公务员。县城的人讲究家族抱团，有人调查过，一个县城都有几个"厉害"的家族，这种家族的兄弟姐妹往往工作于县里三个以上的要害部门，一荣俱荣，一损俱损。现在独生子女家庭多，这种"家族势力"走向消亡，退而求其次，婚姻联盟成了重要的选择。要说门当户对，柏副县长未必看得上农业局退休的王副局长，但他看中了这位未来的女婿。柏副县长完全可以找个借口让他留在县府机关，夫人也有这想法，但柏副县长的观点和王副局长一致：

基层锻炼人，要做大事必须从基层做小事开始。从这一点上看，这两人不愧为党培养多年的老干部，有境界，有眼光。王三月根本不指望柏亚男能搞到口罩，她这只三爪猫，也就在本县地面上任性蹦跳，可本县没有一家口罩厂，即使孙悟空来了也变不出口罩。

柏亚男不仅买到了两万只口罩，而且亲自坐着防疫专车把口罩送到了上元村委会。据说曾有南方某市发文，紧急截留了一批路过的防疫口罩。好事做到家，柏经理不放心，亲自押车。这可不是一般的本事，从此让刘四龙对王三月刮目相看。柏亚男火急火燎地卸了车，就拽着王三月奔了他宿舍。王三月一连声说，谢谢，谢谢柏经理。柏经理说，少来虚的，怎么谢？还能怎么谢，王书记只有以身相许。疫情期间，举国上下损失巨大，有一项损失没有被统计进去，那就是分隔两地夫妻和情侣的情爱损失。好不容易有了机会，两人迫不及待止损。忙碌过后，柏亚男脸如桃花，气韵生动，说，我够交情吧，我这一次算得上为你在上元站稳脚跟建立了功勋，你承认不？我今天看那刘四龙，也没长三头六臂，看上去就是一只老土鳖，没我想象的那么难对付。柏亚男是大小姐脾气，她反对自己的男人在上元做三年的缩头乌龟。王三月你必须有所作为，青春才不悔，柏亚男对王三月这样说。王三月说，你先告诉我口罩怎么弄来的吧。柏亚男一五一十向他交了底，口罩市场脱货，本县有两家民办厂的老板发现了商机，抢先购买了机器和原料，昼夜不停开工，生产出了第一批口罩。可是虽说非常时期，特事特办，他们一时还没拿到相关手续，不能马上面市。柏亚男就找上门去，两家老板拗不过她，各给了她一万只口罩。王三月说，照你这样说，这些口罩是三无产品？柏亚男说，都什么时候了，你穷讲究什么。你看电视上,有人用塑料皮做口罩,还有人用胸罩裤衩做口罩,这总比那些玩意强吧。王三月想想也是,说,那当然。王三月说,口罩这么紧张,压几天拿到手就能赚大钱,他们怎么肯卖给你?莫非你是搬出了你爸做后台?柏亚男破口大骂,王三月,你这个没良心的,我用得着吗?那两位老板都是我的客户,工厂和家人都在我这投了保,早就是朋友。我实话告诉你,他俩给我的都是成本价,一元五毛一只,冲你这话,价格翻倍。王三月说,姑奶奶,你可别,什么钱都能挣,挣这钱是发国难财,黑心钱。你是扛着招牌来帮你老公的,村上财政那几个钱,人人盯着,莫非,你这趟是想来谋害亲夫?柏亚男笑了,说,你是谁老公?你是谁亲夫?八字都没一撇呢。王三月说,刚才我床上明明有一撇,还有一捺呀。

　　两人闹作一团。

　　疫情期间,一律不得接待客人。王三月说,要不,我煮几盒方便面吧。柏亚男朝他挤一下眼睛,说,我已经吃饱了。她上车前,刘四龙也过来送别,表达谢意。柏亚男说,刘主任,听说您集团下有一千多亩养螃蟹的水面,家大业大呀。刘四龙说,小本经营,柏经理见笑。柏亚男说,据长江汛情预报,今年可能发大水。刘四龙说,啊?这疫情已经来势汹汹,再要有洪灾,这庚子年是不想活人了。柏亚男说,我建议,你那蟹塘,都来我们公司投个保,以防万一。刘四龙说,谢谢柏经理替我着想,我们商量一下再说。

　　柏亚男走了,刘主任说,王书记,原来你女朋友是柏县长的女公子呀,咋不早点说一声?王三月说,不瞒您说,我也才知道他爸是谁。我们至今还没见双方父母,以前只知道她在保险公司上班。刘四龙说,蟹塘保险这事,过几天我给你们消息。

王三月急了，这事柏亚男真没跟他通气，估计她也就是一时心起，脱口而出。现在提这事，好像她柏亚男是来做交易的，太不合适。王三月说，刘主任，她也就随口一说，职业习惯，您千万别当真。

刘主任朝王三月笑了一笑。

疫情形势好转，冬天过去，春天也快要过去了。上元的村民每人领了口罩，也就是出了村戴一戴，表示个意思。坐公交，去商场，不戴口罩会被拒之门外。但在上元，人人都追求呼吸自由，戴口罩会让人笑话，装，你以为你是城里来的知识青年？据说只有当年的下放知青才喜欢用口罩遮着脸，扮洋气。村干部拿大伙没办法，现在信息时代，电视上的美国总统特朗普都不肯戴口罩，有人撑村干部说，特朗普的命不比你我的命贵？村干部要说服特朗普戴口罩有难度，只得作罢。好在本县没有病例，风声小些后，乡政府通知把村口的岗哨撤了。上元的老百姓基本恢复了从前的日子。柏亚男本来是在家里坐不住的人，闭关几个月，春风一吹，拂动了她的心。她要拽住春天的尾巴，要来上元散心。王三月当然欢迎，必修课修完，柏亚男提出了选修课申请，她想去胜利圩，看看从前李白诗中描写的丹阳湖当今的模样。王三月说，李白律诗里的四联，最多能看到一联了，也就是界河，还能见到"龟游莲叶上，鸟宿芦花里"的景象，现在是春天，芦花还没开，你去了最多只能看到半联，"龟游莲叶上"，罢了吧。可这柏亚男是个想到就要做到的丫头，执意要去，王三月只有依了她。

两人在圩埂上等胡老头的船，胡老头的船没到，一群牛先到了。堤埂的外侧都砌了条石，石头之间是水泥抹缝，人们为了方便，在石头上堆出一条土路。牛不比人笨，它们排着队，小心翼翼地走在土路上,到了水面,才扑通一声扑进江水,掀起一个个快乐的漩涡。牛们的末尾是一个戴笠帽的老头,陈疯子。王三月已经认识这个小老头,偌大的上元,喜欢在村头村尾转悠的就是他俩,真正称得上抬头不见低头见。王三月起初以为他是个牛倌,后来才明白,这牛是各有其主,单干以后,牛都分到了个人名下。垛田不适合机械化操作,从圩埂上看,每家每户的田亩小得像豆腐块,种田为生的人,耕者有其牛。这些牛都挺自觉,早晨自己出门去圩堤边吃草,傍晚自己走回牛栏。陈疯子属志愿者牛倌,他放牛意在牛屎,牛屁股上的菊花盛开之时,就是他快乐的收获季。他将这些牛粪挑回他的试验田。据说他不用农药,不施化肥,虽然收成只有别人的三分之一,却死不改悔。王三月给他递了根烟,陈疯子摇手,还是说不会。在乡村,男人见面递烟,是礼仪,是无声的寒暄。这陈疯子毕竟是个城里人,有自己的原则。第一次聊天,陈疯子说,王书记,你是来搞扶贫的吧?王三月摇一摇头又点一点头。陈疯子说,这里本来属江南鱼米之乡,富裕之地,哪有什么贫可扶?王三月说,您此话怎么解?陈疯子说,现在政策好,田亩有田亩补贴,六十岁以上的人口每年有老龄补贴,生病有新农合报销,过日子都没问题。刘四龙对刘姓困难户还留有一份义田补贴,保证刘姓人个个有饭吃有衣穿。王三月第一次听说"义田",陈疯子说,胜利圩筑成,当时刘姓族长做主,分田时刘姓拿出二十亩做义田,补贴本族贫困户,新中国成立后才收归国有。土地承包后,老支书刘大宝留了个心眼,带领族人将界河的塘口填土成田,这块田的收入便作为刘姓困难户的补贴来源,现在挖成了蟹塘,收入还是独立做账。王三月说,看来还是陈技术员了解得多。陈疯子也不自谦,说,你不妨查一下本县县志，明朝正德年间，为绝苏州常州两州水患，本县东坝坝基加高三丈，"三湖"之水不复东行，但三湖及湖阳县大批圩田沉没。所以有民谣流传，"苏州溧阳，终究不长，东坝一倒，依旧长江"。据说县令带灾民去苏州常州乞讨，当地人习惯早晚二顿稀饭，中午一顿干饭，灾民以为他们是故意装穷，敷衍自己，愤而将粥碗掷于地。后经多方解释才释然，原来天下这么大，也就三湖县的人一天三顿大米饭，三湖县才是真正的富饶之地。孔子说，食乎稻衣乎锦。古代的贵族才能穿锦衣吃米饭，穿不穿锦衣不知道，但三湖人从古到今都是一日三餐大米饭。王三月不知道，陈疯子这番话，其实都是从老老头那里拾来的牙慧。陈疯子半文半白，王三月半懂半不懂，但大意听明白了。陈疯子说完，胡老头的四舱船来了，胡老头说，您跟一个疯子也能聊这么热乎呀。柏亚男说，这个陈疯子，我在县城见过。王三月说，这个陈疯子，其实不疯。

陈三月将柏亚男在船上安顿好，回头招呼陈疯子，说，牛能游过江，你就坐船过江吧。陈疯子说，谢谢书记好意，你要真想做好事，就把圩埂外的防洪石毁了，这些牛既不会摔断腿，也多了一块草场。这哪里是他一个村书记做得到的事，简直是疯话。陈疯子自顾将笠帽摘下，底朝天，然后将手机和矿泉水瓶用塑料袋包扎好，放进笠帽底，将笠帽紧紧系在一头大牛的牛角上。而他自己呢，嘴里吆喝牛，双手紧紧地拽住那大牛的尾巴，牛与人一径奔向江心。船在前，牛在后，浩浩荡荡，船到江心，陈疯子还得意地伸出一只手臂，朝船上人摇晃了几下。

胡老头说，真是个疯子。

王三月说，是个老顽童。

站在新圩圩堤上，眼前是一片蟹塘，王三月说，整个新圩的田亩，丹阳乡占了五千多亩，其中上元占了一千五百亩。蟹农们正在蟹塘里忙活，割草，喂食，收虾笼。这蟹塘里自生小龙虾，壳硬，钳子更硬，以前都是轧碎了喂猪，补钙，这几年城里人把这小龙虾当成稀罕货，其实这小龙虾肉质既粗又糙，城里人好的是那一口调料。蟹农对小龙虾既恨又爱，恨的是它与螃蟹争食，爱的是每天收那么几斤十几斤，虾贩们到塘口来收，也把油盐酱醋钱找到了。柏亚男毕竟是城里姑娘，对什么都好奇，问人家蟹苗从哪里买，螃蟹爱吃小海鱼还是螺蛳，最后露出了狐狸尾巴，说，如果给蟹塘买份保险，五元钱一亩，你愿意掏钱吗？王三月对那蟹农有印象，名字叫大亚，是武术队的骨干。大亚挠着头皮说，这、这事我不知道，只能由合作社做主。

离开蟹塘，他们往界河走。王三月说，柏经理，你们的蟹田保险费真这么低？捡芝麻，芝麻不嫌小，可一旦赔起来，那赔出去的就是西瓜。你们真肯做这亏本生意啊？柏亚男说，本来是每亩二十元，政府今年有政策补贴，给圩区投保的农民每亩补贴十五元，气象预报部门说了，今年会有洪水。柏亚男说，五元钱一亩保费，连包烟钱却不够，农民们怎么就不干呢？王三月说，你以为农民抽的烟都像你爸？不待客，他们抽的烟也就是五块一包。柏亚男说，你别说话不着调，你作为一个圩区的村书记，不关心洪汛，就是不关心村民的利益。王三月急忙改变态度，说，领导教诲，一定谨记在心。

这一条界河相比丹阳圩的内河，要宽两三倍，当初留这么宽的内河，也就是为了让两县的农民隔离远一点，井水不犯河水。界河的两侧是一排芦苇，此时正是芦叶茁壮的季节，那翠绿的芦叶宽如手掌，可能只需一叶就能裹下一个粽子，河内水底则布满肥硕的水草，水面上是摊展的芡实叶和高高低低的莲叶莲花。柏亚男兴奋地说，我要划船，我要下河。王三月不能拂女友的兴致，说，行行行。界河的南岸有一条小游艇，泊在圆木支起的栏桥边。这是合作社的小艇，洁白的船身，雅马哈发动机，厂家制造它时一定以为它将驰骋在蓝色的海洋，泊在某个海湾景点的码头，而在刘四龙这里，它主要用来运送蟹饲料等物品。谁叫它那么让人心动呢，刘四龙也喜欢它流线型的艇身，喜欢它憋足劲的吼叫，喜欢它风驰电掣的速度。王三月借了小艇，猛然一下发动机器，马达立即吼叫起来，柏亚男尖叫着抱住王三月，大声说，老公，你真帅。王三月说，别抱我，抱船上的栏杆。艇不大，浪大，艇在水面上犁开的浪头，先是冲上了那水面的芡实叶，它抖着大脸盘上的尖刺，抖了几个激灵，然后又摇晃荷秆，荷叶上跳下来的是青蛙和水珠，李白诗中的乌龟这些年失踪了，据说是田里使用的农药化肥将它们赶尽杀绝了，也有人说是水面逐年减少，它们远走他乡了。浪头冲到河边，先是芦苇们慌做一团，东倒西伏，然后撞向岸脚，传出一连串轰然响声，连马达声都盖不住。

上岸时，两人的衣服已被水花打得半湿。

他俩又一次遇到了陈疯子。陈疯子没有跟着牛群，看样子他过了江，他的粪筐没过江，王三月试想，装满牛屎的粪筐驮在牛背上，江水一浸，牛屎成了牛屎汤，前功尽弃，陈疯子是疯子，不是傻子。他握着一根长棍，在界河河滩上扒拉，柏亚男说，他是在赶蛇吗？王三月说，这一带多是水蛇，无毒，咬一口就是留两个牙印，没有人怕蛇。王三月大声问，陈技术员，你找什么呢？陈疯子回答说，找仙草，吃了长生不老的仙草。不是说仙草都在深山中，在水边找仙草，无异于缘木求鱼。王三月摇摇头说，这小老头，还真是既疯又傻。

　　胡老头早在船上等候，他今天又割了好大一垛青草，胡老头说，这青草晒干了，烧大灶，烧出来的米饭才叫香喷喷。胡老头家的稻草有别的用途，打草包。王三月见过，胡老头老两口有一台草包机，得空就织草包。他家底楼有一个房间，堆满了成捆的草包，也没见他运出去卖掉。胡老头说，柏姑娘，你今天口福好，你看。胡老头捧出一个底朝天的笠帽，帽子底里有十几枚白亮的小圆蛋，柏亚男伸手去捉，王三月故意说，蛇蛋。柏亚男吓得缩了手，一个趔趄，差点掉进江水中。胡老头说，他吓唬你，是甲鱼蛋，刚才等候你们时，我在堤上寻到这一窝。

　　胡老头说，今年甲鱼把蛋窝放在这么高的堤岸上，怕是江水不会小了。

　　王三月说，胡伯，这怎么个讲法呢？

　　胡老头说，按我们祖上传下来的说法，甲鱼蛋窝的高度，就是夏天江水的水位。小甲鱼脱壳而出，出窝就能见水。这一窝，距堤面不到三尺。今年怕是要遭大水呢。

　　王三月心头一沉，想起柏亚男说过的话，赶紧拿出手机搜了一搜。国家防指真的有了防洪预报，亚男没跟他开玩笑。

六、公元一九四五年（民国三十四年）

　　大同大学是一所由知识分子创立的私立大学，"大同"两字，取义于《礼记·礼运篇》中"天下为公，是为大同"之意。大同大学群众团体众多，共产党党团活动活跃，而钱中英，其时担任工学院共产党分支部书记。

陈大先再次见到钱中英,是在大同大学的校门口,钱中英正要上一辆黄包车,她眼尖,发现了埋头走路的陈大先。她喊了一声,陈先生。陈大先抬起头,初一看没认出来,钱中英戴一副淡色玳瑁镜框眼镜,着一身洋花布旗袍,与丹阳圩的那位村妇打扮的钱中英判若两人。女生说,陈先生不认识我了,我是钱中英哟。陈大先恍然,不失礼貌地跟她打招呼,说,出门逛街呀。钱中英说,不是,出门喝个咖啡。要不,陈先生陪我一起去?美女发出邀请,陈大先猝不及防,晕了,糊里糊涂上了黄包车。

小老头说,莫非陈大先对女生钱中英也有想法?

老老头说,胡扯,那时陈大先已与你奶奶结婚,并且有了我。不过,我和你奶奶还在乡下老家,陈大先一人在上海,多少有点孤单。

小老头说,若是那时他没结婚,与这女生志同道合终成姻缘,您就不是您,我更不是我。

老老头斥责:疯言疯语。

陈大先到了咖啡馆,才明白,喝咖啡的人不止他两人,有六七位,这其实是党组织的一次外围活动。钱中英那时才二十左右,却已经是学生领袖,她喝咖啡是假,考察和发现积极分子是真。陈大先有幸被党组织看中,不久,他就成了一名共产党员。宣誓过后,陈大先很快就与钱中英失去联系,她已被特务组织盯上,没等到毕业,就秘密前往淮北解放区。一直到一九四五年春天,钱中英悄悄潜回上海,才与陈大先重新接上了头。钱中英其时是苏皖边区政府水利局工程科科长,钱科长说,陈先生,您现在还去水阳江考察水文资料吗?陈大先说,岁月不太平,一年就汛期去一次。钱科长说,第二次世界大战即将落幕，日本战败指日可待，江山将很快回到人民手中，你们这些科学家将成为新中国不可或缺的建设者。上级要求你，进一步完善水阳江水文资料，勾画长江建设新蓝图。陈大先有点失望，投身革命后他依然做着科学家，党组织很少给他安排任务，他对革命的满腔热情简直无处安放。他需要做出行动，一九四五年的五月，他以科考课题需要的名义，长驻水阳江畔的上元。

陈大先奔走在水阳江两岸，一九四五年八月十五日，日本天皇下诏宣布投降，但不久国共两党开战，陈大先的共产党员身份尚不得公开，他有没有与三湖县共产党或者新四军游击队挂上钩，不得而知。但是他与三湖县中的地下交通站，一直没脱钩。新中国成立后，老老头与共和国水利部的领导钱中英联系上了，陈大先当年的水阳江水文材料都是由地下交通员转交她，陈大先的烈士身份因此得以证实。

老老头说，那些年月，你能被推荐上大学，就是因为你是烈士的后代，根红苗正。你别忘了，说到底，还是你爷爷陈大先的英灵庇佑了你。

七、公元二〇二〇年

王三月一早就被喧闹声吵醒，他赖在床上，楼下"嗨嗨"的发力声不断，他听出是武术室有人在操练。平时武术队都是在刘家祠堂训练，一是为了在祖宗牌位前，大家不敢懈怠，二呢，也是为了保密，刘氏武术不传外人。王三月估计武术队要外出表演，但疫情还没彻底结束，大型聚会尚得不到批准。王三月纳闷过后，突然一骨碌翻身下床。刘四龙是武术队总教官，此刻一定在现场。

他得找刘四龙谈事，这事必须当面谈才算数。

刘四龙果然在现场，他穿一身练功服，威风凛凛，不时斥责队员的动作这不对那不对。王三月挤进观看的人群，上前跟他说，刘主任，借一步说话。刘主任随他到了院子里，王三月递了烟，替他点上，然后才开口。王三月说，柏亚男昨天过来，让我问问蟹塘投保的事。刘主任说，噢，这事我们合作社还没商量。王三月说，柏亚男说了，上面有新政策，保费每亩二十元，政府补贴十五元，蟹农每亩其实只出五元。刘主任说，你允我算一算，一亩五元，十亩五十，百亩五百，千亩才五千，不多呀。既然是弟妹想做这业务，我做主，你让她来办手续。

王三月没提防指的洪汛预报，谁知道那洪水究竟来不来。自然界的事瞬息万变，倘若那洪水没来，将来刘四龙一定会笑话他，拿着鸡毛当令箭，说不定还会说道他，为了女朋友做生意故意夸大其事。不如干脆低头求他，欠他一个人情。想不到，刘四龙心情舒畅，倒爽快答应了。王三月说，多谢刘主任关照。再递上一根烟，刘主任接了，别在耳根上，说，过会儿再点。

王三月回宿舍洗漱，他还没顾得上吃早饭。正如陈疯子所说，本地人早餐也是吃大米饭，村里本来有人给他做饭，但他早上实在吃不下干饭。县城人的早餐早改了，牛奶豆浆、馄饨面条，王三月在县城长大，他的胃还没能与上元的贫下中农打成一片。人家给他贵客的待遇，鸡蛋油炒饭，噎得他直翻白眼。他只得提出来，兑水，泡米饭，但他的胃还是抗拒。最后他只有跟卜银花说，不要派专人给他做饭了，他吃得不自由，不如他自烧自吃。王三月喜欢的早餐是煮方便面，不是用开水泡，煮的时候可以投进去两个鸡蛋，营养保证。佐料包现成，也用不着费脑筋。

可是有人跑出来把他拦住了，拦他的人叫刘大亚，刘大亚现在是网红，是上元的名人。

刘大亚说，王书记，都说您功夫好，进村那天在村头扳倒了一头牛，我今天想向书记讨教一番。

这个刘大亚，他成为网红是因为疫情期间发生的一件事。那天正遇上他那一组在村口值班，圩堤上开来两辆小牛，是县城来的小青年。他们扬言一路下来，过五关斩六将，没人敢阻拦他们，问他们是村里谁家的亲戚，他们说不是，就是借道过一过，绕丹阳圩转一圈，显摆。刘大亚不理他们，突然起身，先是耍了一套上元拳，又拎起凳子，使了一套矮凳花，把几个城里小混混看花了眼。冬天，刘大亚活动开了，身子热，他把值日的棉大衣脱了，随手一扔，吓得那几位后退了几步。刘大亚不看他们，专心致志表演。他拔起旗杆，以杆为桨，再使一套长桨花。旗杆在他手里风声萧萧，只见旗，不见人，待他站定，那两辆小车早开溜了。这整个过程都被人用手机摄像，传到网上，刘大亚受到网友狂热追捧，点赞和转发者不计其数。王三月是有心人，他收藏在手机，得空就反复琢磨。外行看热闹，内行看门道。上元武术实际上是起源于船战，它有一个局限，立足之地只有一两个平方米，所以讲究稳准狠，一招制敌。本来是散招，见招出招，灵活多变，但现在已经连缀成了套路，尤其是被列为非物质文化遗产后，常常要出去展示，刘总教官不得不加进了表演艺术，扮相美了，但实战性肯定减弱。这就像大学里的一些教授，本来在学术观点上有一得之见，振聋发聩，可是他不甘心，他要成立学派，要搞理论体系。随着长篇大论面世，捧场的人纷纷叫好，但懂行的人，一眼就看出其中的抄袭剽窃、注水稀释，这样一来，那教授反倒让圈内人看不上，连原来的闪光点也暗淡了。王三月知道早晚有一天，武术队的人会跟他叫板，原来等的就是今天。

王三月说，免了吧，我不是你的对手。要是被传上网，那我丢丑就丢到全世界了。

刘大亚说，习武比试，也就图个热闹，王书记莫怕。

武术室也就教室大小，中间铺了一层软垫，刘主任让人撤了，说这东西绊脚跟，还让人腿软。

刘大亚动静大，步伐稳健，但画地为牢。王三月等他来攻，攻者心切，容易露出破绽，再者，只有拉开空间，刘大亚的步子出位，才能乱了他的阵脚。王三月以静待动，刘大亚不停地对着空气划拳，一个在东，一个在西，隔着两三米的距离。观众们没有耐心，喊，大亚，上啊，上啊。刘大亚终于冲了上来，直拳攻击王三月的面门，王三月一侧身，且挡且退，从东退到了西。刘大亚步步紧逼，王三月不让他有靠近的机会，又从西退到了东。从场面上看，王三月节节败退，刘大亚占了上风。事实上，王三月没让刘大亚击中一拳，倒是刘大亚冷不丁地吃了王三月几个实拳。

观众的呐喊一边倒，都是替刘大亚助威。王三月莫名产生了怒火，我可是你们上元的书记。王三月格斗时擅长用腿，他腿长，平时训练最侧重出腿的速度和着位，他虚晃一拳，大亚忙于护脸，王三月的脚却直袭他的腰眼，这是格斗中的技术组合，大亚晃了一下，侧身倒在地上，王三月耳边的呐喊声一下子停止。王三月抽空看了一眼刘四龙，刘四龙的眼睛几乎喷出火来。好在刘大亚身手敏捷，瞬间站了起来，观众的呼声又复起。王三月看一下窗外，连骑在大人脖子上的小观众也挥舞着拳头。王三月冷静下来,他要打败了刘大亚,就是与所有刘姓村民为敌,就是抹黑了刘氏武术。王三月拿定了主意,刘大亚一拳击中他的脸,鼻血奔涌而出。他趁机蹲下来,说,不打了不打了,我认输。

刘大亚说,再打下去,这才几个回合。

王三月一手捂脸,一手摇晃。刘四龙走进场中央,说,比武到此为止,大家散了。观众散去,卜银花端来一盆水,递上湿毛巾,让王三月擦脸。卜银花说,王书记,你也真是,大亚一天到晚都在练拳脚功夫,你为什么要跟他比这个?你要比,就与他比知识和文化。刘主任说,你们都看走眼了,王书记承让。王三月连忙说,这从哪里说起,明摆着我败了。刘主任说,我也算是道中人,不会被表象蒙蔽。王书记是有胸怀的人,我替武术队向你道谢。

卜委员分不出真假,都说女人的心思难猜,这俩男人的心思更难猜哩。

想不到几天以后,刘大亚又找上门来。刘大亚拎一个塑料袋,夹一瓶白酒,进门打开塑料袋,是几包熟菜。刘大亚说,王书记,想和您喝个酒。王三月说,别,我打打不过你,喝也喝不过你。大亚说,书记,不知道您酒量大小,但我知道您功夫比我好,那天您是手下留情。王三月说,你别听刘主任瞎说,他忽悠你。刘大亚说,你太小看我了,刘主任不说,我也能感觉得到你拳脚的轻重,那天你留着量,是给我留面子。

虽然是习武之人,大亚粗中有细,并不糊涂。王三月不能不喝这顿酒,刘大亚是武术队的骨干,也是刘四龙的一杆枪。那天比武,王三月私下认定,是刘四龙的主意。刘四龙想把他架火上烤,刘大亚就是刘四龙点着的干柴。习武之人讲义气,要面子。如果他能与刘大亚成为朋友，刘四龙使这杆枪就不顺手。

三杯酒下去，刘大亚说话就跟王三月掏心窝子。

刘大亚本来也跟着刘四龙弄船，无奈他运气不好，有一回船重载，恰巧遇了大风雨，想盖上篷布，篷布展开就让风卷了。船上载的是黄沙，老话说下雨天背稻草，越背越重。黄沙汲水比稻草更厉害，刘大亚眼睁睁地看着船下沉，被别人抱着上了救生舟。船沉在江心，打捞的成本不比船的成本少，而造船的资金大多是借贷而来，刘大亚掉进了一个大窟窿。讨债人不断上门，老婆带着儿子回了娘家，刘大亚跟人家好话说尽，人不死，债不烂，他一定偿还。刘姓一族当然不会让他一家挨饿受冻，刘四龙带他进了合作社，可是他的头上顶着五六十万的债务，靠养蟹的收入，即使运气好，至少也得十年八年才能还清。

刘大亚说，这上元，真正贫困户其实只有两家，我和卜委员家。卜银花家是让她男人祸害了，我呢，是让贪心害了，急着还债，超载，结果蛋打鸡飞。

刘大亚说，王书记，上岸后，我也急着挣快钱，把家里能卖的东西都卖了，去新圩内赌博。越赌越输，有两次还被警察逮进去。都是四龙哥把我领回来，苦口婆心地劝我。

王三月安慰他，说，人在，一切都有可能改变。但如果走上了邪路，越陷越深，翻身就难了。

大亚说，这道理我现在懂了。王书记，我想跟您说，四龙哥其实是好人。

绕了一个大圈子，刘大亚是在王三月面前替刘四龙点赞。这刘大亚一定觉察出了书记和主任之间的隔阂，想拌稀泥。这样一条粗壮汉子，心善，但做穿针引线的细活，难为他了。

王三月说，我看得出来，刘主任是个好人。

上元的村民不差钱，家家有楼，很多楼下还泊着私家车，尽管车多是几万十几万的普通车，但住有楼，行有车，也是有模有样的日子了。但有的上元人心大，心急，尤其像大亚和卜银花男人这样跑过船的人，见过日进斗金的世面，不满足于在乡村挣慢钱过慢生活的节奏。王三月看着大亚眉宇间的愁苦和焦虑，真想帮他一把。酒上心头，热血满腔，他应该为上元的人们做点什么，为刘大亚做点什么。他能为上元人做什么呢？王三月得下一盘大棋。眼下先得帮刘大亚把老婆孩子劝回来，老婆孩子回来，刘大亚才有家，才不会心慌意乱，才能把日子过成日子。

八、公元一九四五年（民国三十四年）

从历史记载看，珍珠港事件后，美国人对日宣战，民国三十三年，美国副总统华莱士访问陪都重庆，这位农业科学家出身的贵客向中国政府赠送了400包礼物，其中有45种植物种子和数十种动物饲料及种子，还有水土保持设备、美国各畜牧学校的名册。再过一年，民国三十四年，美国人在日本投下了著名的两颗原子弹："小男孩"和"胖子"。苏联红军也是在这一年对日宣战，风卷残云收拾了七十万日本关东军。中国军民大大加快了抗战胜利的步伐。陈大先站在水阳江边，根本做不到两耳不闻窗外事，他对黑皮说，你每天起床后第一件工作，是去县城替我买几份报纸，快去快回。上元到县城，来回四十里，刘黑皮骑上大马，快马加鞭，最长也要不了半个时辰。刘黑皮看不懂这外地佬的做派，读几张破报纸比干三餐大米饭还重要。

不过，这外地佬有一点好，水阳江和丹阳湖，这两处所有的边边角角他都跑遍，不愿带着刘黑皮这个跟班了，每天买完报纸，外地佬就放他的假。

刘黑皮不是闲人，日本人撤走了，民团紧绷的弦放松，族长才把他又派给了陈大先。

刘黑皮有一个梦想，这梦想说不清什么时候在他脑中产生的，像一粒稻种，发芽，生根，出苗，拔节，终于有一天那叶尖扎得他浑身痒痛，他忍受不住，就把这个秘密吐露给了老爷刘金奎。刘黑皮是老爷家的把头，把头是长工的工头，不仅能干一手好庄稼活，还得负责分派各位长工每天干什么活，用今天的话说，也算进入了管理层。日本佬来了，老爷才另有任用，组建民团看家护园。刘黑皮担心遭老爷臭骂，吃奴才的饭，操主人的心，这操的还不是主人的心，主人也决定不了这等大事，至少也是替县长在操心。十四年抗战，终于胜利，可是这么多年的仗打下来，民不聊生。别说一般百姓，刘金奎这样的大户也折了家底。这些年，本县各家政府都向农民征粮，日本人隔三岔五下乡抢粮，没遇上洪灾，却比洪灾年饿死的人还多。若能在丹阳湖围湖造田，这肥沃的土地只要撒下种子，就一定能丰收。刘金奎想，别看他手里整天拎着把手枪，这黑皮骨子里还是个农民，做梦都是梦到土地。

三湖县这三湖，最早统称为丹阳湖大泽。传说春秋时，伍子胥开挖胥河后，疏导了水阳江上游的来水，使三湖水位降低，原来的鱼龙之宅，成为一片沃野。其时，吴王为了战胜强大的楚国，鼓励军民垦殖土地。有一位祠山大人，白天带领民众奋战在筑堤一线，夜晚变身为一头大猪，拱泥土为堤基。圩成，吴王将圩赐予丞相，故名相国圩，祠山受万民敬仰，本地民众为他建有多个祠山庙，香火至今不绝。丹阳圩建圩落后于相国圩，史载是南宋年间成圩，促成者是蔡京，到了南宋，高宗将丹阳圩赐予秦桧。这两人在历史上都没落下一个好名声，本县人恨不得在史书上抹去那两人姓名。好在祠山是圩区所有人的神，上元也建有祠山庙，每年八月初八，是上元的祠山庙会。榜样的力量是无穷的，从大处说，刘金奎中过秀才，通读四书五经，青史留名是那个时代所有书生的梦想。往小处想，这丹阳湖围圩成功，他刘金奎近水楼台，收购大批良田，是发扬光大祖业的最佳时机。

刘金奎思量了几天，唤来刘黑皮，让他将一封信转交江对岸的魏老爷，邀请他八月初八来上元逛庙会，看大戏。刘黑皮觉得老爷听进了他的主意，开始动作了。他将报纸扔进陈大先房间，就闪了，他好久没见到魏长叉了。魏长叉当然不是魏老爷，这人喜欢使一把长柄渔叉，得此外号。老爷们都有高大上的名号，魏长叉与黑皮一样，是魏老爷的家丁，魏村民团的团长。

刘黑皮与魏长叉，或者说刘老爷与魏老爷的纠葛说来话长。

水阳江进入丹阳湖，江水由浊变清，丹阳湖的形状好似一支长喇叭，喇叭口处就是石臼湖了。胜利圩没筑之前，站在丹阳圩的圩堤上，可以看到对面圩堤上村庄，那圩就是湖阳县的金银圩，那村庄就是魏村。丹阳圩与金银圩的圩民争斗，明清以来一直没有停止过。两边都认为自己才是丹阳湖的主人，丹阳湖水产丰富，鱼虾自不必说，荷藕、红菱和芡实也是双方的抢手货。有时是单打独斗，有时是有组织的群体械斗，械斗中免不了死伤，官司打到省府，甚至打到朝廷。丹阳湖属于谁，谁都讨不到个明确的说法，看样子两村的人只能世世代代争斗下去。上元和魏村村民的习武风气，村民们在本县远近闻名的武功，其实也是在两村的争斗史中发展而来。特别是到了洪水季节，两边圩堤上的村民都盼望对方破圩，一旦那边真的破圩，这边恨不得敲锣打鼓庆祝，一方面是因为只要对方破了圩，圩内满水，洪水水位跟着下降，这边的圩堤就减轻压力，安全多了。另一方面，不能说不是仇恨心理作怪。

六七年前，那时日本佬还没驻扎到水阳镇。正是秋天，太太突然想吃新鲜的鸡头米。这鸡头米就是芡实。外地佬陈大先给上元带来不少新鲜玩意，他每次从上海来，都会给老爷和太太带礼物，给老爷带纸烟洋酒，给太太带洋布和洋点心。他一年有几个月住老爷家，白吃白喝，空手是不好意思跨门槛的。外地佬的话，老爷听了不会往心里去，老爷是有学问的人，可太太不认字，崇拜大上海来的教书先生。本地人吃鸡头米，都是砍了那鸡头，往水缸里一扔，等那外皮烂了，扯皮，就是白珍珠一般的鸡头米。把它碾成粉，做团子做糕点。陈先生有回不经意地说，你们这种吃法太可惜了，那鸡头米里的维生素丢失光了。太太就记下了，一到季节，惦记吃新鲜鸡头米。

一般情况下，上元人下湖，都是几十条船成群结队，防止在湖中遇见魏村人，擦枪走火。两边人家里都有枪，以前是打鸟的铳枪，子弹是铁砂子，一枪能放倒一片野鸡野鸭。后来是老爷给家丁配的长枪短枪，一枪就能毙人命。但两村打斗，从没有人带枪，更谈不上放枪。使凳使桨，使刀使叉，是祖宗传递下来的，谁要是使枪，那就违反了祖宗的规矩，这规矩没成文，却人人心里明了。用现代人的话说，绝不打响第一枪，谁的枪响，谁就缺了理。黑皮这次没顾得上召集人，鸡头米还不够成熟，大规模作业还得等几天。黑皮自恃武功高强，一人一船下了湖。

鸡头米取名鸡头，是因为其果实形似鸡头，外面长着刺，不仅果实长刺，它的茎秆和叶子也长满了刺，全副武装，是个厉害角色。本地人说某人尖牙利嘴，招惹不得，就称他是颗鸡头米。但在黑皮手下，它是小菜一盘。黑皮手使一把长镰刀，右手用破布裹住鸡头，镰刀在水下一勾，鸡头米就拖着长长的秆子出了水面。它的茎根剥去尖刺，也可以做一道炒菜。湖面上的鸡头米越割越多，黑皮割得兴起，其实太太嘱咐过，有几个解馋即可。等黑皮摸出烟袋抽窝烟时，才发现糟糕，十几条船正朝他包围过来。黑皮掉转船头朝南岸撤退，可为时已晚，黑皮解下船桨，打落几个壮汉，终因寡不敌众，被魏长叉他们捆个结实，连人带船被魏村人俘虏。

天黑了，刘金奎不见黑皮回来，晓得出事了。采几个鸡头米，怎么会一去不回？召集村人商议，有人认为，黑皮是被湖匪掳去，更多人认为，是被魏长叉劫走。丹阳湖的芦苇丛里藏着湖匪，但匪首是明白人，从来不打湖边两村村民的主意，村民下湖，湖匪最多能抢到点湖产，湖匪看不上眼，更怕招惹了这两村彪悍的村民，捅了马蜂窝。他们的目标主要是过往的商船。曾有过村民眼红他们大碗喝酒大块吃肉的日子，农时务农，闲时从匪。刘金奎知道后，召集族中老人到祠堂聚议，结果是绑了他，再绑上石头，沉湖。自那以后，再无人入伙湖匪。湖匪与岸上人家也不是毫无瓜葛，有歇站落脚的户头，进门喊一声"亲戚"，喝个茶，吃个饭，只当亲戚来去，也不能算通匪。第二天一早，刘金奎让这户的男人下湖走一趟亲戚，带回的话是，鱼走鱼路，虾走虾道，螺蛳无足绕着走。说白了就是他们没动刘黑皮。那就只有一种可能，刘黑皮落到魏村人手里了。

上元人群情激奋，人若犯我，我必犯人。

黑皮被魏长叉扔在马棚，魏长叉声称刘黑皮是盗贼，偷了魏村的鸡头米。刘黑皮说，谁说这湖里的鸡头米都姓魏，你喊一声它们应声，我才相信。魏长叉不和刘黑皮斗嘴，让手下将刘黑皮衣服剥光，把几捆鸡头米在地上摊开，一人抱他的头，一人抱他的脚，往那鸡头米上夯。可怜刘黑皮，一身腱子肉再紧，也挡不住细如钢针的尖刺，一个坏心眼的家伙，还把鸡头米塞在他胯下。他们把刘黑皮折磨得奄奄一息，才嘻嘻哈哈扬长而去。刘黑皮毕竟不是等闲之辈，他在石马槽上磨断了绳索，在天亮前逃出马棚，好不容易找到自己的四舱船，桨和拐都被魏村人取走，他以手代桨，第二天下午才漂回南岸。

其实也可能是魏村人故意放他走，本来也只是想让刘黑皮这家伙吃点苦受点罪，灭掉他的威风，以此警告上元人。

刘黑皮被抬回家中，他捂着羞处，无比羞愧，进了自家大门，就嚷道，关门，关上门。老婆看到他的身子，心疼得哇哇大哭。那鸡头米的尖刺带毒，沾水处开始溃烂，刘黑皮全身上下找不出巴掌大的好皮肤。幸亏陈大先把他的医护包送来了，刘黑皮老婆先用镊子夹出肉中的断刺，用烧酒消毒，再抹上陈大先给的黄药膏消炎。从当天下午到第二天早上，刘黑皮老婆拔刺拔了半天一夜，刘黑皮哼了半天一夜。刘黑皮夫妻的伤痛在上元的夜空摇荡，仿佛那些刺是扎在村人的心上。刘金奎睡不着，来到刘黑皮家一坐就是一个时辰。

此仇不报非好汉。然而，事物总是不以人的意志为转移，上元与魏村还没开战，日本人的铁船开进了丹阳湖，水阳镇上驻扎了一个小队的鬼子军。湖匪纷纷逃上了岸，丹阳湖不太平，有渔民挨了日本三八大盖的枪子，浮尸湖面，再没有百姓敢下丹阳湖。

小老头说，今天这一段没陈大先什么事，陈大先不过贡献了一个医护包。

老老头说，早先搞田野调查的人，随身都有一只医护包。

老老头还说，你懂个屁，历史人物都活在大背景中，陈大先是英雄，沧海横流方显英雄本色。

九、公元二〇二〇年

王三月说过要去胡老头家蹭饭，其实并没有去蹭过几顿。老人很热情，把他当贵客待，腌肉、咸鱼，每次还杀只鸡，王三月不过意，每次去都不空手，夹条烟，拎瓶酒，还专门从县城买了量血压和测血糖的仪器送他，教他自己量血压和血糖。但胡老头这人有个缺点，爱显摆，常跟村里人咋呼，昨天王书记来我屋里吃饭了。王三月得顾忌在村里的影响，渐渐就不再去胡家。这天傍晚，胡老头专程跑到村委大楼，说，今天你一定得去我家吃顿饭，我好长时间没跟你扯闲篇了。王三月答应了，出门又回头，从房间里掏了瓶酒。

胡老头的院子里还立着那台草包机，边上是一个石碌碡。打草包的稻草，先得用碌碡压扁，顺便把稻秆上的枯叶碾碎除掉。看他一楼的窗户，堆草包的房间已被草包堆得严实。他老伴在厨屋忙活，院子里弥漫着咸菜的干香。一张小方桌摆在院子中央，他老伴上了菜，两人就端酒杯开喝。

胡老头是个关心国际形势的人，这一点王三月早就领教。现在是信息时代，城里的时尚传到乡下，也就分分钟的事。卜银花晚饭后带着一帮妇女在村委大院跳广场舞，是王三月每天必须面对的风景，只是相比县城，乡下跳广场舞的大妈相对年轻，年纪大的老太太还是不好意思加入。老人随身带一个微型收音机出门，在城里很普遍，在上元只有两位：陈疯子和胡老头。胡老头除了听收音机，每天的《新闻联播》必看。胡老头喝下一杯酒，就让王三月谈谈对目前国际形势的看法。王三月知道他是礼让，说，我还是先听你的分析。老胡从国内防疫谈到国际防疫，从美俄抗衡谈到南海局势，王三月觉得他如果坐在中央电视台，一点也不输那些所谓的专家。这就是通讯时代的好处，一个老农民可以坐在家中知天下事。老伴上菜，见他滔滔不绝，说，你能不能让王书记吃口菜再听你吹牛？王三月说，老胡讲的我喜欢听，老胡有国际眼光，难得。他老伴说，他呀，尽扯天边没边的事，吹起来就忘了正事。

胡老头邀他来吃这顿饭，有什么正事？

老胡说，不论是在西方，还是在中国，官员其实都是代言人。美国当官的代表资本家利益，我们中国共产党和政府的官员，代表的是人民利益。在上元，刘四龙替刘姓人说话，卜银花也可以替卜村人说话，但是，我们胡村人却没有一个人在村委会，我们胡姓没有代言人，这不公平。所以，我们胡村人希望村委会改选有胡姓人当选。

王三月说，做村委干部，吃苦受累多，挣的补贴少，胡村有人想参选吗？

老胡说，为人民服务是每个人的权利，往小处说，胡村人争的是这口气。我三个儿子，人品端正，尤其我大儿子胡红专，中专毕业安心务农，胡村人都希望他能替胡姓做主。

这才是胡老头要谈的"正事"。

王三月夹了一口菜，说，胡红专想为大家做事，是好事。

但是，如果只想为胡姓人做事，这就是狭隘，我希望他想的与你不同，是为整个上元的村民做事，做好事。

老胡说，那是，那是，王书记说话水平高。

胡老头说，我也知道，胡村人口少，刘四龙不会让杂姓人当上元的家。这家伙霸道，你在这也少不了受气，不过，我学了《中华人民共和国村民委员会组织法》，中途村民可以罢免村主任，只要抓住他的把柄，搞臭他，罢免他也不是没有可能。

王三月说，胡伯，这话只当你没说，我也没听见。

现在农村六七十岁这帮老头，其实都有文化知识。荒唐年月过后，拨乱反正，农村中小学教育普及，小学"戴帽"办成初中，初中"戴帽"变成了高中，说起来，老胡也是高中毕业生，有文化就有见识，有见识就有想法。

王三月不想和胡老头再讨论什么，院门外，有人影挑着粪筐一闪而过，王三月喊了一声，陈技术员！一会儿，院门口出现了陈疯子的脸，说，王书记，是您招呼我？

王三月说，来，坐下喝杯酒。

胡老头心里是一百个不愿意，但在自己家门口，王书记都邀请了，他只得说，老陈，稀客稀客，进来喝酒，也就加双筷子加个杯的事，请进请进。

陈疯子坐下，胡老头老伴给他加了碗筷和酒杯，王三月替他斟了酒。陈疯子说，我不喝酒，我血糖偏高，限食。医生说，一小杯酒相当于一碗米饭的糖量。

胡老头说，你听医生的话，那就得把喉咙口扎起来。我也是糖尿病，不是也喝着嘛。

陈疯子说，你是你，我是我。

王三月给他夹了一块咸鱼，说，那你吃菜。

陈疯子说，咸菜中含有亚硝酸盐，对身体不好。

这陈疯子真是不会说话，他端正坐着，两只手摆在膝盖上，已得罪了胡老头还不知道。

陈疯子说，王书记，您叫住我有什么事？

王三月说，也没什么大事，我就是想问一下你，你那天在新圩里找仙草，那湖里真的有仙草？

陈疯子笑了，说，我逗你们呢，哪有什么仙草，我是找野稻。这么多年，我们这里的湖熟稻消失了，我不甘心，一直在寻找它。

王三月说，野稻？找到了能重新推广栽种？

陈疯子没了拘束感，开始给桌上这两位上课。陈疯子说，大约一万二千年前，中国人驯化了野生水稻，小麦呢，追根溯源是西方人驯化的，后来传到了黄河流域，而我们长江流域，一直以栽种水稻为主。当然，后来水稻也传播到了东亚和东南亚。比如日本，日本话中的"年"就是水稻的意思，日本人的雕像上挂的是稻草环，日本人的相扑场地围的是稻草圈，水稻在日本文化中地位尊贵，不仅日本人的稻米好吃，还有泰国的香米，那都是我们中国的稻种演变来的。而我们人口多，追求产量高，大面积引进外来稻种，但本土的稻米品种正在消亡。比如说我们的"湖熟"水稻。都说三湖人一日三顿大米饭，引以为傲。为什么现在的年轻人早餐不肯吃米饭，年老一辈早餐吃米饭也咽不下，那是因为现在我们吃的米和以前本地产的"湖熟"米，有天壤之别。真正的"湖熟"米做的饭，香、润、入口一嚼、糯、甜，诱使你狼吞虎咽，顾不上吃菜。

胡老头不服，说，小时候我也吃的是这米饭，也没你说得这么玄妙。

陈疯子说,那是你当时身在福中不知福。现在要能吃到那样的饭菜,就不是一般人了。

陈疯子说,比如你们胡村和卜村的稻子,都是从我们种子站买的稻种。稻田产量是高,稻田养蟹,稻田养虾,各种带生长激素的饲料和化肥齐下,你们那蟹不是蟹,虾不是虾,稻米烧出的饭就别想有好味道。

陈疯子下意识地看了一眼桌子边上放的一盆米饭。这等于是当面打胡老头的脸,胡老头要发作,王三月按住他,说,陈技术员,那你稻田里种的都是"湖熟"稻吗?

陈疯子说,我培育的品种,接近"湖熟"了,如果能找到本地野稻,那才可能重新复活"湖熟",甚至出现比它更好的稻种。

王三月说,那能不能把你试验田的稻米,卖一点给我尝尝?

陈疯子严肃地摇摇头,说,不能,这点稻米,就只够供应我和我爸,还有我儿子一家三口。

陈疯子就是陈疯子,他筷子没动,扔下一堆怪话,走了。王三月对老胡说,我们要容得下他这样的人,怪人怪性格,他说不定是有真本事的人,不能小瞧。

王三月决定和卜银花认真谈一次。她和刘四龙到底什么关系,王三月不清楚,也不想弄清楚。王三月来上元第一天,确实有些惊艳,但相处时间长了,卜银花素颜的时候,王三月发现她也就是有几分姿色而已。脸上有暗斑,眼角有鱼尾纹,女人日子过得不顺心,总会写在脸上。只不过那天的装扮,至少说明她对王书记尊重,是把那天作为一个重要日子了。卜银花也就比他大几岁,读过中专,专业是电子商务,可上元除了有间房子挂着电商的牌子,并没有人真正上线经营。

王三月把卜银花约到了书记办公室,门敞开,还专门替她泡了一杯茶。卜银花说,王书记,泡茶是我的工作,您弄反了。王三月这么讲究仪式感,卜银花聪明,明白王书记是要跟她谈正事。王三月说,按道理有些事我不应该问,是你的私事。我觉得你一个人拉扯孩子不容易,听说你老公陷进传销了,我觉得你应该把他劝回来。卜银花说,劝不回,搞传销的人都被洗脑,财迷心窍,他要不是走火入魔,想回来怎么也能回来。狗想吃屎,拉也拉不回。胡村的胡红专,跟他一起去的,人家心明眼亮,发现苗头不对,几天后就逃出来了。

卜银花惨笑了一下,说,王书记,你是不是怕我拖上元奔小康的后腿?

卜银花说,王书记,您放心,我已起草了离婚书,只是找不到他签字。他向亲戚朋友借钱投入传销,是他个人债务,没有一分钱用于我们家庭生活。按《婚姻法》规定,离婚后他欠的债他偿还,我不需承担还债责任。

王三月说,就没有挽回的余地了?即使离了婚,他还是我们上元的人,还得想办法弄他回来。我们作为村干部,还是有责任帮助他。

卜银花说,那是另外一回事,还做他的老婆,我是绝不可能了。弄他回来,我要有那能耐早弄回来了,你找别人去弄吧。王书记,现在农村青年的婚姻观,与城市没有区别了。我们这茬人,都受过现代教育,没有谁离了谁就过不下去。

王三月点点头,他做过了解,现在农村的离婚率也向城市看齐。

王三月说,第二件事,还非得请你出马才行。

卜银花说，王书记，工作上的事，您尽管布置，您说话别这么客气。

王三月说，就是刘大亚的事，他老婆长期住在娘家，也不是长久之计。我听说你和他老婆是中学同学，你去一趟做做工作，劝她回上元。

卜银花说，没错，我们是同学，大亚这人本来正直，两人感情也好，都是让那些登门要债的人逼的，每天打开门，要债的人堵在门口，有茶喝茶，有饭吃饭，别说骂人，你脸色稍有不顺，人家就砸杯子扔碗。这日子哪里是人过的日子，男人一甩手走了，女人在家独自受这份罪。当初，我都不知道怎么熬过来的，一个女人被逼到绝境，除了撒泼能有什么招？大亚家老婆，偏偏是个要不开的人，胆小，内向，她回娘家前先跟我讨过主意，我支持她走。

王三月找大亚谈过几次，大亚对付债主的办法是要横，人家没招，上法院告他，官司自然是大亚输，把他的房子判给了债主。可是谁敢住进他的房子？法院拍卖，没有人买，再低的价也没人买。上元刘姓是大姓，大亚的房子在村中间，谁要是敢住进来，一村人的白眼就够他吃的，寻衅找碴那是可以想象到的家常便饭。刘大亚撕了封条，笃笃定定地住在家中，法院的人也拿他没辙，刘四龙出面做了些工作，就睁只眼闭只眼暂且让他住着。刘大亚神气了，说，只要是上法院告他的债主，别想从他手里拿一分钱。

王三月对大亚说，人家当初肯借钱给你，也是帮你，信任你。

大亚说，说穿了，那些人是贪图高利息。

王三月说，不完全对，至少人家是相信你的人品，才敢把注押给你。

大亚声音小了，说，我也不是说真的不还，不过是排谁先谁后的次序。

王三月说，你要是肯听我的，就把每年的收入按比例还债，告过你没告过你的人一视同仁，欠钱不丑，赖账才丑。你这样做，别人才想得通，心理才平衡。保住了口碑，你才有东山再起的机会。

王三月对卜银花说，你转告大亚老婆，只要她肯回上元，若是有债主上门纠缠，她打个电话给我，我第一时间到场，动之以情，晓之以理，不让她为难。

卜银花应下了。

王三月说，我还有第三件事。

卜银花说，您平时正眼也不看我一下，今天坐下来，一谈就谈三件事。你把三件事分三次跟我谈，你这么香的茶叶，我也捞到多喝两回的机会。

王三月说，我没那么大的胆子，你是上元的"女一号"，上元人的武功厉害，上元人的唾沫更厉害吧。

玩笑过后，卜银花的情绪明显好转。王三月说，第三个事，就是发展电商的事。

卜银花说，我知道王书记的意思。我在中专读的是电子商务，读高中时懵懂，高考没考好，填志愿时随便填了这个专业，反正一个中专生也没什么好前程。前几年上级政府号召搞电商，我觉得歪打正着，用得上了。我们村开办了两期电商培训班，我还请来了我读中专时的老师给大家上课。可是，热闹劲儿过了，做起来的人没几个，而且那几个人做得也惨淡。

王三月说，为什么？

卜银花说，我们这里，特产是"水八鲜"，也就是茭白、水芹、慈姑、芡实、荸荠、莲藕、红菱、莼菜这八样，可是这些东西在江南江北水乡实在太普通了，而且很多地区都已经人工栽植，产量大，货量足，我们竞争不过人家。

王三月说，野生的口味应该比人工种植的口味好啊，城里人不是说物以稀为贵吗，我们可以加价呀。

卜银花说，野花是比家花香，野茶是比家茶味劲足，可是，没尝过的人不知道。所以，很多产品都请明星带货，或者请网红带货。可是，咱们这点产量，全卖了也不够付他们的出镜费，要知道，明星出镜带货，动不动就收费百万千万。

王三月说，那我们可以培育自己的网红，头一个就是你卜委员，我看有些网红，长得可比不上你。

卜银花说，你这是拿老姐打趣呢。

王三月说，我可不是拍马屁，平台有了，美女有了，可能还需要持之以恒，还需要加大宣传力度，强调我们的特色。当然，我们还得进一步寻找货源，把眼光扩大到整个三湖地区。

王三月思维活跃起来，说，还需要挖掘人才，培养出一批网红，比如大亚的老婆，也可以鼓励她加入。女人的美也分类型，也讲究特色，和产品一样，有特点，就有人欣赏。

卜银花说，真想不到，王书记年纪轻轻，对女人也有深刻的研究。

王三月没被打断思维，说，要说我们的拳头产品，我最近想起了一个，陈疯子培育的水稻品种，不瞒你说，我上门讨过他家一顿饭吃，那真是从没吃过的好东西。他正在培育复活我们本地的"湖熟"水稻，如果能培育成功，那更好。现在我打算买下他所有的稻子做种子，向全村农户推广，大面积种植。

到时候，我们的电商平台就有了打得响的本地商品。

卜银花说，您是说县城来的那个捡牛粪的小老头，大家喊他陈疯子的那个？

王三月说，正是他，那人本来是县种子站的技术员，人家没疯，人家只是把脑筋只放一件事上转，不像我们，既想淘江，又想扒海。

十、公元一九四五年（民国三十四年）

日本人在水阳镇扎下据点，日本人只有一个小队，但伪军却有一个中队。上元离水阳镇也就三四里地，都说兔子不吃窝边草，但日本人不是兔子，是鬼子。先是抓民夫筑碉堡，建岗楼，接着是清乡扫荡。上元首当其冲，不得安宁。日本人弄来了两艘铁壳船，在丹阳湖中巡逻，他们认定丹阳湖里藏着新四军游击队或者中央军。其实，皖南事变后，国民党军第40师119团一直驻扎在三湖县，追捕清剿新四军突围人员，新四军突围人员大多数人在地下党掩护下回到了大部队。而119团是正规部队编制，丹阳湖的芦苇荡里别说一个团，一个连的人也躲藏不下。日本人在湖面上打死的第一个人就是上元刘姓人，尸体漂到岸边，膨胀了几倍，装殓时棺材都盛不下。在家属的痛哭声中，刘金奎和刘黑皮羞愧难当。湖阳人狠，日本佬更狠，将上元人的脸面捺到了裤裆里。日本人还常常进村抢粮食，抢不到粮就会烧房子。上元人只得在水阳镇对岸布哨，看到穿黄皮黑皮的队伍出发，就传回消息让村人"跑返"，顾名思义，"跑"就是灾难来了先跑，灾难过了再"返"，在日寇占领区，这个词成了逃难的专用语。上元人将粮食藏在四舱船上，将村子与圩内垛田间的桥梁全部拆毁，得到消息，男女老少全都上船，向圩内河汊处奔逃。也有来不及走远的，日本佬的三八大盖射程远，日本兵不像电影电视上演得那么孬，也有神枪手。有一对小夫妻，妻坐船头，夫在船尾划桨，居然让小鬼子一颗子弹击中，双双落水而亡。日本佬有船，但那铁皮船无法翻过圩堤，恼怒之余，报复的办法就是烧房。刘金奎的四进瓦房大院就是这样被日本佬一把火烧光。

刘金奎在废墟的中央临时搭了三间小屋，主仆十几人挤在其中。面对烧焦的木头、破碎的砖瓦，国仇家恨，让一向骄傲的族长大人吁天吁地，咬牙切齿。

有一天夜晚，一个头扎红布、白衣白裤的人推开了小屋的门，夜色苍茫，来人这身打扮让仆人以为是天兵天将，是菩萨派来的救世主。来人见了刘族长，却说一口三湖本地土话。来人称他是大刀会的联络员，会头命他来联络上元，邀请民团共同攻打水阳镇的日本佬。刘金奎和刘黑皮都听说过"大刀会"，传说这些人使一把大刀，念过咒语后，刀枪不入。但这个民间组织一向活跃在山区，很少到圩区来。刘族长问，为何你们不打县城，却长途奔袭这圩区的水阳镇？来人说了实话，是他们的一个副舵总，途经水阳镇，被日本人扣下了。

刘黑皮说，都说你们使大刀，为何你腰间挂的是匣子枪？

来人说，我在你们圩区奔走，背着大刀不便，还是使短枪不碍。

来人解下枪匣说，兄弟，你要不信，可以朝我开一枪试个真假。

黑皮要接他递来的手枪，刘金奎说，不必了，真也罢假也罢，我信你是大刀会的人。枪子钻不进你肉身，验明了你真身；

枪子要钻进你肉身，那就是条人命。再说，你大刀会朝我来要人，我可赔不出。

来人有些遗憾，说，兄弟，你们老爷心慈手软，你要是不信，使刀朝我砍几下也行。

刘族长没阻拦黑皮。来人却说，慢着。说罢，他脱了府绸大褂，折叠好，说，不怕见笑，就这一身出门的行头，衣裳比皮肉贵重。

刘黑皮抡起砍刀在他背上砍了一刀，留下一条白印，刘黑皮正经砍了一刀，那人背上有了两条白印子。刘老爷说，我信你了。

来人穿好衣服，朝刘黑皮双手一揖，说，族长大人可有怀表，到时候约好时辰，我们在水阳镇码头集中。

族长说，我有，到时候交给黑皮，我们上元民团绝不会误事。

上元的民团说是团，其实最多也就一个排的人。一支短枪，七八条长枪，配备抵不上中央军一个班。大刀会的人，挑了吉日良辰，后半夜鸡鸣前，天麻麻亮，码头和石阶上坐了黑压压的人群，大刀会的人占了一大半，他们都一样的装束，红巾扎额，上身短褂，下身罗汉裤，大刀插在背后。会头一声令下，众人拥进了水阳镇。水阳镇称为镇，其实也就是有一条大街，青石铺街面，两边是商家。听到动静，有商家亮了灯，见是过队伍，赶紧又灭了灯。日本佬的据点在一字街的西头，他们摸岗哨时动作不利索，哨兵扣响了扳机，惊动了日本兵和伪军。日本人的据点原是一富商家大院，占下后他们在院门口筑下工事，在院中建有一座高大的碉堡。顷刻间，进攻的队伍就被敌人的火力压制得抬不起头，有自以为喝了雄黄酒吞了丹砂的大刀会会众，念着咒语勇猛冲锋，日本佬的子弹却不理会中国人的法术，生生钻进会众的肉身。连续进攻了三次，院子门前留下了一批批尸体。进攻者们不气馁，敌人却更加猖狂，发起了反冲锋，冲出据点。大刀会和民团毕竟缺少作战经验，众人作鸟兽散。但是一字街两边商家不知所以，把商铺的门板杠得死死的，所有人都只能沿着一字街向东溃逃。那一个凌晨，水阳镇的大街上布满了伤员和遗体。据《三湖县志》记载，这一战，三湖民众战死七十八人，伤一百二十几位。

刘黑皮撤退时屁股上挨了一枪子，他立不起身，趴在青石板上等死。却忽然间被人扛到了背上，这人喝令他，抱紧我脖子，别往下掉。声音有几分熟，天还没有大白，刘黑皮猜不出是他民团中的哪一位，逃命要紧，此时顾不了别的，颠簸中他渐渐晕了过去。

他醒来时趴在凉席上，一丝不挂，他嚷嚷道，衣裳，我的衣裳呢。一个声音说，别动，你的屁股上刚挖出颗枪子，还好，只伤了皮肉。刘黑皮这才觉出了来自屁股的疼痛。那个声音说，刘黑皮，你这屁股我们不是第一回见到，有啥稀罕。不过，你自己看得贵重没错，你全身上下也就这里还算白净。

说话的人是魏长叉，是魏长叉救了他，把他背回了魏村。魏长叉说，你小子比头猪还重，为了把你背回来，我只得将手上的长渔叉扔了，你得赔我。

刘黑皮说，渔叉换了我的命，该是我赔。

刘黑皮这一回在魏村过得惬意，虽然吃了败仗，但魏老爷把他当英雄看。这一仗魏村也有死伤，死者灵位进了祠堂，遗属按惯例由全村义养，伤者请医生医疗，好生照顾。魏长叉为了给伤员提供营养，捕鱼摸虾，还冒险下湖打了几只野鸭。刘黑皮急着回村，他惦记上元民团的伤亡情况，可魏老爷和魏长叉不答应，一直等到半个月后，他已经能上蹿下跳，才用一条四舱船趁着夜色把他送回了上元。

临走前，刘黑皮和魏长叉结了把兄弟，魏老爷也托他给刘老爷带去一封书信，魏刘两姓要做亲戚走动。

刘黑皮这一回去魏村，给魏老爷和魏长叉各带了一坛酒。有好长时间没跟魏长叉喝酒了，居然想念他想得慌。船上摆着一支檀木柄渔叉，那叉是他央求铁匠用最好的钢最耐心的手艺打造，给了铁匠双倍的价钱。

小老头说，陈老师，这一章也没陈大先什么事。

老老头说，你爷爷回老家看我和你奶奶了，不在场。八月初八上元庙会，他才回到上元。

小老头说，我觉得你不是教历史的，是教语文的。也许你根本就不是教书的人，你应该去说书。

老老头说，滚。

十一、公元二〇二〇年

王三月确实跟陈玉田讨过一顿饭吃。

王三月走进陈玉田的院子，是掐准了吃晚饭的时间。院子里摆着一张小方桌，小方桌两侧摆着两张小矮凳。这种小矮凳在圩区很普及，下湖时放在船头船尾，轻巧，不占地方，渔民坐在小矮凳上喝茶或者端着碗就火炉上的锅中菜吃饭，是丹阳湖湖面上常见的风景。丹阳湖筑成新圩后，渔民上岸从耕，只要不是逢年过节，平时吃饭时也就一人坐一张小矮凳，和那些山区的农民喜欢端着碗蹲着扒饭一样，习惯了。别小看这小矮凳，现在的木匠没几个人能打好，现在的木匠用枪钉，叭叭叭打进去，当时牢靠，几个月后就会吱吱作响，人坐上去小矮凳就唱歌。而老货小矮凳，都是用榫头对接，凳腿断了，矮凳也不会散架。刘氏的"矮凳花"，使的小矮凳都是家传的老货，闲时是凳，练时是武器。现在家具店卖的小矮凳不敢要，担心那玩意没伤对手，先把自己伤了。看样子陈玉田和他父亲入乡随俗，也喜欢在院子里露天吃饭，也喜欢坐着小矮凳，围着小方桌，高兴了扔一口饭给鸡，扔一块骨头给狗，不高兴，一脚把它们踢远，这才是农家日子。小方桌前只坐着一个老头，瘦骨伶仃，却精神矍铄，应该是陈玉田的老父亲。

老人说，您找谁？

王三月说，我不找谁，路过，讨一顿饭吃。

老人说，欢迎，欢迎你，能进我的门，就是有缘，就是亲戚。

本地民风淳厚，上门讨碗水喝讨顿饭吃，有求必应，不问你是从哪里来，也不打听你到哪里去，不管你是真乞丐，还是湖匪或者小偷。想不到老人不是本地人，却有本地人的遗风。

陈玉田从厨房双手端一盘菜出来，见是王三月，眉头明显皱了一下，放下菜，用围袄擦了擦手，并不是与王三月握手，说，王书记，有什么事？

王三月说，没事，到你家讨顿饭吃。

陈玉田说，我这里没肉，也没酒。

王三月说，有碗饭吃就行。

老老头居然听明白了，连说，哎哟，原来是王书记，失敬失敬。

王三月说，陈老先生，我不请自来，不好意思。

陈玉田做的晚饭确实简单，一份炒青菜，一份湖芭根，还有一份银鱼干鸡蛋汤，清淡。米饭呢，两人的量，居然是在大灶上烧的，只占了锅底一小圈。王三月听村民们说过，当初两老头来村里落户，怕他们买菜不便，村里人纷纷给他俩送菜。后来有人发现，那些蔬菜都喂了他家养的小鸡仔，多了的菜居然任其烂掉也不下锅。糟蹋天物呢，小老头解释说，他下乡就是不想吃施过农药化肥的菜。小老头在田角落种了两垄蔬菜，和他的试验田一样，收获很少。家家都打农药，害虫们飞来飞去，在他这里才找到了乐园。小老头不嫌收得少，说，虫吃剩下的我们吃，反正我们也吃不了多少。村民们再不给他家送菜，原本，送菜是出于情谊，吃不了的蔬菜多不算多，上农贸市场去卖也不值，送人可以落个人情。但是人家不领这个情，给他家喂鸡，还不如喂自家的鸡，农家人，不仅要喂鸡，还要喂猪喂羊。这陈玉田，就把疯子的外号在上元也坐实了。

王三月说，陈技术员，其实在县里时我就知道你大名。

陈玉田说，人人都知道陈疯子。

王三月说，我爸在农业局干过，退休前是副局长。

陈玉田说，王副局长？认识。

老老头插话，我也认识，他读中学时我教过他。

王三月说，陈老先生，那您就是我的师爷了，师爷爷好。

要想品出米饭的滋味，最好的方法是不吃菜，反复咀嚼。陈家的米饭看着软绵，却耐嚼。王三月细细咀嚼，先是有甜味，接着是齿颊生香，但那香味不是泰国香米那样浓郁，而是青草的香味，淡而久长。看王三月专心的样子，陈玉田说，这还是杂交品种，真正的湖熟稻米是荷叶才有的清香。

王三月说，这稻子可以育种吗？

陈玉田摇摇头，只是几种稻苗嫁接的产物，无法育种。我目前育出的苗，走的是人工去雄杂交，就是一朵花一朵花进行，能得到的种子数量太少，无法大面积栽种。

王三月听不懂，说，如果找到了你的"仙草"，能不能自己育种？

陈玉田说，能，大粒育种，古人就是这样驯化野稻的。

王三月说，找了这些年，你一直没找到？

陈玉田说，找到过，在江边的石坝缝里，找到过两蔸，我没来得及保护，就让牛啃了。

王三月说，这野稻怎么会只有几棵呢？

陈玉田说，也许是几十年前，有人不小心落下几粒稻，一直缺少生根发芽的条件，突然间有了阳光水分，谷粒终于遇到了天时地利，就生长了。

王三月说，生命真有说不清的力量，一粒稻子，几十年后居然能从石缝里生长出来，太神奇。

王三月说，陈技术员，你还能再发现野稻吗？

陈玉田说，能，一定能，生命都是顽强的，我在找野稻，野稻一定也在找我，但它没长脚，只能等我去发现。湖熟稻才消失几十年，只要我找下去，迟早我们会相遇。

王三月说，听起来像是情人间的一场约会。

王三月问陈老先生，说，都说叶落归根，您俩怎么到上元来落户了？

老老头犹豫了一下，还没开口，小老头说，不奇怪呀，我们的祖籍地是山区，我爸打懂事就生活在三湖，我是土生土长的三湖人，一个人，拥有稻田才算拥有故乡。

陈玉田这最后一句话，让王三月刮目相看。陈疯子这句话太高级了，比网络上那些人生导师的名言强。

连续的雨天，水阳江的水位不断上升，圩田内涝也越来越严重，人的心情也变得压抑。这天，王三月本来答应了卜银花去河边现场直播挖湖芭根，雨太大，只能在电商教室里室内直播。卜银花是个细心的人，疫情尚没彻底解除，每台电脑都与邻座隔了两个座位。王三月开始不肯答应直播，卜银花说，你看这网上，市长县长都在直播带货，为本地产品打开销路。你也算一方土地爷，再说，这么高的颜值，我们不能让资源浪费。王三月只得顺从。女人们直播前都化妆一番，卜银花也要替王三月化妆，王三月说，使不得，使不得。卜银花说，你这身肌肉虽然亮眼，但现在走红的影视男明星大多红唇白齿，脸上掐得出水，才招疼爱。王三月说不过她，只得任她摆布。卜银花替他描眉，还替他抹唇油唇膏，王三月大气不敢喘，两人靠得这么近，卜银花抬起胳膊，两簇黑黑的腋毛一左一右对着他，一股成熟女性的体味包围了他。王三月长期在健身房格斗馆锻炼，难免与女性近距离接触，但王三月是个意志坚强的人，头脑清醒，而现在，或许他独身久了，竟产生了恍惚。他闭上眼睛，默默对自己说，这是刘四龙的女人。尽管这句话只是传说，他未必真的相信，但现在必须相信这事成立。这一瞬间，他能理解刘四龙，做男人太难，战胜自己比战胜女人更难。王三月的呼吸变得粗重，卜银花当然有感觉，她佯装不知，说，你这样出镜，肯定收获一堆迷妹，连人带货都抢手。

他的直播还真的火了，他推销的湖芭几天后就断货。柏亚男说，王三月，你居然进军电商界，还一不小心成了网红，我怎么觉得，你待在乡下角落，我还是有危机感。

水阳江的水位超过了警戒线，乡政府要求，在外打工的人必须尽快回来防洪，但很多村民都不买账。有人说，疫情期间我们想回不让回，现在喊我回我还不愿回了。主要是老百姓没把洪汛当回事，水位超警戒线三五年出现一回，二三十年了也没见过破圩，狼来了狼来了，大家都不当真。真要是破了圩，灾难家家有份。但王三月不敢大意，在防汛会议上，杜乡长说东坝已经由武装民兵接管，昼夜巡逻。清道光二十九年（公元一八四九年），丹阳湖大泽水位高十三米多，东坝被当地民众掘溃，造成苏州、无锡、常州、镇江一带重大水灾。自那以后，东坝土坝改为石坝，并长期驻兵看守。到了民国，还长驻一个排的官兵。形势不允乐观，王三月和刘四龙挨家挨户做工作，动员在外打工的人紧急回村。非常时期，村委会制定了政策，每户出一人巡圩，不回来巡圩的人每天出一千元，村委会用来雇工。老百姓会算账，在外打工者基本都返回了村里。

　　上游的第一波洪峰将要到达，水阳江水位急速上蹿，中央台播报，水阳江防汛升入一级防汛。三湖县上上下下都紧张起来，县长书记全部下乡到挂钩的圩子蹲点。明清以来，本地一直有一条不成文的规矩，破一个圩撤一个县官，严重渎职者还被押进大牢。新中国成立后几次破圩，都有县长、乡长被撤。圩堤上隔几里地搭建一个防汛棚，塑钢骨架，大红帆布，帆布上写着一个刺目的大字"警"，白天，是送水牌的人歇脚之地，晚上则铺上干部和青年突击队员的地铺。所谓"水牌"，是一块长方形木牌，上面写着序数，送牌者一手持牌，一手拎着铜锣和木槌，沿着圩堤巡视，水牌一站一站往下递，人停牌不停，二十四小时循环。一旦发现危情，立即敲锣鸣警。按说现在交通和通讯发达，但村里的老人有规矩，不准骑车，更不准开车，老老实实一步一步用脚丈量圩堤。可随身带手机，打电话能向上级及时报警，但锣与槌不能丢，附近的百姓只以锣声为警。老人们说，祖宗的东西不能丢，失去对祖宗的敬畏之心，天诛地灭。老支书刘大宝说，时代走得快，我们还在稀罕自行车呢，电动车来了，接着小汽车又开进了院子门，发展快是好事，但人不能忘本，该走路还得走路，该慢还得慢下来。送水牌不是为了送牌，是为了一路巡查水情，出不得一丝纰漏。最终还是不放心年轻人，怕他们一路走一路玩手机误大事，送牌者都挑选五十岁以上的男人，可靠。而青年人都组成突击队，主要是巡查圩埂内侧，堤外是大水压境，溃堤常常是因为堤埂内侧出现漏泄，有个成语，千里之堤，溃于蚁穴，就是指蚁穴这样的小洞，一旦漏水，也能越掏越大，毁了堤坝。突击队员五人一组，在圩埂的内侧斜坡一字排开，每人手持一根竹竿，用来拨开草丛搜查漏水，也兼顾驱赶蛇虫，远远看上去，他们就像是战场上的排雷兵。阴雨连绵，蚊虫肆虐，偶有晴天，又是酷热，好在大家都明白守的是自己的家园，任劳任怨。

上元的任务更重，除了守丹阳圩的大堤，还得守胜利圩一半的堤埂。哪边筑的圩堤哪边的人守，是多年来不成文的规矩。上元的劳力三分之二留在丹阳圩堤，三分之一安排到新圩，村干部分工，王三月负责丹阳圩，刘四龙负责新圩。刘四龙说，我们合作社的产业都在那里，新圩的圩堤基础比不上老圩，别人守我不放心，守那里我才踏实。还有一个原因，刘主任私下跟王三月说过，新圩真要是出了大事，我一个农民还是农民，你是吃编制饭的人，年轻着呢，以后的路还长，不能让你背锅。王三月守老圩，但也不敢大意，县乡蹲点干部都住在防汛棚里，他当然也日夜坚守一线。

第一拨洪峰安全通过，要归功于祖宗们留下的水牮。水牮们大多数已被江水淹没，但气势汹汹的洪水到了这里，还是明显减缓。中流砥柱，到关键时刻方显英雄本色。洪峰还会有第二拨第三拨，甚至连绵不断，人们松了一口气，又得绷紧神经，迎接新的洪峰扑来。王三月坐在防汛棚的塑料方凳上，睡眠不足，上下眼皮老打架，他从烟盒里抽出一支烟，点上，想赶走瞌睡。当初来上元，随身带盒烟，是为了方便接近村民，不知什么时候，自己也抽上了。现在城里人都纷纷戒烟，机关里的年轻人抽烟，被视为不文明的劣迹，王三月每次回家，都因为抽烟挨父母的批评。好在柏亚男不反对，柏亚男说，他们不心疼你，我心疼你，把一个大男人一下子扔到陌生的乡下，抽烟解个闷也不让，他们究竟想让你去做什么？但是这阵子，烟实在是抽凶了。你发一圈，我也发一圈，杜乡长这样的老烟枪，几乎烟不离口，王三月离了烟，也打不起精神。

　　王三月自我安慰，非常时期，没烟人撑不住。

　　外面有人问，王书记在这吗？

　　王三月走出来一看，是陈疯子。陈疯子还带着三个人，看面孔，不是本村人。

　　村里摊派防洪劳力时，没算上陈玉田家。陈家户籍不在本村，房和田都是租的，而且两老头年龄这么大，出个意外反而会给村里添麻烦。他带人来做什么？王三月递烟，四人皆谢绝。陈疯子指着其中年龄大一些的人说，这是我儿子，洪灾面前，人人有责。我把他叫回来了。

　　王三月知道他儿子是个科学家，可现在这里用不上科学家。

　　科学家自我介绍：我是研究无人飞机的，这两位是我的研究生。我们带来了无人飞机，可以用它巡视圩堤，发现漏洞。无人机工作量大，可以节省人力，也算我家为抗洪出一份力。

他还真小看了科学的伟大，王三月紧紧握住科学家的手，连声致谢。

老圩安排的人多，王三月打电话给刘主任，刘主任将信将疑，说，这东西有这么大本事？王三月说，你看过美国人定点斩杀伊朗军官的新闻吧，那就是无人机干的。你可以怀疑我的本事，但不能怀疑科学家的本事。刘四龙应下了，其实心里还是不踏实，巡堤的班次一次没减，只是增加了一项无人机的巡查。几位不肯停留，水也不喝一口，要直奔新圩一线，王三月只得安排船只，送他们人和机过江。

长时间高水位的浸泡，增加了堤埂出险的可能。陈疯子儿子带来的无人机，搭载了光学、热红外、雷达等多种类型的传感器，无人机盘旋在新圩上空，对圩堤沿线进行遥感成像，三位科学家据此分析做出判断。送水牌的老者，还有巡防的突击队员们，看着头顶上大鸟般盘旋的无人机，觉得稀奇，指指点点，议论纷纷，这只大鸟并没长眼睛，它凭什么能发现险情？事实上第一次发现"管涌"，就是这只没长眼睛的大鸟发现的。"管涌"这个词是防洪警报上的官方词汇，上元人称之为"漏水洞"，科学找到了那个漏水洞的定位，突击队员立即集结过来，用沙包封堵。水停止了一会儿，大家刚松懈，周围两三米的范围又出现了两三处漏水洞。几位老人赶到现场，拿出了防治方案，在外堤投石投沙包，尽可能阻止进水。各种备用石块和沙包成车成车倾倒在堤埂外侧，收效并不明显。胡老头说，看样子这里不是一个漏水洞，是一窝，仅靠堵塞，按下葫芦浮起瓢，宜导不宜堵，我们得赶紧在圩埂内垒坝，水涨坝高，等到水位与外面的江水持平，江水就不会朝漏洞里钻。刘主任平时看不惯胡老头的不阴不阳，但在抗洪这方面，不听老人言，吃亏在眼前。漏水面积有十个平方米左右，筑一个"匚"形坝，需要大量的尼龙包装袋灌土堆垒，准备的沙包已所剩无几，刘四龙紧急通知村委的广播员，征集各种包装袋，送到江边七舱大船上，越快越好。胡老头说，刘主任，用不着，只需召集人跟我去取就是，我这几年的稻草都用来编织草包，全堆在我家的一楼，现在正是用得上它的时候。刘主任说，事不宜迟，突击队马上组织运送草包，灌土，垒包，拖延一秒钟就增添一分危险。关键时刻，胡老头家的草包起了大作用，杜乡长派老圩的突击队员火速过江增援，草包柔软，泥土遇水外漏，将草包之间的缝隙自然填充，比尼龙包装袋实用，三道垒坝很快与堤面持平，果然，漏出的江水不再上蹿，垒坝与圩堤中间形成一个境面的小池塘。险情解除，所有人都累得瘫倒在圩埂上，顾不上擦洗头上脸上的泥水。

陈玉田和胡老头刚才都在稻田里往草包中装土，被毁掉的稻田有小半亩，要是平时，牛啃了几棵稻禾，也会引发一场争吵，甚至打架，现在稻田的主人也在抢险的队伍中，他只是心疼地看一眼挖出的土坑，没吭声。两老头的共同点是热爱庄稼，他们挖土时尽量往深处取土，尽量少祸害庄稼。稻穗已经吐粒，青葱葱地拥簇在一起，煞是可爱，再晒几个太阳，它们就会饱满金黄，将稻穗压得弯下腰来。看着它们倒伏在脚下，被铁锹腰解，被一双双胶鞋踩躏，两老头心里都不是滋味。但此刻真的顾惜不了，堵漏如救火，都得豁出去。从前圩区出现溃堤，村民们把门板床板还有家里贮存的米包都毫不犹豫地填进去。留得青山在，不怕没柴烧。

胡老头烟瘾大，坐在泥巴中迫不及待地点了根烟，说，老陈，你儿子厉害，那小飞机简直火眼金睛。

陈玉田也坐在泥巴中，眼镜上糊了泥巴，看人看世界都模糊，心里却清晰。陈玉田说，姜还是老的辣，你存了这么多草包，未雨绸缪。

胡老头听不懂末句的成语，但晓得是夸奖他，谦虚地说，哪里哪里，不敢当。

胡老头转身对大伙说，其实，打这些草包是我家老大的主意，捐出来也是他的主张，他说能在紧急处为村里出上力，他比做什么都开心。

人人都附和着夸起胡红专。陈玉田明白了，夸老子只夸了一个人，夸儿子是老子儿子两人一起都夸了，这胡老头心里有把小算盘，算得精。

陈玉田一直陪儿子他们住在防汛棚里，刘主任几次赶他走，他都不肯撤。他的理由是儿子喜欢吃他做的饭菜，他守着儿子心里才踏实。没有人知道他内心的秘密，他担心的不仅是儿子。

十二、公元一九四五年（民国三十四年）

当年日本佬在上元放火烧房，看上去气派一点的砖瓦房都没逃过他们的魔掌。唯一没被烧掉的是村口的祠山庙，看来日本人也惧怕祠山大神的神威。祠山庙驻北朝南，对面原是上元的大戏台，供每年庙会请来的戏班子演出，日本人不敢动祠山庙，把戏台一把火烧了。庙会在即，戏台必不可少，日本佬投降了，上元人驶出六条七舱船，赴东坝镇采购木材和砖瓦等，请来木匠泥瓦匠雕匠，马不停蹄建起了新戏台。东坝镇原是商旅从丹阳湖通往苏南的商埠，是稻米、茶叶和木材的集散地，日本佬占领后商家萧条，日本佬滚蛋，小镇复兴，上元村被烧掉房子的农户，凡是还有点钱底子的人家，都是从东坝镇购买建材重建新居。

　　传说当年祠山大神白天在淤泥中挖泥垒堤，入夜化身为猪，拱泥筑堤。圩区一带，判断你是不是懒汉，卷起你的裤管便知，据说祠山与天斗与地斗，与洪水斗，胫无汗毛，后人以此为荣，其实男劳力们腿上没有汗毛并不是因为抗洪，稻秧栽下后，杂草共生，稻农有一道工序，称为"跪田"，双膝着田，胯下夹一行稻秧，膝退人移，沿途双手将稗草之类抠除埋进淤泥，变作有机肥。从前布匹比皮肉值钱，稻农一般不舍得穿长裤跪田，年年如此，小腿自然寸毛不生，与祠山抗洪并无什么关联。庙会有一项规矩，那几天所有人不得吃猪肉，祠山当年化身为猪，忌吃猪肉是表示对祠山大神的崇敬。老辈人说，有年庙会来了一山区捣蛋鬼，饱啖猪肉后来庙会看戏，神灵岂能饶他，戏没开场，这家伙呕吐不止，腹痛满地打滚，口中央求祠山大神开恩。他得罪的不只是祠山，他得罪了整个圩区百姓。捣蛋鬼被扔进了水阳江，一个山区旱鸭子在江水中折腾，结局可想而知。自那以后，再没人敢坏庙会的规矩。

　　魏老爷来上元庙会看戏，其意义不亚于很多年后标志中美冷战结束的尼克松总统访华。日本佬不知道，他们烧毁了刘族长的豪宅，宅基地上只剩烧焦的梁柱和黑乎乎的磉墩，磉墩也被称为"柱脚"，或方或圆，刘族长家的柱子柱柱落"石"，而石墩之下都埋着一罐银圆，以备不测。刘族长没想到自己埋下去的银圆自己掘起，恩泽后人的想法被日本佬瞬间击碎，世道险恶，现在顾不得未来。刘族长重盖了大瓦房，自掏腰包让黑皮去请芜湖的黄梅戏团，放出口风，庙会三天上元摆流水席，来者都可敞开肚皮吃喝。以前这笔开支都是村里众筹，这次刘族长一人包下了。刘族长说，打败了日本佬，千金散去还复来。跑返才结束，大伙还没缓过气，平均摊派，对落难户是叫花子碗里挖冷饭，若是日本佬劫走了我的老底子，那就是肉包子喂了狗。这钱还在我手里，是天意，天不灭我，这钱花在上元的脸面上，花在庙会上，才花得值。

庙会不能吃猪肉，但亲戚来了不能缺肉，没了肉，喝酒就喝不香。日本佬占领这些年，田荒了，湖荒了。丹阳湖里的湖草茂盛，鱼虾长得欢，一网下去，收获能有半舱，大的青鱼鲢鱼能有十几斤，小的湖刀和银鱼起网是满眼银。捕鱼的人捕鱼，打猎的人打猎。秋风起，芦苇荡里芦秆黄芦花白，各种禽鸟在芦苇荡上空盘旋。丹阳湖里野鸭多，本地人分为八种，一雁，对鸭，山鸭，世鸭，湖鸭，绿鸭，漆鸭，扒鸭，用本地方言读，即一二三四五六七八，个头依次从大到小，魏村和上元的四舱船在湖荡中穿梭，喷砂枪的响声此起彼伏，野鸭们逃出这伙人的枪口，又落到那伙人的瞄准圈。两伙人相遇，在船头立起，抱手一揖，魏村人是送礼用，上元人是待客用。到了庙会那几天，两边的鸭子说不定会在一口锅里红烧，现在何必要分出你的我的。

魏村来了三条七舱船，两条载人，一条装的是礼品。人体面，穿着年节才穿的新衣，礼物更体面，十只沉甸甸的抬箱，一坛坛酒，一匹匹绸，还有堆得冒尖的米团和云片糕。刚过了几天太平日子，魏村出手如此大方，也拿出了吃奶的力气。上元人迎候在埠头，船一靠岸，鞭炮齐鸣，欢声笑语，每个人都兴高采烈，停止了好多年的红火日子终于回来了。

刘老爷和魏老爷见过面。民国二十五年（公元一九三六年），上元和魏村在丹阳湖曾发生一场大规模械斗，双方出动了全村的男劳力，上元死一人，伤五六人，魏村死三人，伤七八人。官司打到省政府，省长出面开协调会，魏老爷和刘老爷作为乡绅代表参会，两人唇枪舌剑，双眼冒火，恨不得一口把对方吞下。彼一时，此一时，如今两老爷见面，行宾主之礼，斯文有加。当日午餐，设在刘老爷家正厅，一张八仙桌，魏村三位，魏老爷魏长叉加一位魏氏秀才；上元也对等三位，刘老爷刘黑皮加一位在省城洋学堂读书的刘氏子弟。国与国之间交往有讲究，村与村之间也有礼节，两老爷身边都是一文一武，另两位贵宾，一位是来自省水利厅的教授陈大先，另一位是本县县长的秘书。用今天的称呼，一位是省领导，一位是县领导。

刘府新建不久，正厅面貌一新，堂上是一幅陆羽烹茶的水墨山水画，一左一右是题着"远山近水皆有情，清风明月本无价"的对联，一堂红木家具原色原香，一排立柱却刷的是红洋漆，那洋玩意味道呛人，魏老爷有些不适应，接连打了几个喷嚏。魏老爷说，刘族长家大业大，那年听说鬼子在上元烧杀抢掠，刘府首当其冲，想不到鬼子一走，刘府华堂崛兴，龙楼凤阁，鬼子不走怕也得被您气死。刘老爷说，兄台见笑，经历了这场战乱，才明白钱财乃身外之物，不怕您笑话，这场庙会后我已所剩无几，所以才自我安慰，有"远山近水""清风明月"足矣。魏老爷说，刘族长志存高远，胸襟阔大。我只顾虑眼前，当下鬼子走了，留下的烂摊子一时难以复兴，老百姓饥寒交迫，尽管可以用湖产抵挡一阵子，但没有主粮，这日子还是难挨。可是等到明年的稻子收割，还得等上大半年。

刘老爷看刘黑皮一眼，举起酒杯敬魏老爷，说，话赶话，说到这里，我向兄台进一言。

魏老爷一口抿了，说，请兄台赐教。

刘老爷说，丹阳湖大泽由三湖组成，古时一片汪洋。春秋时吴筑固城为濑渚邑，因筑相国圩附于城。后来因吴丞相钟有宠于君，因此获赐此圩，故后人称此圩为"相国圩"。三国时期，吴国大将军丁奉为解决军民粮食问题，来到丹阳大泽，见四野茫茫，草盛泥肥，于是率十万大军筑埂成圩，始有金银圩。丹阳圩始筑于北宋政和年间，围湖造田也是为民生计。从古至今，帝王将相都是不断向丹阳湖争田争粮，才有如今大大小小数十个圩子。战乱刚过，民不聊生，若国泰民安，人丁兴旺，只怕粮食更趋紧张。我心生一念，如果我们两县人民合力将丹阳湖筑成一个新圩，就能得良田万亩。我斗胆向兄台禀报，不知兄台以为如何？

魏老爷一拍桌子，说，好，好主意。刘族长果然高瞻远瞩，大手笔大气魄。

陈大先一惊，一根筷子落到地上，顾不得弯腰去捡，说，两位老爷，使不得，千万使不得。

刘老爷那番说道，大多是平时聊天时在陈大先这里听闻的。但刘老爷说话，只是截取了为他所用的史实，宛如多年后那些做学问断章取义的学者。陈大先说，两位老爷，请允许我讲几句。相国圩、金银圩筑成后，丹阳大泽水患没有明显增多，但丹阳圩筑成后，横截水势，每遇泛涨，冲决民堤。南宋时江东转运司调查后认为，丹阳圩圩田七百三十顷，每年收租不过米两万石，而导致数州民田淹没所失的税收却是其数倍。上报朝廷，最终因异议而搁浅。至明朝刘伯温在固城湖东筑东坝后，三湖之水不复东流，水位陡增，造成大批圩田淹没，明正德七年（公元一五一二年），仅三湖一县被毁良田十万余亩。根据史料可知，三湖县水患从明朝开始愈演愈烈。倘若将丹阳湖再筑圩围垦，无异于雪上加霜……

陈大先一口气往下说，刘老爷的脸色越来越阴沉，魏老爷却面露笑容，频频颔首。刘老爷没想到陈大先这个书呆子关键时刻唱反调，做人做事不看眼色。魏老爷有几分幸灾乐祸，这位省里来的专家，等于当大家的面打刘老爷的脸呢。刘黑皮突然起身，拽住陈大先的胳膊，说，陈先生，门外有位亲戚找您哪，我们去看看是谁。不由分说，把陈大先拖走了。

魏老爷说，继续聆听兄台高见。

刘老爷说，这事得由我们俩联手才能促成。我们同时向两县县长申报，仅凭我们两村村民之力，肯定做不成这件大事。只有得到两县官府支持，发动民众，才可希冀。我想过了，民工出工，以工计田，将来有路远不便耕种者，由我俩将他们名下垦田悉数买下。呈报上官的具体方案，我已准备好，请兄台鉴定。

魏老爷接过刘黑皮早已备好的信札，说，刘族长好笔墨，笔中聚天下山水之灵气。

魏老爷终于明白了刘老爷的葫芦里卖的什么药，不过，共赢双利的好事，他何乐而不为？这刘金奎确实不是等闲之辈，若真如他所说，穷得掉底了，到时候，他拿什么去买民工的份子田？分明是在演戏给别人看，博民心，谋大事。

刘老爷说，事不宜迟，我俩各自抓紧去办。入冬后西风起，丹阳湖的水将涌进石臼、固城两湖，正是筑圩埂的好时机。

魏老爷起杯，说，干。

其时国共已经开战，三湖县处于国统区，三湖县的新四军游击队遭遇国民党军队的围剿后，损失惨重，奉命北撤，国民党省和县两级政府官员忙于内战差事，无心理政。刘老爷和魏老爷在这件事上结成利益共同体，他俩劲往一处使，上下活动，不久就拿到了那一纸批文。

而陈大先鬼迷心窍，始终想劝阻刘金奎。刘金奎绝不允许陈大先挡他的道，围湖垦田是利民利己的千秋功业，凭什么先人们围湖垦田青史留名，他刘金奎同样做好事，你陈大先要加他以千古罪人的罪名？刘金奎不待见陈大先，终于有一天吵翻后，陈大先被逐出刘府。

陈大先搬出刘府之前，朝刘老爷作了深深一揖，说，只求新圩筑成后，只作良田，不驻村寨，万一洪水滔天，新圩依然可储水分忧。刘老爷点头同意，建圩以来，不论是国民党统治岁月，还是新中国成立后，这一条被定为铁律。

"德先生"和"赛先生"，当然还有陈先生，这时的刘老爷觉得，他们都应该去喝西北风。

陈大先搬进了圩埂脚下的一处涵洞，涵洞外通水阳江，内通圩内内河，用于大旱时放水进圩灌溉庄稼，平时通江水那侧用石头封死，冬暖夏凉，是逃荒要饭的乞丐的栖身之处。若是夏天，蚊虫飞舞，而且还有蛇和老鼠藏身其中。好在已是深秋，陈大先住在里面还算太平，只是偶尔有几只老鼠夜中骚扰，陈大先点亮防风灯，它们就落荒而逃。这只防风灯，是他离开刘府时，刘太太硬让他带走的。那时代的学者研究强调"田间调查"，风餐露宿是调查考察时的家常便饭。陈大先内心并不怨恨刘金奎，一个地主，为得到土地不顾一切，哪怕是丧心病狂，都在想象范围，恨只恨官员们的糊涂与昏愦，误国误民。住在逼仄的涵洞里，饥一顿饱一顿，倒让他对刘老爷有了感激之心。这么多年，每次来水阳江畔，他都是住在刘府，热饭热菜，刘老爷待他为上宾，如果不是出以公心，他不该与刘老爷为敌。

他两次回到省水利厅，禀告丹阳湖筑新圩的利害，并将自己的分析著述成文呈上，可没人理睬。厅长只是朝他一笑，劝他不必情绪激动，批文由省长签发，他一个厅长挡不住，他一个小小的研究员想阻挡，更是螳臂当车，不自量力。陈大先灰溜溜地回到上元，向村民游说筑新圩的危害，村民们避之唯恐不及，这个书生，是个忘恩负义的狗东西，书读到狗肚子里了，刘老爷家的好菜好酒喂到狗肚子里了。陈大先在上元待不下去，修书一封，托三湖县中的地下交通站向上级钱中英汇报，半个月后陈大先接到指示，令他离开三湖，去我党苏皖边区政府水利局工程科报到，而钱中英那时正是这个工程科的科长兼华东军区兵站部交通科副科长。

陈大先接到指令之前的那几天，丹阳湖筑新圩的工地热火朝天，人欢马叫。

新圩定名为"胜利圩"，取庆祝十四年抗战胜利之义。新圩设计为椭圆形，两侧留水阳江水道，三湖县和湖阳县民工各筑一半圩堤，刘老爷和魏老爷各任本区域筑圩总指挥。此时正是枯水期，民工从水垾处筑坝拦截水阳江，西北风劲吹，将湖水吹向东边的石臼湖，丹阳湖的湖底裸露在青天白日之下，民工们挖土成沟，肩挑手提，挖泥土堆积成一条长龙。遵照祖先围圩之法，新圩必须设两处"亮陡门"，两处"暗陡门"，四处涵洞，为圩内外排水之用，内涝向外排，内旱向内排。所谓"亮陡门"，就是露天水闸，水闸用巨石制成，宛如一扇巨大的门板，用绞绳升降，那摇把又长又粗，摇动时需十个劳力上阵，男人们开玩笑，常把男根夸张成那摇把。"暗陡门"看不到门，是在圩埂的内侧中间，砌出一个蓄水池，做中转站，圩埂外侧架一排人工水车，有涵洞通蓄水池，内侧往往置二到三级水车，逐层向蓄水池送水。每当男劳力们爬上扶手踩水车，便是圩区男女老少观赏的独特风景，新中国成立后水车换成了抽水机，黑乎乎的铸铁水管在斜坡上趴成一排，宛如巨蛇阵。筑"亮陡门"是筑圩最重要的工程，巨石可从皖南山区订制，最难的是奠基。

奠基难在找人，旧时恶俗，重大建筑需用活人奠基。据说春秋吴筑相国圩，北宋筑丹阳圩，每个亮陡门的门石下都有被埋葬者的呻吟。三湖的筑圩指挥部设在刘府，三湖县一众地主乡绅在刘府大厅一筹莫展，最后是刘老爷拍板，把任务交给了民团团长刘黑皮。奠基当然得选吉日良辰，那天鸡叫头遍后，指挥部头面人物悉数到场，跪拜之后，民团的人将一白衣白裤的人塞进坑内，夜色尚浓，那人嘴中被塞了破布，所有人只听得见那人哼哼之声，却看不见那人面目。胜利圩建成后，有过几次破圩，都是湖阳县那边溃坝，三湖县这边从没溃过一次。本地人都归功于那死鬼，传言是死鬼的灵魂护佑了长堤。

小老头大惊，打断老老头的话，说，您是说那人就是陈大先，是我爷爷？

老老头说，这只是我的一种猜想。你爷爷之死，还有别的可能。

当年老老头北上找到陈大先的上级钱中英时，钱中英认为，陈大先同志是在过长江时遇难，接应陈大先的交通员在江北码头交通站苦苦等待了几天，都没有等到陈大先，一种可能是乘船过江时船翻人亡，这种事故当时在长江中时有发生。另一种可能，陈大先的地下党员身份途中被国民党特务发现，在脱逃时被敌人子弹击中。新中国成立后有关部门搜查国民党监狱宗卷，一直没有找到陈大先在押的资料。

胜利圩最终筑成于公元一九四七年春天，其时国共两党的战场上硝烟弥漫，国民党后方人心涣散，刘老爷魏老爷既为筑圩牵头者，又为官方任命总指挥，出面向两县民工兑现承诺。刘老爷购得湖田八百亩，捐出其中二十亩作为义田，收获用来赈济上元刘姓贫困户，奇怪的是，陈大先不姓刘，远在浙江老家的陈大先妻儿却连续两年收到了寄自上元的义金。

十三、公元二〇二〇年

丹阳圩的抗洪指挥部设在鳡鱼嘴，这里是圩堤突出的一段，正面迎对着水垱之后江水形成的第二波洪流，历史上曾在这里两次溃口。尽管人民公社期间，每到冬闲，公社都召集劳力来此筑圩，把圩埂筑得特别高，特别宽，但每次过洪，这里还是丹阳圩防洪的重中之重。指挥部搭在埂面，也就是比别处抗洪棚多搭了几个大帐篷。杜乡长和王三月昼夜都驻守在此，县长几乎每天来巡查一次，突击队队员们也在此宿营。

指挥部的一日三餐由卜银花带领妇女们做好并送来，天热，不出巡的同志在帐篷内大都只着一条短裤，只王三月斯文，上身一直套着一件短袖汗衫。防洪伙食，县乡两级都有拨款补贴，老杜面对丰盛的菜肴感叹，要是来瓶白酒就美了。老杜也就嘴上说说而已，这时候谁敢喝酒？喝酒误事，这样的时刻是误大事，老杜作为一乡之长也没胆子碰这红线。卜银花在这非常时期，也没忘记她的直播，不过直播的内容有所改变，主要是直播抗洪现场了。卜银花的直播镜头对着谁，谁都躲闪，赤身裸体不肯上镜头，卜银花说，王书记，就您一个人衣服穿得多。王三月正在夹菜，说，别，别，千万别把我拍成一个吃货，要拍就拍咱杜乡长，领导带头上。杜乡长放下碗，说，卜委员饶了我吧，上次那个直播，我老婆看了打电话给我说，你那直播带货，把我的半个屁股当老腊肉晒出来了。众人都笑得喷饭，确实有这么回事，那天老杜带着打桩队在江水中打桩，打的桩不是一般的桩，就是大树笔直的树干，在圩埂外的顶浪处，打下一排树桩，可减轻圩埂的压力。老杜年纪大，下水扶桩，年轻人力气大，使锤砸桩。打下一根，老杜上岸选另一根树桩，卜银花正带着送饭的妇女们路过，卜银花放下饭篓，拿起手机就录像。老杜的短裤本来就在屁股上扯了条口子，水一浸，布往上贴卷，弯腰时屁股正对着镜头，暴露出一截被水浸得乌青的老皮老肉。卜银花说，战时状态，谁还注意看乡长的屁股。不过我确实把您夫人得罪了，本来那是她一个人的专属，我一不小心给大家安利了。

笑声一片，大伙忘记了疲乏。

王三月有一个星期没洗热水澡了，在这里驻守，人人都是往江水中一跳，拍打几下身子，就算洗澡，本地人叫"老鸹澡"。王三月不适应，江水泥沙俱下，明明擦洗得仔细，但穿上衣服，皮肤糙得慌，用手一搓，能搓下一层细沙。这天吃过晚饭，王三月向杜乡长请假，回宿舍洗个热水澡。

村委大楼漆黑一片，人都上圩埂了，现在通信发达，连守电话的人也不需要，上边有什么事都直接打村书记和村主任的手机。王三月开了大门，有个黑影闪到了他身后，他一惊，谁？转过身，是胡老头。胡老头上身穿着一件灰色圆领衫，下身是一条耷拉着的沙滩裤，脚上是一双拖鞋，小腿上还沾着星星点点的泥巴。胡老头说，我的运气好，白天来了两次都没找到您，终于守到您了。王三月说，胡伯，有事吗？有事为什么不打我手机？胡老头说，有些事不方便在电话里说。胡老头眨巴着眼睛，说，卜银花的男人回来了。王三月说，回来好呀，现在抗洪正是需要劳力的时候，前面联系他，他电话不接，发短信也不回，怎么一下子提高觉悟了？胡老头说，是我家老大给他打了电话。王三月说，看来你家胡红专做工作的水平比我们高。胡老头顿了顿，说，他是听说他老婆和刘四龙搞上了，回来找事。王三月说，胡伯，你别绕弯子，他想干什么？胡老头说，他偷看了卜银花的手机，今晚刘四龙和卜银花会在村委楼约会，他要带人当场捉奸。王三月说，胡伯，这都什么乱七八糟，我才不信呢。你走吧，该忙什么去忙什么。胡老头说，您就等着看好戏吧。

　　王三月后来听说了，村委会大楼是老支书刘大宝捐建的。刘大宝六十大寿时，向四个儿子下达了捐款令。刘大宝说，你们也算出息了，发达了，饮水思源，你们不要忘了根本，你们的根本就是上元。我在任上盖了村小，修建了戏台，唯一的遗憾就是没盖一幢村委楼。我卸任了，希望你们帮我了却这个心愿。我的寿宴不办了，你们若真有孝心，就捐钱把村委楼盖起来，这比给我喝什么琼浆玉液吃什么山珍海味都强。三楼还有一个同样的套间，以前都是供刘四龙休息，王三月住进来后，并没见过刘四龙在此过夜。胡老头说那两人将在此幽会，估计就是指那间房了，卜银花是这幢楼的总管，她应该有所有房间的钥匙。王三月进了洗浴房，让花洒尽情地浇灌自己，洗一把热水澡竟有幸福的感觉，这是他从没有过的体会。热水唤醒了他的头发，唤醒了他的肌肤，唤醒了他青春的生命，多么美好呵。他已有多少日子没和亚男肌肤相亲，他自己也记不清了，身体执拗地一次次提醒他，他才想起来跟亚男通电话或者视频。

王三月换好衣服，拿不定主意该不该离开。捉奸，在娱乐活动匮乏的乡下是人们乐于参与的游戏。男女主角，会有一阵子成为村民们饭前茶后的谈资，时间一长，大家都淡漠，不把这当回事。但刘四龙是村主任，卜银花是村委，他们不是普通群众。胡老头为什么专门来告诉他？意图很明显，这两人如果闹出丑闻，王三月是受益者，胡老头是在向他邀功。

  王三月关了灯，静静地坐在沙发上。空调低声叫着，窗外的树梢看上去是一团团黑影，忽前忽后地在风中浮动，院墙的外面是高高低低的灯火，村庄已经安静下来。王三月摸索着打开衣橱，发现找不到换洗的衣服了，都带到防洪指挥部那里了。驻扎在圩堤上，都是晚上将脏衣服在江水里搓两三下，晾到帐篷顶上，天晴还好，下雨就只能湿漉漉穿着，衣服上的酸臭味都能呛到自己。而现在，只能将换下的衣服再穿上，王三月闻一闻，实在没勇气穿上身，他赤裸着身子，走了几个来回，洒脱，自在，真舒服呵。可是，他得穿衣服，真要是走廊那头发生什么事，他一丝不挂算怎么回事？他硬着头皮，将T恤和平角短裤都里朝外翻了，勇敢地穿上身。坐下来，王三月的耳朵变得极其灵敏，有人开了大门门锁，脚步声从下往上，到了三楼，声音渐轻，王三月听到了走廊那头传来的开门声。王三月猜想，从这个人进大院，就有许多双眼睛盯牢了这个身影。另一个人会不会来呢？王三月闪过这个念头，忽然发现了自己的猥琐，我怎么能变得如此卑鄙，如此低级趣味？如果真的这两人有什么事，如果真的他俩被抓了现场，伤害的不只是这两人，上元的抗洪形势正紧锣密鼓，刘四龙撒手，必定会造成民心涣散。王三月打开灯，打开电视机，故意调高音量，他拨通刘四龙的电话，说，刘主任，老杜让我通知你，立即到防洪指挥部开紧急会议。刘四龙说，怎么回事，我刚从他那里离开，他怎么没说呢？王三月说，可能是县长或者书记突然巡查，他也刚刚得到消息。放下手机，王三月听到走廊上传来急促的脚步声，刘四龙撤了。等到他的身影没入黑暗中，王三月才不急不慢地下楼。带上大门门锁时，他朝四周看了一眼，没有动静。他在心里对胡老头说，对不起，我搅了你们期待的一出大戏。

王三月回到指挥部，杜乡长正在昏黄的灯光下抽烟，王三月说，刘四龙人呢？老杜说，走了，划船过江了。王三月说，他没说什么？老杜说，没说话，鬼头鬼脑地将帐篷看了个遍，递给我根烟，拿上桨和桨拐，上新圩了。这家伙，抽的烟都是好烟，烟嘴上还带颗爆珠，只是话少，话比这爆珠烟还稀罕。

自从儿子等人上了新圩圩埂，小老头就顾不上老老头了。他在帐篷里忙前忙后，难得扮演了一回慈父的角色，闲下来，他依然没改掉四处转悠的习惯。这天下午，云层里射出了一缕阳光，陈玉田在堤脚不小心摔了一跤，摔得不重，他想揪出一把青草时突然缩回了手。天，这不是一丛草，不，这也是草，是他要找的仙草，它们有两蔸，他凑近，阳光下枝和叶上细小的绒毛，仿佛新生儿皮肤上金色的初绒，可爱至极。你们从哪里来？陈玉田无法知道。你们到哪里去？陈玉田清清楚楚。踏破铁鞋无处觅，得来全不费功夫。陈玉田庆幸之后觉得这并非他的功劳，这是仙草与他气息相通。他摔这一跤，是野稻感动于他这多年来的苦苦寻觅，要拽住他。

再也不能让牛啃了它们，幸亏，防洪以来，牛们也不过江了。陈玉田还担心它们被村民们当青草割了，剁碎了喂猪喂羊，幸亏所有劳力都上了一线，没人顾得上给牲畜喂青饲料。这两蔸野稻，比田里的稻禾晚了至少有二十天，陈玉田恨不得它们能马上抽穗，开花，结实。但是，野稻再与他有缘，它的生长规律也不以陈玉田的意志为转移。陈玉田像一个老年得子的父亲，这柔弱的生命，真是捧在手上怕摔，含在嘴中怕化。他计划着，他要在这两蔸野稻的周围插上铁栅栏，竖上一块标牌，而他以后的日子，再也不跑东跑西，就守在这里做它们的保护人。

　　灾难总是让人猝不及防，溃坝发生在凌晨五点多钟，地点在湖阳县魏村段。当急促的锣声在夜空中疯狂敲响时，洪水冲毁的只是四五米长的堤埂，但是，只不过十几分钟时间，它就如猛兽般张开血盆大口，吞没了一百多米的堤埂，所有抗洪棚里的人都站到了堤埂上，无措地等待洪水扑过来。没有人注意到，陈玉田扛起一把铁锹，拎着一个尼龙袋，扑向堤脚。他只想着防人防牛伤害他的仙草，防护措施没来得及做，老天插手了，仙草本来从天上来，老天莫非真想收了去？他陈疯子绝不答应。等他把两蔸野稻连根带土装进尼龙袋，一股水流将他抬了起来，陈玉田连喝几口浊水，失去了知觉。幸亏他身上穿着红色的救生背心，他醒来的时候手里还牢牢地扯着尼龙袋，那两蔸野稻还在袋中，但能不能存活只有天知道了。

　　小老头说，谁救了我，是谁把我送上岸的？

　　没有人回答他。

　　小老头说，我感觉是一头白色的猪，把我高高地拱起，拱到了水面上。

　　胡老头说，白色的猪？你以为是祠山大神救了你？

　　救他的是刘四龙。刘四龙冲下了堤脚，解开了快艇的绳扣，与袭来的洪水抢时间抢人。尽管上级一再三令五申，新圩不准建村设寨，但是总有一些人心存侥幸，在圩内搭建临时棚子，洪水袭来时，有十几个人爬上屋顶或者攀上树梢呼救。刘四龙驾着小艇，将一拨又一拨人送上圩堤，其中就有陈疯子。在他第五次驾艇离开时，他的快艇再也没回来。两天以后，洪水已经在新圩内一片汪洋，人们在露出水面的树梢间，找到了刘四龙的遗体。

十四、公元二〇二〇年

到了八月下旬，汛情解除。胜利圩作为联合圩，溃口在湖阳县那边，为此，湖阳处分了一名副县长和乡长。据说那位副县长不服，声言，胜利圩本来就应该是蓄洪圩，如果胜利圩不破，金银圩和丹阳圩的险情就没这么快解除。

好在胜利圩破圩，除了上元的村主任为救群众牺牲，没有一人丢性命。

柏亚男带人来到上元，及时给投保农户做了赔付，受灾户挽回了大部分损失。柏亚男及时宣传"新农保"的政策，这一次，柏经理受到村民们的热情欢迎，事实胜于雄辩，赔付款真的拿到了手，这是硬道理。何况"新农保"在保费上给农民打折优惠，这是天大的好事。当然，柏经理也受到了王书记的热烈欢迎，久别重逢，古人诗曰"金风玉露一相逢，便胜却人间无数"，大学课堂里王三月读过这两句诗，只是到此时，他觉得才算读懂。怎么说呢，这热烈，这欢与迎，只有他俩心知肚明。

这天，省市宣传部门的记者来到上元采访，王三月和卜银花负责接待。卜银花搬出了螃蟹合作社的账本，刘四龙把每年的分红都补贴螃蟹亏损户，拿到补贴的人都有签字或者按了指印。按记者要求，卜银花打开了刘四龙住的房间，房间的模样和王三月住的一模一样，只是房间里有一股溲酸味，那天晚上他换下的衣服扔在沙发上，没来得及洗。卜银花的泪水止不住地往下掉，王三月突然忍不住哽咽起来，比卜银花的伤痛有过之而无不及。

卜银花悄声说，王书记，读过中文系的人就是不一样，触景易动情，动情敢溢于言表。

陈疯子再也不出去疯了，他把那两蔸野稻移到了试验田里。这两蔸野稻是陈疯子的宝贝，也成了王三月眼中的宝贝，他晚饭后也喜欢到田间看看它们。陈疯子说，王书记，这些天你忙什么？王三月说，合力修筑缺口，开动陡门和涵洞的抽水机排涝，救庄稼呀。陈疯子说，湖让人一步，人也应该让湖一步，人与这湖天生有个度，不能过度。其实，根本就用不着再去管它了，人类不去插手，三五年之后，这丹阳湖就能恢复元气，回到李白笔下的美景，湖与元气连，风波浩难止。还有那什么什么的诗，我忘记了。

陈疯子这想法，就是上面提倡的"退耕还湖"，王三月觉得陈疯子的思维走在自己前面。饥荒年代，围湖造田，是为民生计，但毁了生态，不是长久之计。王三月约杜乡长喝酒，杜乡长说，都说金山银山不如绿水青山，这道理上上下下都懂，可具体落实太难。前两年，县城搞湖滨湿地公园，占用了城郊圩区一批圩田，与农民签约每年每亩补贴一千五百元，每年都是县财政一个包袱，只怕你这想法再好，县长书记也不会拍板。

就没有不动用财收补贴的办法吗？

杜乡长抿了一口酒，说，也不是没有办法，羊毛出在羊身上。这新圩里的圩田一半以上都挖了蟹塘，如果还湖，可以在湖面上网箱养鱼养蟹，按田亩数字分配网箱面积，不养的人可以出租，丹阳湖的水是流动的活水，网箱养鱼和养蟹对水质影响不大。只是，这第一批购置网箱的钱，老百姓肯定不会自己掏，还得依靠县财政。

王三月敬酒，说，您这么好的主意，藏在心里不烧心吗？

杜乡长说，我官小言轻，这么大的事，我一个小小的乡长没有话语权。

王三月说，那我还只是个村官呢，您这意思，让我早早偃旗息鼓？

杜乡长说，你我不同，我是马上退休的人，夕阳西下，你是早上七八点钟的太阳，是干事的年纪。而且，我相信，你是有办法将你的想法和方案送到常委会上讨论的。

老杜朝他眨巴了一下眼睛，说，湖与元气生，烟波浩难止。我也想退休后，能看到李白诗中的丹阳湖美景。

王三月知道这是李白丹阳湖诗的另一个版本，三湖县的文人们曾为谁是正版争得脸红耳赤，就差动手。原来每个丹阳湖湖畔的人，心中都藏着一个李白。

王三月当然听懂了老杜的话中音，只不过，他不想走那位未来老丈人的门子，利国利民的事，该他担当他就必须担当，在所不惜。前有陈大先，后有刘四龙，一个个前行者勇敢地付出了生命，他们是他的榜样。他暗下决心，尽快将想法落笔成具体方案，直接递交书记和县长，他这样做在官场有莽撞之嫌，可只要能成事，那又如何？

请代我问候那里的一位朋友

一

十万块钱的现金，没有想象的那么多，只是比一块红砖厚一点。李老师把它放在双肩包里，双肩包还是瘪的，不扎眼。黑色双肩包，是儿子李小光的淘汰货，不知什么时候开始，李老师开始"继承"儿子的旧货，套头衫、牛仔裤，还有运动鞋。李小光上大学后，个子还蹿了一截，旧衣裤穿在李老师身上嫌大，但问题不大，人显瘦，精神。鞋子很可惜，儿子的鞋四十三码，李老师的脚只能穿四十码，老婆塞进去两层鞋垫，李老师穿着走路像踩在两条小船上，晃荡，只得忍痛放弃。这个双肩包挺实用，背在肩上，把李老师两只手解放了。从坐上长途大巴开始，李老师把双肩包移到了胸前，双手护在包上，那捆现金的棱角抵在他肚脐眼，车一颠簸，他的感觉实实在在。他想起鲁迅一篇小说中的人物，钱放在口袋里，经常去摸一摸，"硬硬的还在"。李老师在课堂上讲到这里时，提醒学生要藏好钱包，二十几年来他都顺便提醒一下。这几年行不通了，学生嚷嚷，谁还带现金呀？刷手机。李老师现在也学会了刷微信、支付宝，可是，任何事物都不甘心退出历史舞台，何况这些红光闪闪睥睨人世的百元大钞。有人指定李老师，现金，必须是带现金。李老师乖乖地从银行取了现金，尽管只是小小的一捆，但李老师是第一次带这么多现金出门，心里还是提高了警惕。他的同座是个小姑娘，一边划手机，一边眉开眼笑；他的前排是两个小伙子，各自专心致志地刷手机。回头扫一眼，后排两个老人正打瞌睡，老女人把脑袋架在老男人肩头，涎水滑出了嘴角，很温馨的样子，就这样香甜地睡吧，或许，他们醒着的时候扮不出这样的恩爱呢。离省城还有两个多小时，窗外的行道树已经掉光了叶子，它们列着队，在李老师眼前一闪而过，似乎拿定主意不让车上的人看清自己的模样。车内没开暖气，隐隐有几分凉意，李老师抱着双肩包，感觉到了十万块钱传递给他的温暖。

李老师大名李春风，二十几年前从省师范学院中文系毕业。他工作后进省城的次数有限，记得第一次是获得了省"教育先进工作者"称号，来省城参加表彰大会，还有一次是那年他所带高三的两个班高考均分超过了县中，他被评为省"高考先进个人"，也是在省城领取了奖状和奖金。当然，李春风儿子上大学报到那次，他也是亲自送儿子到省城大华大学报到的。这都是他最高兴的事，他记得清清楚楚，副省长跟他握手时，多看了他两眼，儿子的辅导员抢过他手中的行李箱，一路送到学生宿舍，这些细节他都在闲暇时时常回味。但是这些年，省城的变化实在太大了，长途车站十年前搬出了老市区，他走出出口，车站广场的四周又多了几幢高楼，一帮男女围上来，问他要不要住旅馆，要不要打车，李老师双手紧紧护住双肩包，摇着头挤出了重围。

李老师想象过很多种接头的场景，大概是因为受影视剧情节影响，他脑中的情景是一手交钱，一手交货，或者一手交人。现实是，他的手中有钱，可接头的那人没有货或人，只有一个口头承诺。这不妨碍他的想象力，他甚至担心，那人会不停地改变接头地点，让他赶到一个废弃的厂房，或者是郊区的一片小树林。那人姓丁，大名叫丁胜利。他走到一个僻静处，拨通了丁胜利的电话。那人说，广场右侧，有一个绿萝咖啡馆，半小时后会有一个穿红色滑雪衫、挎红色小包的女子来找他。李老师说，您自己不亲自过来？那人笑了一声，说，抱歉，我挺忙，事多。李老师觉得这么大一笔钱，应该交到他本人手里才放心，可那人将电话掐了。他居然选择了这样一个热闹的地方接头，而且是派一个女人接头，也太大意了。但李老师转念一想，这正是他的高明之处，越危险的地方越安全，本来是天知地知你知我知的事，现在多出一个人知道了，莫非他的背后是一个团伙，团伙作案？李老师在咖啡厅角落找了一个座位坐下，面对咖啡厅大门。咖啡喝不习惯，还好，服务生说有茶，龙井、毛尖、碧螺春都有，他沿着价格表往下搜寻，找了一个最便宜的，三十六元，往左边瞄一眼，是碧螺春，就这，他扫码付了钱。出门前，老婆说过，办大事要大方，缩手缩脚会误大事。老婆叮嘱，进了城就打出租车，安全。如果挤公交，人挤人，容易遭小偷，因小失大。李老师不傻，坐出租当然比坐公交舒坦，把身子摊开成一只螃蟹也有空间。可老婆体贴的不是他，是他双肩包中的人民币。李老师说，好歹我也是一人民教师，你要把我当一不认字的老农民，干脆，你把钱缝到我裤裆里，我不嫌累赘。老婆笑了，这当然是开玩笑。李老师觉得姓丁的家伙还算厚道，把地点定在汽车站，替他省了打出租车的钱，他用不着心痛这杯茶的茶钱了。

一个女子坐到李老师的对面，红色滑雪衫，红色小挎包，也就二十岁出头的样子，脸色也是红扑扑。女子说，你是李先生吧，老丁让我来的。李老师说，请你报一下我的手机号码，女子按了她的手机，报出一串数字，没错。李老师就着她的语气说，老丁就那么忙？忙什么呢？女子说，他还能忙什么？看书，刷题，他永远是一个考试狂，不是在考场，就是跋涉在考试的路上。李老师说，真是难得的好学生。李老师拿出那捆纸币，纸币用黑塑料袋包着，李老师忍不住又按了按，硬硬的，当然还在。李老师说，你知道这里面是什么吗？女子说，我知道。她拎起塑料袋，起身欲走。李老师说，你最好点一下，过个数。女子粲然一笑，唇红齿白，说，老丁没安排这项工序。女子一团火似的走出咖啡厅，李老师将脸贴在窗玻璃上，看见她朝路边停着的一辆小车奔去。小车的驾驶座上是一个戴着鸭舌帽的男子，方向盘上摊开了一本书，正看得入迷。女子拍了拍车门，男人才抬起头来。就在他抬头的一瞬间，李老师觉得此人面熟。但很快，那张脸就和小车一起远驰而去。

莫非这就是那个丁胜利？那个女子口中的考试狂人？面熟，但李老师实在想不起那人是谁。李老师的职业是跟人打交道，教过的学生成千上万，况且学生脱了校服，踏进社会，瞬间就千变万化，当老师的普遍有脸盲症。但李老师这次相信自己没看错，这个人他见过，但他的记忆中实在打捞不出"丁胜利"这个名字。

手机叮叮叮响了，李老师设的响铃是上课铃声。他离开窗玻璃，脸上才感觉到有几分冰凉，手机上是姓丁的发来一条短信，两个字，"成交"。

这趟省城之行让李老师有些许失望，情节比他期待的简单得多。换个角度说，简单就是顺利，活得简单不正是人们追求的美好境界吗？但李老师是个爱思考的人，那个丁胜利为什么不敢直接露面？他是做贼心虚，害怕李老师举报？还是他与李老师相熟，害怕被李老师认出？李老师在回程的路上一直在做这道选择题，没有找到答案。回到家，老婆说，你想那么多干什么？他才不怕你报案，如果案发，你俩是一根绳上的蚂蚱，都逃不了干系，儿子的事黄了，咱的损失比他惨。要说你认识那人，我也不信，八成是你老眼昏花，看错人了。你想想你那些所谓的好学生，就只会考试，有几个擅长与人打交道？这姓丁的家伙，跟你的那些好学生是一路货色，本身就怕见人，恨不得做这个世界的隐身人。

老婆是眼镜店的营业员，心明眼亮。

二

李老师这次并没有看错，他认识这位名叫丁胜利的学生，不过，那时，丁胜利不叫丁胜利，叫胡典树。

大约十几年前，李春风在山阳高中做教务主任，分管高中毕业班。山阳中学坐落在山区，学生多是山民子弟，学习环境普遍较差，加上中考中的优秀生都被县中割了韭菜，本校高考成绩一直处在全县高中的下游。校长很没面子，上边挨局长的训斥，中间受乡长和书记的讥讽，下边呢，家长们纷纷让孩子报考别处的高中，条件好的在读生家长想着法子把孩子转学。校长当得窝囊，一肚子气当然朝他这个教务主任撒。一所学校，关键是看生源。校长带着全体行政成员分片包干，许诺，奖励，尽可能将与县中分数线差得不多的中考生争取过来。这道理别的高中也懂，抢生源大战在每所初中都硝烟弥漫，李老师千方百计地与他承包的几所初中的毕业班班主任拉关系，同学关系，七大姑八大姨的亲戚关系，都动用了，为的是请初三班主任动员本班学生报山阳高中，有几次请客，校长批的经费用完了，李老师咬着牙自掏腰包，有一回甚至把自己喝得倒在回家的路上，尽失斯文。但是，往往是竹篮打水一场空，本校的高考升学率没有吸引力，谁家的孩子也不会平白无故地往山里送，免去的那点高中学费没几个家长放在眼里，孩子的前程不止值这几个钱。痛定思痛，校长把工作重点转移，在高考落榜生里矮子中挑高个，动员差那么几分的落榜生到本校高三复读，那时候的学籍管理不像后来严格，经过一年回炉，这样的落榜生高考达线的概率高，能够拉升本校的高考升学率。这不是校长的发明，山外的几所高中早这样干了，甚至堂堂的县中，为了与邻县的几所县中比高考升学率，这几年也把复读生掺兑进去充数。校长说，咱们跟在后面撵，还是落后，咱们要做，咱就得搞大了，放颗卫星。校长说，我们最好能逮住高分落榜的考生，比如志愿填高了，高不成低不就，打算来年再考的，这样的考生来山阳，我们免学费，再奖励个十万八万，说不定能考进全县前十，进高考排行榜。都说女子一白遮百丑，学校也一样，考进一个全县排行榜，山阳高中的名声就出来了。这光荣而又艰巨的任务当然交给了李主任，李主任暑假成了一个"包打听"，他耳朵削得再尖，也没刺探到校长要的消息。本县考生大多是乡村子弟，胆小，有个大学上，好坏都行，进城上大学总比进城打工有希望。再复习一年，谁能保证一定考得更好呢？树上的果子收成还分大年小年。李主任那天坐在招生办的办公室给大家递烟，嘴上打哈哈，心里苦涩，谁都弄不清山阳高中这位李主任，隔三岔五来招生办转悠，东拉西扯是要干什么。问他有什么正事要办，他摇摇手，给你一个谄笑，再递一根烟。没人理睬他，他就找个角落看《招生宣传报》。那天的报纸上有条消息，光大县高考理科探花胡典树，为筹学费和路费每天在窑厂搬砖。探花也就是第三名，唐朝时称状元、榜眼和探花为"三鼎甲"，记者为吸引眼球，故意在报道中卖弄古人词条。李主任两眼放光，第三名，再复习一年说不定就是高考状元，李主任赶紧跟招办同志要了胡典树家的地址，抱拳说，打扰打扰，明天起，我再不敢叨扰你们。

回来向校长汇报，校长说，好，你一定要把胡典树拿下，这么好的苗子，在窑上搬砖，糟蹋人才嘛。你上门去做他和父母的工作，来山阳复读，食宿学杂费全免，助学金五万，明年高考进了全县前十，奖学金五万，中了状元，奖学金另加五万。校长伸出他肥厚的手掌，张开五指，不停地翻动，李主任看花了眼。这笔钱对山阳高中不是一个小数字，他一个高级教师的年薪也就勉强够得上校长一个巴掌。校长说，舍不得孩子套不着狼，这事办成了，你为山阳高中立了一件大功。胡典树当然是县中的毕业生，他的家乡在圩区。光大县半山半圩，圩区是水乡，古人说，仁者乐山，智者乐水，每年高考的县排行榜，基本都让圩区的考生占了，从山阳到胡典树家所在的胡家坝，有四十几里地。校长特批，给李主任租了一辆"卟卟车"，李主任觉得一个人去，不足以表示学校的诚恳，又邀上高二年级组长毛老师。毛老师当过李主任的老师，也是下一届高三的年级组长，尽管他那时即将退休，却一直任劳任怨，在山阳高中挑大梁。"卟卟车"在山路上颠簸，两人坐在车厢里一会儿跃起，一会儿跌落，双手紧紧地抓着扶手也不管用，毛老师一不小心额头撞了一个包，但这对乡下人来说不算个事。毛老师原来是民办教师，后来通过函授拿到了专科和本科文凭，顺利转了公办，家里有承包的土地，毛老师一边教书，一边种地，没动过挪动的心思。李主任说，前边，就到我们李村了。毛老师一手捂着额头，说，我还记得当年去你家时，你家草房子的样子呢。

说起来，毛老师是李主任的恩师。

李春风读完初中，没能考上县中，被录取在山阳高中。李春风的父母都是土疙瘩里寻食的农民，那时一县能考上大学的也就四五十人，山阳高中的奋斗目标是突破"零"，最好的年份也曾考上三四个人。父亲说，算了，读高中还不如学门手艺。父亲找上一位做泥瓦匠的表舅，让李春风跟他做学徒。毛老师走了十几里山路到了李家，苦口婆心地做李春风父母的工作。毛老师说，大学只会建得越来越多，考上大学的人也会越来越多，李春风这样的学生加把劲，完全有机会考中。李春风的父亲口笨，只是憨笑。毛老师辛辛苦苦来一趟不容易，临走时李父从鸡窝里掏了两只鸡蛋，塞进毛老师中山装的口袋。不想第二天中午，毛老师又来了，这次他路上跌了一跤，膝盖上拉了一条口子。李春风父亲急忙用锅灰替他抹了，血还没停止，毛老师又唠叨开了，说的还是昨天说过的话，李父依然只是憨笑，临走时给他再塞了两个鸡蛋。第三天一早，李家三口就下了地，还带上了做午餐的干粮，太阳落山才收工。走到门口，毛老师蹲在那里，见到他们的人影，挂着棍站起来，说，我这腿不给劲，来得迟了。李母说，毛老师，我家鸡窝里没蛋了。李父推搡了李母一把，说，毛老师，快进屋，先喝口水。毛老师说，我不要鸡蛋，今天看样子回不去了，我只能与李春风挤一夜。就是那一夜，毛老师把李春风的思想工作做通了，毛老师不屈不挠地啰唆，李春风实在瞌睡，答应下了才天下太平。他做了毛老师的学生才知道，啰唆是毛老师的教学特点。毛老师说，我们的学生基础差，讲一遍听不懂，只能讲两遍，要让所有学生都听懂，得讲三遍四遍。李春风抗议说，你讲第一遍我就听懂了，你再讲几遍我烦不烦？您也得考虑我们的课堂感受。李春风挺争气，高考考上了省师范学院，毛老师教学有方，不久就转为公办教师。

李主任说，如果没有您当初的家访，我就不会有今天这个饭碗。

毛老师说，不敢这么说，你们村上的李总，捐助山阳高中实验楼的那位，当年我死乞白赖也没能把他拉回高中，他铁了心去做泥瓦匠。现在看，倒是我耽误了你做老板的前程。

那位是李春风的初中同学。李主任苦笑着说，各人各命运，怨不得谁。

两人直奔胡家坝胡典树家，在村头一打听，胡典树家住在村后老队屋里。老队屋是早先生产队放农具的场所，三间砖瓦房，东边的一间已经坍塌，西边的一间屋顶露着一个大洞，就中间一间还算完整，屋顶上长着杂草和灌木。两人都农村人，知道生产队解散后，队屋就没人管，都是这副荒废模样。敲开门，门后是一个土灶，正对门是一张旧式木板床，床上躲着一个女人。女人赤着膊，听见动静，坐起来朝两人傻笑。屋子没有窗户，但女人胸前挂着的两只奶袋子，还是隐约可见，两人怕她爬起来，再露出一个光身子，慌忙退出门外。两人直奔窑场，去找胡典树。

山区的窑场大，土地充足，圩区的窑场小，地少。窑建在坝上，土从河滩上取，制好砖坯后用板车朝窑里送。装满砖坯的板车，少说也有两百斤，沿着坝坡推上去不是容易的事。两人在推车的人群中寻找胡典树，推车的清一色都是妇女。都说三个女人一台戏，叽喳个不停，这里几十个女人在一起，却一片沉默。劳作中的女人都把自己当成了男人，她们把嘴上的力气省下，专注对付面前那沉甸甸的板车。他俩朝一女子打听，那女子朝右边努了一下嘴，他俩看到有一个瘦小的身影，孤独地推着板车走在另外一股车道上。李主任看明白了，聪明人就是与众不同，胡典树选择的那条道，坡度小，跨度大，虽说多走一截路，迂回，但省力气，力气小的胡典树也能推车上坡。两人奔过去，一人在车前拉，一人在车后推，胡典树抬起头，说了一声"谢谢"，又埋头推车。

胡典树的父亲是个赌徒，输多赢少，有一次把家里的房子也输给了别人，所以一家人只能住进破队屋。胡典树的母亲是位精神病患者，病时常发作。他父亲很少落家，母子俩相依为命。胡典树考取县中后，母亲就全靠亲友和邻居照顾，他的学杂费学校全免，生活费靠村委救助。吃午餐的时间到了，胡典树对两人又说了一声"谢谢"，李主任觉得这孩子的眼睛里有一种小兽般的警觉，他拿出一个旧铝皮饭盒，饭盒上有"县中"的字样，他从中拿出一个馒头干啃，也不礼让一下，见他俩没有走的意思，说，你们是来捐助我的吗？我不需要。毛老师说，为什么？你上大学需要不少钱。胡典树的嘴角沾满了干馒头的碎屑，说，我不需要，请你们离开这里。李主任说，我们不是来捐助你的，我们是山阳高中的老师，请你去高三复读。李主任一五一十把校长的意思传达了，胡典树的眼中有了亮色。李主任说，这些奖励是你凭你的成绩所得，有了这笔钱，你明年考上大学后，四年的费用基本不愁了。胡典树还有些犹豫，李主任说，这是件大事，你如果还需要征求父母的意见，我们先回去，有了结果你打电话告诉我。胡典树抹了一下嘴巴说，用不着，我的事我做主，只要你们说话算数，成交。

"成交"，这孩子把这事看成一桩交易，李主任听了觉得不舒服，可又想不出哪里不对。这确实是胡典树和山阳高中的交易，只是少了一份合同。胡典树后来告诉他，那段时间只要听说有来捐助他的人，他都躲着。胡典树说，李老师，您不知道，接受别人的同情和施舍是多么不堪的场景。再说，我从上高中开始，就一直是村里补助，我妈那病，也全靠村里人照顾。我欠胡家村每个人的人情债经济债，已经太多，我背不动了。我不想再增加更多的负担。

胡典树第二天就进了山阳高三（1）班插班复习，乡村中学的毕业班从来没有暑假。就像人们所说的那个"鲶鱼效应"，胡典树这个优秀生激活了整个班级的学生，（1）班本来是尖子生班，很多学生都认为自己够优秀，一两次考试下来，胡典树的成绩遥遥领先，让大家意识到了自己的差距，而努力奋起直追。胡典树是个乐于助人的人，李主任发现，课余时间他常帮助同学解答问题。李主任甚至隐隐担心，他这样好为人师会不会耽误时间，影响自己的学习？胡典树腼腆地一笑，说，李老师，您放心，明年高考我一定能保住在排行榜的位置。其实，他们需要我帮助，我也需要帮助别人的感觉。李老师忽然明白了，他是用这种方式挽回在村里失去的自尊，这孩子既敏感又要强。

李主任有一种担心，倘若胡典树真考了全县状元，媒体肯定会重点宣传，山阳高中"摘桃子"的行径就会曝光，县中说不定会和山阳高中打一场文字官司。最好是他考个榜眼或者探花，不会成为关注的焦点。校长说，多大的事，我们把工作做在前面。校长请乡长和派出所所长喝酒，喝酒的主题是替胡典树改名，校长阐述了胡典树改名的战略意义，山阳高中高考的翻身仗，就在此一举。这不仅关系到山阳高中在家长中的地位，也关系到乡政府在全乡人民心中的威望。

胡典树的作业本上从此署名"胡功成"。

胡功成第二次高考成绩居全县第二，可喜的是，在胡功成这只带头羊的引领下，山阳高三（1）班有六七位同学考上了本科，史无前例。李主任因为所带班级高考成绩突出，县中校长专门上门引进人才，毛老师也为自己的职业生涯画上圆满句号，光荣退休。

校长苦苦挽留李主任，许诺让他当副校长。李主任去意已决，他向往城市的生活，最关键的一条，他去了县中，儿子将来就能去县中就读。他在宿舍整理打包的那天，门外传来胆怯的敲门声，进来的是胡功成。胡功成拿到了校长承诺的奖金，尽管没有考到状元，但他促进了同学们的学习积极性，这么多同学能考上大学他功不可没，校长把状元奖金也特批给了他。李主任祝贺胡功成考上了大华大学，凭胡功成的成绩上清华北大没有问题，填志愿时他考虑到方便照顾母亲，就近填报了大华大学。胡功成说，李老师，我想请问一下，我能不能再复读一年？李主任说，大学也设有助学金奖学金，加上我们给你的奖金，四年读完基本不成问题。胡功成说，可是，我的奖金都被我爸拿走，输光了。

天下竟有这样的父亲。李主任说，你找校长问问，我已经不是这里的教务主任，去县中当老师了。

那是他最后一次见到胡典树，不，胡功成。丁胜利就是胡功成，名不符，姓氏也对不上，难怪李春风做梦也想不到这是同一个人。

三

到了县中，李主任又变成了李老师。原来教一个班的工作量恢复成教两个班，但教务上的那些杂事用不着沾边了。李老师并没有失落感，毕竟一家人都成了城里人，在县中当老师比在乡中当主任实惠多了。经济越是发达的地区，教师的待遇越高。当然，县中的教师也分三六九等，主科与副科，名师与非名师，教师就像农贸市场的白菜，家长和家教公司的眼睛雪亮，一分钱买一分货。成为县中的名师，是李春风进县中后的奋斗目标。

县中校长把李春风挖来，当然是让他卖力干活。最初校长安排他在高三，李春风却坚持要从高一教起。李春风心里有自己的小算盘，高三教得再好，也不能证明自己的本事，语文是积累型的学科，从高一教起，才有说服力。高一共有二十个班，语文组组长是丁大伟，丁大伟说起来是李春风的大学同学，同届不同班。"打倒"丁大伟，是李春风的短期目标。这就像长跑中的盯人战术，确定一个实力选手，超越他就超越了所有选手。怎么才算把丁大伟"打倒"呢？高考得等三年后，那是终端显示，平时就看所教班级的考试均分。县中的考试名堂多，周有周测，月有月考，当然期中期末考更少不了。月考和期中考试后，分管教学副校长会开教师会议，公布各班考试均分，其后，召开家长会。李春风要求自己所教两个班必须均分考第一第二，哪怕只比别的班级高零点几或者零点零几，校长和家长的脑子里都会留下印象。李春风是个勤奋的人，对付语文考试其实不算难，教师勤奋、学生勤奋就够了。他早晨六点半到校，督促学生早读，晚上陪学生晚自习到十点半。李春风不干家务，但在家中的地位稳居高位。李春风的老婆是农村人，那年月讲究找城市户口的女人做老婆，可在乡下，城市户口的女人珍稀，有城市户口的女人，眼睛都瞄着县城，谁愿意守着乡村教师待一辈子？进了县城，李春风的老婆决定为家庭奉献自己的力量，也找一份工作。刚有想法，眼镜店的老板就找上门来，这缘由，女人心里当然清楚，还是靠了老公的县中教师身份。所以，李老师废寝忘食，起早贪黑，李师娘从无怨言，从不绊腿。高一整整一年，李老师的辛苦没有白费，他教的两个班语文考试均分，一直包揽年级前两名。当然，李老师也有一些小手段，比如考前划重点，比如抢着命题，这也不算什么事，求上进的教师都懂这些诀窍。

凭良心说，丁大伟老师有才华，他能写，除了在报刊上发表一些散文随笔，他还发表了不少教学论文。有才华的人都有些怪论，比如丁老师就认为中学的语文教育出了问题，他不断向学生推荐课外书阅读，让校长头痛的是，他公然在课堂上宣称，语文考试成绩不等于语文水平。这让李老师有机可乘，在校长和家里眼里，考试分数是硬道理。李老师知道，他和丁老师终有一战，比如评学科带头人，评特级教师，他们同年龄段、同资历，竞争在所难免。李老师的弱项是写文章，读中文系时，教授们就说过，中文系不培养作家，李老师视同学中那些狂热的文学青年为脑残。但是，教学论文对教师而言极其重要，评职称评荣誉称号那都是硬杠子。李老师要想成为名师，发表教学论文是绕不过去的坎。在晚自修后的若干夜晚，李老师吃过李师娘端上的点心后，挖空心思撰写论文。他一次次投稿，却一次次石沉大海。

有一天他在办公室备课，手机响了，是来自省城的一个陌生号码。打电话的是一个年轻女子，声音清脆悦耳，她说，李老师好，我是《大语文考试》杂志的编辑，我们收到了您的来稿，拜读后觉得水平很高。

李老师兴奋得握手机的手有些颤抖，连声说，谢谢，谢谢。

女声说，但是，由于我们版面有限，如果您想发表大作，必须交版面费两千元。请您考虑一下给我回电。

李老师的心一下子凉了。丁大伟发表文章，不但用不着交钱，还能赚稿费。李老师反复权衡，最后还是决定交那两千元的版面费，钱不是问题，只是传出去了难为情。第二天上午，那电话又来了，女声说，您是李春风老师吗？李老师走出办公室，低声说，是我，那钱我交，请给我银行账号。女声说，祝贺您，我们胡总审稿后说，您的大作非常杰出，不但不需要交版面费，还会稿酬从优。

这个胡总还真有眼光。很快，论文发表了，稿费寄来了，李老师用稿费买了一堆糖炒板栗放在语文组办公室，别人问，他谦虚地说，发了篇小文章，同乐同乐。这胡总应该是杂志社的总编辑，这年代，称老总的人特别多，很多老总在别人眼中就是个笑话，但这位胡总，在李老师心中是个贵人。谁都清楚，没有贵人相助，即使是天才也未必能成功。过了一阵，女声又来了电话，这次是向李老师约稿，李老师把原来的稿子全都塞进了邮箱，哪怕被选中一篇也很幸运。事实是，几乎所有的论文都发表了，不止在这家杂志，几乎把国内主要语文刊物都上了。李老师捧着到手的一本本样刊，情不自禁地在办公室说，请大家传阅，多多指正。但夜深人静，李老师一遍遍地品味自己的文章时，一次比一次觉得陌生。这些文章已被改得面目全非，有个别篇目，除了署名是他，文章中几乎没有一句话是他的原文。

有一次李老师拨通了女编辑的电话，打听胡总。女编辑说，胡总叮嘱过我，不必知道他是谁，您就当他是多年前的一位老朋友。

如李老师所虑，他和丁大伟的竞争很快就来了，两人竞评本市的"学科带头人"称号。机会总是为有准备的人存在，李老师毫无悬念地评上了，丁大伟落败。李老师很多次在心中默默感激这位当老总的朋友，只是课务太忙，实在找不出时间进省城拜望他。当上学科带头人，评特级教师得熬资历，而且评选条件是看届时三年内的论文，李老师暂时不必急着发论文，不做无用功。李老师计划，等到自己快排上队时，一定进省城拜望他的贵人胡总，请他出手再拉朋友一把。

四

丁大伟没有评上学科带头人，在校园里依然春风满面。李春风评是评上了，总觉得自己是抢了丁大伟碗里的肉。评职称，评荣誉，学校都名额受限。就像碗里的肉，就那么几块，你夹走一块，碗里就少了一块，意味着有人的筷子会落空。语文学科带头人只能给语文老师，况且这学科带头人油水不多，算不上肉，最多是块肉骨头。李春风运气好，到县中才两年，高考还没出成绩，肉骨头就落在他碗里。他见了丁大伟越发谦恭，论资排辈他在县中是新人，得了便宜不能装傻。

丁大伟大度，反倒对李春风说，荣誉称号就应该给你这样踏踏实实教书的一线老师，总比给那些不进教室上课的领导强。暑假一过，学生就上高三了，李老师憋足了劲，摩拳擦掌，准备与丁大伟一比高下，可是，校园里见不到丁大伟人影了。丁大伟调到县政府办公室做了秘书。丁大伟的老丈人是本县县长，喜欢这个有才华的女婿，可又担心他恃才傲物的性格不适合机关工作，当初是想把他放在教师堆里挫一挫棱角，想不到他本性难移。县政府办公室缺秘书，丁大伟笔头子利索，县政府一纸调令将丁大伟调离了县中。李春风接任了年级语文组组长，并不怎么喜悦。他的假想敌突然消失，以后所有的拳头都是打向空气，后面的日子只能与自己为敌。

丁大伟比老丈人想象的能干，短短几年就当上了政府办公室副主任。他陪同分管教育的副县长到县中检查工作。李春风坐在办公室，远远看着一干人走在校园林荫大道上，校长一边走一边向丁大伟口头汇报，丁大伟似听非听，漫不经心的样子一如从前。更多的见面机会是在县电视台的新闻播报上，丁大伟仕途顺畅，做办公室主任，做副县长，做常务副县长，镜头上的丁大伟渐渐有了官相。同在一个小县城，李春风从来没有去找过丁大伟，但他心里明白，县中把各种荣誉称号给他，一定有丁大伟明里暗里的关照，做同事时他留给丁大伟的印象不差。李春风不是清高，他是觉得要把机会用在关键处，好钢要用在刀刃上，他一辈子就做个中学教师了，用同事们的话说，即使评上特级教师，也就是泥鳅池里一条肥壮点的泥鳅而已，算不上大鱼。无事不登三宝殿，李春风是为儿子着想，儿子读完大学又读完研究生，遇上找工作的大事，他才有必要出马找丁县长，开口求助。

在小县城生活，拉扯起来都是熟人。看个病，领个执照，本来挺正常的事，但是要说我是谁谁谁的朋友，朋友打过招呼了，似乎脸就大了一圈，倍有面子。李老师从早到晚都守在校园，他不喜欢去社会上拉扯关系。倒不是清高，他没有时间，尤其不想在鸡零狗碎的小事上耗费精力。他夫妻俩都是乡下人，免不了有七亲八戚找他们办事，除非有人生了大病，李老师一概愁眉苦脸地推开，说，我进城没几年，也找不到关系。其实，县中的名牌教师在县城里，别人还是给三分薄面的，真要找不到门路，打开家长花名册，大事办不成，办一两件小事，家长都会热情对待。许多教师就是善于调动家长积极性，在小县城活得风生水起、有滋有味。可李春风备课改作业，命题阅卷，忙得很。李老师在家中是甩手掌柜，他作为优秀教育工作者，也从不去家教公司上课，他把大量的业余时间都放在批阅和分析学生加量作业上。榜样的力量是无穷的，但李老师这个榜样很多老师学不起。话题扯远了，李老师不是扮清高的人，他也有低头哈腰求人的一天，这一天就是李春风去拜见丁副县长的那天。一县之大，丁大伟算不上一号二号人物，也算得上是老三老四。毕竟曾经是同事，一介平民李春风折一下腰去拜见他，也不妨称为叙旧。

李老师拎了一个黑色电脑包，包里有点挤，是两瓶茅台酒和两条中华烟。李老师第一次去县政府找丁副县长，扑了个空，门卫告诉他，丁副县长下乡去了，要找他必须提前预约。丁大伟作为一个常务副县长，忙是正常的，门卫告诉他，丁县长的手机号码在县政府官网上是公开的，你可以先电话联系。第二次去之前，李老师查到了丁大伟的手机号，还是原来的号码，李老师盯着那个老号码，莫名地感到亲切。坊间传说，若一个人十几年二十几年不换手机号码，这个人值得信任，他应该活得光明磊落，不亏欠别人，至少不欠别人的钱。李老师犹豫再三，还是没有拨通这个号码。拨通了号码，他跟丁副县长说些什么呢？在电话里说白了，他就找不到理由再见面。其实还有一个原因，李老师畏惧和官员打交道，李老师能说上话的领导，最高的也就是校长。校长见到李老师，喜欢跟他聊几句，很关心的样子，但李老师从来都在他面前顺眉顺眼，校长问一句，他答一句。李老师下意识地躲着校长们，偶尔在校园大道、在教师食堂，遇见了能躲则躲，躲不开才硬着头皮打声招呼。说到底，李春风觉得校长们与他不是同一类人。他做过乡中教务主任，知道那条道上的人心里想些什么。何况，县中的校长不同于乡中的校长，论级别，是科级了。而丁副县长，应该是处级了，他李春风是高级教师，按工资级别，也达到了副处级，但谁要是把自己当真，那不是傻了便是疯了。

李老师在传达室拨通了丁副县长的手机。来之前，李老师已做好了见不到丁副县长的心理准备，来一次不成，来两次三次呗。他平时要求学生做题目，要做五遍十遍，不厌其烦诲人不倦是优秀教师的美德，也左右了李老师的思维习惯。李老师说，丁副县长，我是李春风，在政府传达室，想见您一面。丁副县长在电话中声音很大，说，哈，李春风，终于想起来见我一面了，请进，快请进。门卫是个精干的小伙子，穿着保安服挺神气，他说，看来丁县长很欢迎你，我提醒一句，丁县长就是丁县长，还提个什么"副"字，没你这种叫法了。李春风脸一红，说，对，对，我都是看电视新闻多了，谢谢提醒，谢谢。

丁县长的办公室没有想象中那么大，也就一二十平方米，上面政策不允许官员办公室超标，县中校长的办公室原来配有休息室，有洗浴间和大床，现在也做了隔断。丁县长的办公室与众不同的是，除了一排文件柜，还有一排书柜，书柜里有各种文学名著，一眼就让人看出主人的中文系出身。丁县长的穿着平时还是随意，运动衫，牛仔裤，不像电视上那样西装革履，与以前不同的是，大额头上的光泽明亮了许多。丁县长已替李春风泡了茶，茶很香，滋润了李老师有点干涩的喉咙。丁县长说，我早就关注了你的事。李老师惊讶，说，您早知道了？丁县长说，在县长办公会上，我专门提了这事。本县高考在市属五县中一直名列前茅，语文学科作为主科，居然全县没有一位特级教师，这说不过去嘛。你李老师就应该是特级教师的重点培养目标，要实绩有实绩，要论文有论文，这些年一定是大作迭出吧。李春风不知道怎么回答，丁县长以为他是为"评特"而来，这些年他根本顾不上写教学论文，他只能红着脸说，谢谢，谢谢丁县长。丁县长说，我是从教育系统出来的，教育工程是民心工程，评选特级教师是民心工程的一部分，我们做领导的，有责任为教师做好服务，该做的工作教育局领导应该去做，该争取的指标教育局领导必须出面争取。李春风说，谢谢丁县长一直关心着我。丁县长说，哎，你能不能不喊我县长，别人一口一个县长倒也罢了，你喊我县长，我听了别扭。得了，你还是喊我大伟。李春风努力了半天，才喊出了他的名字，说，大伟，我是为儿子工作的事来找你帮助。

李小光都硕士毕业了？难怪我们白发丛生了。丁大伟的头上并没有一根白发，做领导的注意形象，有白发也必须染黑，倒是李春风的双鬓已经染霜，很明显。

李小光的硕士专业是经济管理，现在大街上研究生满地走，做高校教师门槛是博士，县中找教师要求有硕士学位，可儿子这专业还与中学学科不对口。说得好听点，这专业哪家单位都需要；说得难听，也就是个摆设，可有可无。这样的专业求职，关键是拼当老爸的实力。丁大伟说，本县有几家大企业，都是上市公司，也需要经济管理人才，我可以与几位老总沟通一下。李春风连声致谢，丁大伟说，小光是个争气的孩子，小时候我就喜欢他，聪明，好学，应该能做一番事业。李老师觉得自己该走了，县长的时间宝贵，李老师掏出烟和酒摆到茶几上，丁大伟拿起酒瓶，说，好酒，有七八年了，他又嗅了嗅烟，说这烟也有年头了。李老师说，从小光考上大学起，我就知道迟早会来麻烦你，早早把烟酒存下了。丁大伟说，这酒存得值，一瓶茅台市价快三千块，这老酒还得加价。这烟可惜了，怕已经发霉了。李老师不嗜烟酒，说，我真没想到，这烟我带走扔了。丁大伟说，酒你也得带走，你知道，我是个要面子的人，如果让外人，不，让你们语文组的同事们知道了，说我丁大伟堂堂常务副县长，喝酒还收县中老同事的酒，我这县长也当得太窝囊了。李老师老老实实地说，我不会讲的。丁大伟哈哈大笑，老李啊，你还那么可爱。烟酒都带走，否则我什么都不会帮你。丁大伟替他把烟酒塞进包里，一边塞一边说，李小光硕士毕业，他就甘心回县里来？你为什么不让他试试留在省城，在省城有更好的平台，发展空间更大。小光考试成绩好，可以考公务员或者事业编制。丁大伟给了李春风一个电话号码，说省人事厅有个费处长分管这类考试，是他党校同学，他会与同学联系，李春风可以向费处长咨询。

　　李春风将那只拥挤的电脑包又拎了回来，他用鼻子嗅了好久，也嗅不出什么霉味。李老师将两条烟又塞回了柜子。李老师拒绝带家教，以他的名气，上一节课挣个二百三百没有问题，县中有的老师，暑假去省城做家教。李老师需要钱，自己欠着房贷，儿子的工作没着落，成家的房子也没着落。但李老师头上顶着一大堆荣誉，荣誉这东西，用得好如虎添翼，那些家教公司的广告上，一点荣誉都弄得举世闻名，代课老师的讲课费因此水涨船高；用得不好呢，就如孙悟空的紧箍圈，看上去金光闪闪，实际上捆绑得你不敢动弹。上面反复强调，在职教师不准搞有偿家教，教育局搞整改时查了两个教师做典型，一个记过处分，一个开除公职。李老师拒绝家教，还有一个原因，他想评上特级教师，物理组的老王，"评特"时过五关斩六将，名单都在官网公示了，一个电话举报他带家教，一票否决，老王被拿下了。是谁举报的不重要，人怕出名猪怕壮，因为背后有许多眼睛盯着你，重要的是你有没有落下把柄。但是，人活在世上，总是脱不了尘网，千丝万缕牵扯着你，尤其在小县城，你被别人的瞄准镜瞄上了，你撒腿逃也逃不掉。比如，老婆说，我们老板的亲戚想让你指导一下孩子的作文。李老师没胆量拒绝，他唯一做抵挡的，就是坚决不收费。世上没有免费的午餐，当然也没有免费的课堂，即使街面上免费的宣讲课堂，听过后还是要让你掏钱买他的商品。家长在课后总会感谢他，那茅台酒和中华烟就是某两位当老板的家长留下来的。严格说来，上面讲禁止有偿家教，这烟酒茶也在"有偿"之列，李老师有时收过后后怕，老婆说，树叶落下来，你也怕砸破头，传出去都让人笑掉大牙。李老师当然不与女人一般见识，小不忍则乱大谋，他这不是担心像物理组老王一样被人算计吗？李老师只有扎紧口子，把能推掉的关系户尽量推掉。

"评特"这件事，李老师以前时常惦记，但惦记到后来就麻木了，想不到丁大伟倒还替他惦记着，这让李老师内心感动。人家一个县长，肚子里每天要装下多少事，却没把他这位旧同事的事遗忘。李老师内心还有一点羞愧，想当年，他与丁大伟竞争那个"学科带头人"称号，李春风背后还是有些算计，丁大伟却如此大度，他确实非等闲之辈，非教师这个群体中的人能及。

李老师一直等到午餐时间，才拨通李小光的电话。尽管李小光的毕业论文和毕业答辩都已完成，李春风还是怕耽搁他的学习时间。李小光向儿子汇报他的县衙之行，用"汇报"这个词不算夸大，不知从什么时候开始，他这当老子的在儿子面前颠倒了位置。这并不奇怪，他的学生家长常向他诉苦，我们在孩子面前说话低声下气，而且孩子根本没耐心听，还请老师您与孩子谈一次话。李小光说，老爸，莫非你还想把我再拴在身边，每天聆听你的教诲？我当然要考公务员，考事业编，我的事你不要烦好不好？李春风说，你早有准备？李小光说，大势所趋，现在只有考试是硬碰硬。从小到大，我就是在考试中成长的，你放心。李小光不耐烦地掐了电话，李春风没有生气，原来儿子早有自己的主张，李小光长大了。

李老师心情很好，唯一让他可惜的还是那两条烟。这世上的东西，有的是越存越升值，比如那酒。有的却是越存越贬值，比如那烟。在儿子眼中，他这做老爸的就如那烟，他天天困在课堂里，与外面的世界脱节，脑子差不多长霉了。

五

李春风从省城回来的那天，心情特别好，坐在公交车上，看天，天蓝云白，连只挂了几片黄叶的行道树也生机勃勃。他回家后匆匆扒下一碗米饭，就赶到教室去上晚自习课了。他得把白天落下的课补回来。教师这个职业，人们羡慕的是节假日多，其实不然，县中的教师有哪个节假日不忙？就是平时有事请假，落下的课还得自己抢回来，年级各科都进度统一，你落了课怎么让学生对付统一的月考中考高考？李春风两节课上完，回家后并不觉得累，精神抖擞，躺在床上想睡也睡不着。

李小光报考的是一家事业单位，考试成绩公布，他考了第二名，只录取一位，有资格参加面试的是三位。这成绩并不让李老师满意，在当教师的老爸眼里，第二就是失败者，哪怕只差零点一分，若论考试成绩录取，就没这第二名什么事。为什么各个学校都争中考高考第一名？因为媒体和社会关注的焦点只在这。当然，儿子大了，李春风不敢当面打击儿子，反而安慰、鼓励他，说，不是还有面试吗？好好准备，说不定咱面试分能胜他一截。李小光妈妈更加充满自信，说，儿子，这面试不就是看个长相，咱论个头有个头，论面相，浓眉大眼高鼻梁，妈觉得，电影明星也没几个能比过你。儿子长得不赖，长相随妈妈，这是他妈妈捺不住的得意，一有机会就忍不住显摆几句。李小光听厌了，说，妈，这是哪跟哪呀。在天下的妈妈眼里，自己的儿子都是最帅最优秀，歪瓜裂枣看着也比别人顺眼，何况李小光既是帅哥又是名牌大学研究生，确实让他妈平时晒儿子时摆得上台面。但做妈妈的在儿子面前低调，说，行，妈不啰唆，看你的了。

李小光硕士毕业后就回家了，埋头看书，准备各种报考，只不过话越来越少。父母怕影响儿子学习，话少，声音也放低，也就饭桌上彼此有个问答。莫名地，三个人在家却比两个人在家安静得多。

成绩公布的那天晚上，儿子吃饭时接了一个电话，看样子是陌生人，他三言两句就挂了。见父母眼巴巴地盯着自己，说，那个丁胜利打的电话，无聊，说只要给他一笔钱，他就退出面试。他妈说，丁胜利是谁？儿子不回答，李老师当然知道丁胜利。儿子报考的事业单位官网上，考试成绩排名第一的那位。李老师留了个心，趁儿子洗澡时，调出了那个丁胜利的来电号码。李老师有了想法，这想法不能让儿子知道，最好也不让老婆知道。第二天上午，李老师打通了丁胜利的号码，讨价还价，最低不少于十万元，谈判不是李老师的强项，再往下砍价会砍崩,李老师接受了。但这事无法瞒着老婆,财政大权握在老婆手里。李老师真没想到老婆一口答应,还对李老师说,我们的钱不花在儿子身上,花在谁身上?李老师说,这事只能悄悄地做,你那大嘴巴可别漏出风声,连儿子也别让知道。老婆说,李老师,你一直以为自己娶了个傻瓜婆子?

很多男人认为,老婆都是一只只进不出的貔貅,工资交上去容易,掏出来难。其实那是因为你是她的老公,钱在老公手里容易制造不安全。面对的是儿子,没有一个母亲会是貔貅,相反,别说钱,就是付出性命也在所不惜。李老师觉得倘若事情顺遂,这功劳也有老婆一半。

成事在天,谋事在人。即使丁胜利依约放弃,李小光面试并没有绝对把握,参加面试的还有一位第三名。如果这位第三名不擅长笔试,却擅长表达,完全有可能击败李小光。李老师教了这么多年的书,他教的每个班上都有这样的学生。从一届届学生的当下状况看,这样的学生走上社会往往如鱼得水,发展得最成功。李老师一想到这个第三名就开始焦虑。一夜不眠的结果,是他做出一个决定:联系上那位第三名,张至轩。

早晨五点钟,李老师就起床了。其实只是比平时早起了半个钟头,学生六点半上早自习,他作为语文老师要去看班。李老师在教室里走来走去,不时地抬起手腕看表。他知道政府机关是九点钟上班,领导到办公室后,要泡上一杯茶,处理紧要公务,李老师觉得十点钟后打电话比较合适。十点钟在学校已是第三节课时间,他现在盯着表未免荒唐,只能说明李老师不够沉着。李老师这天有第三节课,下课时时间已过了十点,他顾不上回办公室,直接奔了小花园,小花园离教室有段距离,安静,听不到学生的喧哗。他调整了一下自己的呼吸,拨通了费处长的手机。电话铃声响了一下、两下，李老师觉得每响一下都像打桩机砸在自己的心脏上。李老师早有打算，铃声响到六下，他就掐掉电话，领导公务繁忙，说不定正在开会或者与人谈话，他不能添乱。铃声响到第四下，费处长说话了，您好。李老师激动得有些慌乱，说，您好，我是李春风，是丁大伟的朋友，您的手机号码是丁县长给的。幸亏李老师事先演练过几遍，他强作镇定。费处长说，您有什么事？李老师说，我，我想知道张至轩的手机号码。费处长沉吟了一下，说，您儿子应该叫李小光吧，为什么要另一个人的号码？手机号码是个人隐私，我们有责任替报考者保密。李老师备课时没考虑到费处长这个疑问句，愣了，但显然丁大伟已经与这位费处长沟通过，否则不会知道李小光，更不会知道李春风是李小光的爸。费处长说，李先生，大数据时代，知道一个人的姓名，应该不难找到这人的联系方式。费处长掐了电话，李老师在花园小径上边走边梳理领导刚才那番话。丁大伟跟他说过，现在公务员和事业编岗位都是有招必考，笔试过关后，面试也没法打招呼。因为评委库有几百号评委，面试前临时抽签定名单。更何况，现在反腐抓得紧，评委谁也不愿以身试法。李老师本来也没指望费处长能帮忙，想不到他连个电话号码都替别人保密。

但李老师忽然灵光一现，在电脑上输入"张至轩"三个字，屏幕上出现七八个张至轩，经过筛选，基本可以确定参加面试的这个人是北华大学管理学院的一名研究生。李老师桃李满天下，他有一位学生在这个学院任教，学生果然很快发来了张至轩的手机号码，学生说，李老师，有什么事您可以吩咐我，我直接去找他。李老师说，千万别，我只是对他的一篇文章感兴趣，有了电话方便向他讨教。放下电话，李老师奇怪自己撒谎撒得如此自然，而且是对自己的学生撒谎，真是羞愧啊。可现在不是羞愧的时候，他打通了张至轩的电话。

张至轩说，您是谁？

李老师说，我是您报考的东方经济所的工作人员，想请问一下，您确定参加一个星期后的面试吗？

张至轩毫不犹豫地说，确定。

李老师迟疑了一下说，如果您愿意放弃，有人会给您一笔补偿费用，您考虑吗？

张至轩哈哈大笑，说，老兄，你根本不是东方经济所的人吧？你就是一骗子，无耻。

张至轩话音未落，就挂断了电话。但最后那几个词一直萦绕在李老师耳边，像是一遍遍抽着他的耳光，李老师的脸上火辣辣地痛。

竹篮打水一场空，李老师的计划泡了汤。幸亏这事没让老婆和儿子知道，李老师反省，本来就不应该做这种不靠谱的事，我怎么能主动找人家谈这种事呢。想想自己还是个教师，是优秀教育工作者，为人师表，却找上门去被斥为"骗子""无耻"，真是自取其辱。怪谁呢？都是那个丁胜利，由一而二，诱发了他的荒唐行径。好在李老师这样的小知识分子，自愈能力强，伤口舔过就能结痂，几回的痂皮积累，就麻木了。何况每天有那么多的课务等着他，工作重要，过日子重要。

六

李小光同学是什么时候开始对父母关闭心扉，懒得搭理李老师两口子的呢？

李小光出生在山阳镇中心卫生院，从小在山阳高中校园里长大。李小光打出生起，对李春风就是有形的压力。那年代，讲究娶的老婆是城镇户口，户口随母亲走，进山阳高中教书的大学生一批又一批，男多女少，再说女大学生谁不想往城里嫁？山阳高中的男光棍扎成了堆，青春挨不过时光，男教师们不得不低下骄傲的头颅，就地取材，与本地的乡下女子缔结姻缘。李春风倒不是很在乎老婆是农村户口，城镇户口的好处不就是能分配一份工作，将来能靠政府解决子女的工作问题吗？我李春风的孩子应该靠自己，一个中学老师的孩子考不上大学，不是打他爸的脸吗？在替孩子报户口的那瞬间，他就告诫自己，于父于子，都必须把儿子培养成大学生，儿子至少应该胜过老子。应该说李春风有志气，也有眼光，几年后，城镇户口就没人稀罕了，工厂员工纷纷买断工龄下岗，招工只看文凭不看是否城镇户口。李春风暗自庆幸，如果自己当年求爹爹拜奶奶讨得一个城里女人，自己低声下气包揽家务不说，女人肯定也不如现在的老婆既漂亮又贤惠，把老公当皇上侍候。更何况，老婆还替他生下了一个白白胖胖的儿子。

山阳高中没有独立的教师宿舍，原先教学楼的后边是一块菜地，食堂里的师傅闲时侍弄，自给自足，后来青年教师成家的多了，校长在菜地上盖起一排两层砖楼，每户分得两间。李小光长得可爱，且聪明伶俐，是教师宿舍楼的开心宝。李小光小学就读于镇小，李春风再忙，也不忘记督促儿子学习，默写单词，背唐诗，儿子在镇小风头很健。李春风家住一楼，一到春夏，不下雨的天，家家都会摆出一张小方桌，晚餐就在露天吃。而李小光每天的家庭作业，就在餐前的小方桌上完成。有一天李春风回家早，看见小方桌前不仅有李小光，还有俩女生。

李小光一边啃着一截山芋，一边跟俩女生搭话。女生显然是山阳高中的寄宿生，她俩喜欢逗李小光说话。李春风捡起李小光的作业本，那上面的数学题错了一半，李春风阴下了脸，两女生见势不对，溜了。老婆觉得李老师大惊小怪，高中部的学生喜欢逗老师家的孩子玩，有什么不可以？捎点零食给小光，也就是地里产的瓜果之类。李老师说，一直是这样吗？老婆说，你们学校里的学生多，都喜欢小光，今天这位，明天那位，我哪里认得清。晚饭后李老师揍了李小光的屁股，揍得不重，但仪式感强，意义重大。李老师说，其一，吃别人的东西，时间久了，助长贪婪之心。其二，学习最重要的是专注，小学没有养成良好的学习习惯，到了中学就难以纠正。李老师一旦讲"其一其二"，老婆就噤声。自那天后，李小光放学后就乖乖在家中做作业，不敢吃别人塞过来的零食。

　　李春风调到县中时，李小光读初中，转学到了一初中。一初中是本县最好的初中，有一半毕业生能考入县高中，县中校长出面找了一初中校长，开展了校际外交，李小光才办成转学。但是，进去不到一个学期，李小光提出来，我要转回山阳初中，我不要在一初中。李小光为什么不喜欢一初中呢？李小光在乡下学校，成绩优秀，在学校受老师的喜欢，回家后受山阳高中师生的喜欢，到了县城的一初中，同学们比他见的世面大，强手如林，城里的父母都讲究不输在起跑线上，有的同学钢琴、小提琴考过了十级，美术作品去市里省里参加过展览，因此班级年级搞活动，没李小光什么事。至于学习成绩，李小光原来总是班级前三，到了这里，也就中游的样子。李小光接受不了这巨大的落差，宁为鸡头不做凤尾，他怀念在乡下呼风唤雨的日子。李老师跟儿子做了几次谈话，和风细雨，循循善诱。李老师说，其一，你将来的对手不是那些乡下的同学，而是一初中的同学，甚至还有省城重点中学的学生。你想走，就是想当逃兵。其二，不会唱歌、弹奏乐器，不会画画，这算不了什么，中考高考又加不了分，考试分数才是硬货。你要想找到在乡下学校的感觉，靠什么争取？靠学习成绩！学生的正业是学习，你如果考试连考几个班级第一年级第一，老师和同学都会对你刮目相看，以你为骄傲。李老师的"其一其二"还是有效的，李小光在中学时代的学习成绩一直让人瞩目，他以全县中考前十的成绩考上县高中，让李老师在同事面前很有面子。作为教师，要是连自己的儿子都是扶不起的阿斗，在家长面前说话就没有底气。按不成文的规矩，教师子女可以无条件升入本校，李老师没享受到这份福利，但是心里比享受了还甜蜜。不过，李老师渐渐发觉，李小光的性格变了，话越来越少，人越来越宅，跟父母对话，说不到三句就炸，炸了之后就躲进自己的房间，将门反锁。还真是反了，都说李老师脾气好，那是对别人的孩子，对自己的孩子未必耐得住。老婆说，其一，你儿子不调皮打架，不早恋，专心学习。其二，你对儿子要求那么高，在学校学习压力那么大，他要泻火不朝我们泻，难道你让他对老师同学去泻火？老婆受李老师教育多年，也学会了"其一其二"，以其人之道还治其人之身，李老师哑了。

　　李小光被他妈妈惯出了毛病，即使上大学上研究生，成绩是没话说，但毛病却没改。读研究生时，他妈妈开始着急，人家的孩子上大学读研，暑假寒假都带女朋友回家了，李小光没有一点动静。他妈妈旁敲侧击，李小光嘴一撇，说，你们不是老担心我早恋吗？我早就决定不谈恋爱了。他妈妈说，到什么山上唱什么歌，到什么年纪做什么事。李小光一脸冷笑。找工作这事，李老师听说他决定报考机关事业单位，很是赞赏。李小光说，爸，您和我的老师们，除了教会我考试，没教过我别的本事呀。把李老师噎得够呛。本来父子间温和的谈话，李老师接不下去了。

七

李老师在办公室坐定后的第一件事是看电脑，看东方经济研究所的官网。这已经是李小光去面试后的第三天，面试回来，李老师问他感觉如何，李小光说，您一定想听到好话吧，那我说让您满意的话，我的面试如您所愿，挺好。这是什么态度，问了等于没问，答了等于没答。好在官网上终于公示了，李小光的面试成绩第一名，拟录用。

李老师心情大好，立即打电话向儿子报喜。儿子只淡淡地答了三个字，知道了。

但是，好心情只保持了一天，第二天下午，丁县长突然给他来了电话，丁县长怎么会主动给他打电话？办公室里与领导不方便讲话，李老师拿着电话直奔小花园。丁县长说，他的同学费处长给他捎了个电话，说他们接到了一个举报电话，投诉李小光有作弊行为，投诉者实名张至轩，就是那个笔试第三名，说面试之前有人跟他谈过交易，想让他拿一笔钱退出面试，他提供的手机号码，确实是你的号码。丁大伟说，老李，怎么回事，这不像你做出的事呀。李老师说，这事与小光无关，都是我自作主张犯下的错。丁县长说，你要有心理准备，小光估计录取不成了。如果他们派人来调查，你好好配合，别再耽误儿子的前程。

李老师脑子一片空白，连跟丁县长说一声"谢谢"都忘了。天有不测风云，李老师这样的人，做一件好事不难，做一百件好事也不难，难的是做第一件坏事。李老师勤勤恳恳二十多年，谨小慎微，应该说这次是他个人违规做的第一件丑事，想不到就要成为一桩丑闻。这还在其次，可怜天下父母心，做父母的人或许能谅解。最让李老师惊慌的是，如果是因为自己的错误，葬送了儿子的前程，他怎么向儿子和老婆交代？下午的天空像李老师的心情一样阴沉，太阳悄悄地躲到了云层的背后，初冬的风陡然凛冽了。李老师连站的力气也没了，他坐在花坛的水泥围子上，有几棵常青灌木的叶子依然绿着，那绿色看不出勃勃的生机，没有朱自清那篇课文《春》中的盎然生机，只有沉沉的死气，倒不如大树枝头上的那几片黄叶，视死如归。花坛里的花大多凋零，只剩垂死的菊花和蜷缩的月季花在做最后的挣扎。放学的铃声响了，李老师在寒风中抱起了双臂，大地的寒气从他的屁股潜袭，侵入他的身心。一男一女两个高中生，悄悄地走进小花园，迫不及待地搂住对方亲嘴，亲累了才顾得上侦察环境，他俩看到傻坐的李老师，落荒而逃。若是以前，这俩小恋人逃不过李老师的眼睛，逃不了李老师一顿教诲。可是李老师连咳嗽都没咳一声，此刻李老师眼中无人无物。

　　李老师回家时，小区里已是灯火通明，老婆要替他热饭菜，李老师摆摆手，说在食堂吃过了，其实是他没心思吃晚饭。他敲开儿子的门，又将门掩上。夫妻关系再好，有些事不该让女人知道就得瞒着女人。老婆知道了这事，只会埋怨李老师，然后心疼那十万块钱，絮絮叨叨，于事无补，反倒让她心中的李老师的光辉形象大打折扣。李小光见老爸进来，有几分惊讶，自打高一他向父母宣示他拥有这个房间的主权后，老妈进门懂得敲门,而老爸从此不踏进这房间一步,有事找他都是在客厅里喊一声,小光,出来。老爸脸色前所未有的严峻,一屁股坐在床沿上,说,你还在看书?李小光说,嗯。李老师鼓足勇气,说,小光,爸跟你谈个事。那个东方经济研究所公示了,后来有没有联系过你?李小光说,没有,不过,我不打算去报到。李老师心中一慌,儿子莫非已听到了风声?李小光说,我不止报考了这一家,还另外报考了别家,公务员省考,我也报名了,如果能做公务员,我就放弃事业编。李老师喜出望外,儿子报考事业单位,原来只是练练手,他的桌上摆着一本《行政能力测试》,摊开的那本书,布满了圈圈点点,李老师看了一眼封面,是《申论》。李老师感叹道,我儿长大了。李老师难得表扬儿子,在班上考第一名,李老师只是说,发挥正常。考个第二名第三名,李老师就板着脸,说,找差距,差一分高考时就差了几百几千名。这次考上,李小光一定认为自己有实力,满怀信心迎接公务员省考。

考上公务员从政,李小光无疑是受了李老师的影响。在饭桌上,李老师提到丁大伟,提到那些改行进了机关的老同学老同事,无不羡慕嫉妒恨。

最难过的一关其实是老婆,十万块钱扔水里了,老婆绝不甘心。老婆说,十万块,什么概念?我们两三年的积蓄,我平时连一百块以上的衣服都舍不得买,三十块钱一斤的猪肉都不敢天天吃,不行,李春风,你得给我要回来!泼出去的水能收回来吗?李老师试着拨通了丁胜利的手机,当初在咖啡厅,记得那个接头的女孩说过一句,考不上可酌情返还。李老师那时刻没有听进脑,提返还那不晦气吗?现在,能退一万是一万,争取吧。李老师在电话中向丁胜利大唱苦情戏,说着说着把自己也兜进去了，原来我李春风真过得这样苦，老婆在商店打工，儿子刚读完硕士，儿子的学费生活费、房贷的压力，李老师一一诉苦，略有夸张，基本实情。丁胜利说，你这当老爸的是位中学语文老师？李老师，这个手机号码确定是你的，行，那你过来找我吧，我可以考虑退款。

李老师没想到运气这么好，当初那女孩就嘴上一句话，空口无凭，那事也没办法签个协议合同之类，都说现在的人唯利是图，他这回还遇到一个有良心的人。

李老师决定再上一趟省城，除了找丁胜利，他还有一件事要办，去感谢《大语文考试》的胡总编。丁县长的意思，"评特"排队快排到他了，他得再发表几篇论文，硬杠杠必须达到。

这一趟李老师提前调课，空出了一天半的时间。县中每个月的周六周日都补课，一个月只有一个周日下午放假，让寄宿生回家取供给。李老师周六上午从教室走出，直奔长途车站，班车到省城时已是四五点钟，丁胜利说他亲自在车站停车场等他，拿到钱，李老师如果能赶上回家的末班车，那是最划算，省了旅馆费，还省了时间。在出口处迎接他的是那位红衣女孩，不过，这次她穿的是黑色大衣，李老师东张西望找停车场时，女孩迎上来，说，李老师，胡校长在车上等您。胡校长？女孩说，就是丁胜利，您上次联系的丁总。李老师犹豫了一下，女孩说，不记得我了？我们在咖啡馆见过面。李老师恍然，跟着女孩走路。这城市变化大，城里的人也变化大，难怪李老师眼拙。丁总在一辆越野车边抽烟，看背影是个小个子，听到女孩的声音，他把没抽完的烟往地上一扔，顺脚踩灭，转身说，李老师，终于见到您了。李老师吃了一惊，这人不是胡功成吗？只是脸比从前宽了些，下巴上蓄了一撮山羊胡子。丁胜利说，老师,是我,胡典树,哦,在山阳时我是胡功成。李老师说,你怎么不但名改了,姓也改了?胡功成说,我妈姓丁,我也可以姓丁。说来话长,一会儿再跟您汇报。那辆越野车是保时捷,李老师认得是豪车,微信上有个段子,小孩把"porsche"读拼音,读成"破二手车",满足了大人们吃不到葡萄说葡萄酸的心态。这小子,当上老板,坐上保时捷,该是吃上葡萄了。越野车没有进城,女孩把车开到近郊的一所竹木掩映的处所,胡功成说,老师喜欢安静,我寻思这里合适。

　　胡功成后来又待了三所高中,为那三所高中的高考排名做出了贡献。胡功成拿到钱,首先把母亲送进了精神病院,这对当时的胡功成来说,是一笔不小的开支。当然,胡功成后来又不断改名,李老师已经在县中做普通教师,不再关注做领导才关心的高考排行榜,也不知道胡功成后来改的别的名字。一直到二十五岁,胡功成才走进了大学校门。一个人的脑子活络了,要想回到僵硬状态也难,胡功成在校园里也找到了赚钱的途径,但这并不妨碍他以优秀的考试成绩毕业。老师让他申请保研,胡功成谢绝了。他厌倦了校园的学生生活,他想一头扎进社会,到一个宽广的海洋遨游。创业并没有想象的那么容易,没有人脉,没有启动资金,胡功成毕业的那一年内撞得头破血流,连饭钱也挣不下,他只能再接代考、代人写论文的活儿。他动摇了闯世界的念头,决定老老实实找一份稳妥的工作,最稳妥的工作,当然是做公务员,报考大军浩浩荡荡,最拥挤的地方才是最有吸引力的地方。胡功成自信是考试天才,他挤进考公大军,才发现这里有另一个天地。城市里活跃着一支"书包党",建有一个短信群,他们汇聚了公务员国考及各省省考的信息,一到考试日期,他们背起书包,在机场和火车站集中,奔赴各省考场，高考有一模二模三模，他们每人都报考好几家，也就当作模考练练手，如果有几家录取，就可以有挑选的余地。胡功成本来只想考本省省考，也跟风报考了几家，结果他均考上了。别人挑拣一番就过去了，胡功成觉得有点可惜，值得挖掘商机。胡功成把复试资格变成了商品，贸易收入远比一般人的收入丰厚。一个人的力量毕竟有限，他招兵买马，建成了自己的产业队伍。当然，随着公司的壮大，他还扩大了经营，创办了培训教育基地，包括公务员、事业编考试培训，托福英语培训，当然也少不了中考、高考家教班这类大项。

胡功成说，其实，我更喜欢别人叫我胡校长，我后来的诸多名字，其实都得于那些高中的校长。喊我胡校长，我才有自己当家做主的成功感觉。

晚餐设在这里的一个大包间，胡功成邀来七八位陪客，来客一一入座，胡功成依次介绍。胡功成说，这些领导平时都不出来应酬，只有休息天才有时间放松一下，老师您来得巧，今天是周六，他们肯大驾光临。介绍李老师时，胡功成说，这是我老家光大县中的语文老师，是我的恩师，也是我的人生导师。没有李老师，就没有我的今天。其中一位客人说，能培养出胡校长这样的精英，李老师无疑是教育界的伯乐。李老师惶惑，连称"岂敢岂敢"。来客都是他平时想见也见不到的领导，李老师酒量不大，也不敢怠慢，离座一一敬酒。一轮下来，李老师面红耳赤。胡功成说，老师您平时不沾酒，今天意思到了就行了。各位领导，我今天只有一个请求，李老师至今还没评上特级教师，我觉得这不公平，像李老师这样德艺双馨的一线教师，在现在的校园中已经不多。小胡还恳请各位记住我老师的大名，李春风，关心我的恩师，就是关心我小胡。领导们纷纷赞扬胡功成，说胡校长是尊师重教的典范。一位领导说，胡校长放心，我的工作就是为人民服务，为一线教师服务。

李老师尽管脑袋晕乎，但还是听出了眉目。这胡功成把话说到他心里了，莫非他是钻进铁扇公主肚子里的孙悟空？

宴罢各自散去，胡功成说，李老师，你今天就住这里，咱爷俩聊聊天。您旅途劳顿，先泡个澡，松松筋骨。一会儿，一位穿西装的女子进来，胸牌闪闪发光，李老师盯紧了才发现上面有两个字"管家"，盯着一个姑娘的胸，眼睛很累，李老师意识到有失斯文时慌忙转移目光。管家久经男人的目光考验，弯腰说，校长，请您和领导随我来。曲径通幽，管家把他俩领到一处露天池子，周围是一圈透明玻璃墙，玻璃墙外是茂密的竹林，水汽氤氲，灯光绮丽，李老师有些迟疑，他只在小时候露天洗过澡，他抬头看看天，月光暗淡，看得见几颗星星朝他眨眼。胡功成说，您别担心，这玻璃墙，您看得见外面，外面看不见您。胡功成说，您泡着，我去另一个池子。李老师确实有几分乏了，眼睛一闭，脱衣下了池。水温不冷不烫，他迷糊着，有人说，领导，请过来擦背。池子后面有个搓澡间，李老师趴在那搓澡床上，昏然欲睡。这里的搓澡工力道跟不上，李老师在县城的大众浴室搓澡，那搓澡工的力道让他鬼哭狼嚎，痛并快乐着。李老师说，重点，再重点，力道却并没有加重多少。等到他翻过身，睁开眼，他的酒意醒了，睡意也没了，给他搓澡的是位年轻女子，着一件女式游泳衣。他撑起身子，镇定，他对自己说，不能让人家笑话他没见过世面。他闭上眼睛说，对不起，我要男搓澡工，力道大。那女子说，抱歉，我们这里没有男工，只有女工。李老师骨碌一下起身，说，那我就不搓了。他逃一般步入池子，蹲下身。女子说，对不起，让您失望了，还有下一道服务，我一定让您满意。李老师像一个顽皮的儿童，蹲在池子中不肯起身，说，免了免了。女子刚走，李老师顾不上擦干身子，套上衣裤，逃出浴室。管家一直在门口恭候，显然她已经听了那女子的汇报，见面就朝他一个深度鞠躬，说，服务不周，请多海涵。李老师说，千万别为难那女孩子，怨我，是我乡下人上不得台面。

胡功成已在茶室等候，他奇怪地说，您怎么这么快就出来了？李老师说，你不是比我还快吗？胡功成说，我中午已陪客户泡过一回，再泡，骨头也要泡散架了。管家弯腰朝胡功成耳语了几句，胡功成脸上浮起笑意，挥挥手让她走开，他朝李老师竖起大拇指，说，老师，您真是拒腐蚀永不沾的典范，坐怀不乱，我难得遇到您这样的人。李老师说，你这坏小子，是故意考验老师吗？胡功成说，我哪里敢？其实，人都有七情六欲，偶尔放松一下也不算大错。李老师说，我也不是圣人，可是，你认了我是老师，一日为师，终身是师，在学生面前，我还得尽可能保留一点颜面。李老师的意思是十万元交易那事，我已着了你的道，落下一个笑柄，不能再上第二次当。胡功成哈哈大笑，说，算了，我也不勉为其难了。

胡功成说，李小光面试那事，您别放在心上，以后考上公务员肯定强过事业编。开始时，我没有对上号，听声音怀疑是您。一查我另一部手机，就确定无疑。李老师说，你怎么还有我的手机号？胡功成说，应该有的号码我都得有，我一直惦念着您，当初您上我家动员我去山阳高中复习，使我的人生豁然开朗，没有第一次的顿悟，我就走不到今天这么远。

李老师不知道该说什么好。

胡功成说，明天，我陪您去城里转悠一下，这些年省城变化大，值得一看。然后，去我公司大楼，顺便指导一下我公司业务。李老师说，明天我还有正事，去拜见一位重要的朋友。李老师不便将他与胡总编的交往过程全盘托出，那毕竟不是很光彩。胡功成嬉笑着说，我知道，那位重要的朋友您已经见过了，不就是《大语文考试》的胡主编嘛。李老师细想饭桌上那一圈领导，并没有介绍有个胡主编。胡功成笑着说，老师，我可以是胡校长，也可以是胡总编呀。

难怪胡功成存着他的电话号码，这小子，存心捉弄老师。

胡功成说，他最初也就是代人写论文，中小学教师队伍庞大，教师评职称必须发表论文，是他的主要客源。除了代写论文，他还代理版面，渐渐地就和各家刊物熟悉了。到后来，他就承包下几家刊物，组织了一班编辑，自任杂志主编。胡功成说，这一块也是他公司业务的重要组成部分，写教学论文，其实像高考作文一样，新八股，流水线作业。只不过您这样的一线老师，没有时间再去琢磨这一种套路。

李老师给胡总编准备的烟和茶叶，要不要送给胡功成呢？他还是把东西取出来了。胡功成说，老师，您开什么玩笑？您永远是我的老师，我永远是您的学生，老师给学生送礼，颠倒了。我倒是有一个请求，当年在老师家蹭饭，师娘常做一道菜，豆渣炒虾米，我至今常想念那味道。李老师说，那时条件差，你师娘只能做这样的经济菜。这容易，下次来我让她做好了带上。

第二天，李老师用过早餐后，坚决要回家。胡功成拗不过他，给他安排了小车。临行前，胡功成说，小光考公，还是到我这里的培训班来吧。我这边的培训老师，都是把试卷琢磨透了的专家，不会让小光走弯路。

那十万块钱自然退还了，老婆说，你教了那么多学生，总算还有一个记着你的好。李老师心里说,我好?当年我那么做是好吗?

八

李小光同意去省城参加考公班培训,李老师让老婆装了一罐豆渣炒虾米,让儿子替他捎给胡功成。李老师上早读课走得早,上完第一节课后,他才把胡功成的手机号码发给小光,又加了一条留言,请代我问候那里的这位朋友。

李小光考上了公务员,但他没有去面试。他被胡校长洗了脑,回县城创立了一家胡功成公司的分公司,忙得热火朝天。他的理由很充分,我学到现在,不就只学会了考试这点本事?这话耳熟,儿子大了,不由李老师做主。李老师一年后也如愿评上了特级教师,不过,毕竟上年纪了,同学们常看见他在校园小花园里傻坐,精力明显不如从前了。

稻菽千重浪

上

　　上了年纪,我回老家茅儿墩的次数有些多了。再怎么说,人老了都惹人厌,别人没有放在脸上,只是在心里掖着。何况,我一旦进村了,三拉子就不会放过我,一嗓子喊出去,就得喝大酒,喝倒了不敢开车,我就得留一宿。留一宿,第二天喝酒的日程表就安排下了。三拉子说,都什么时代了?新农村谁家还缺你一顿酒的钱?我说,就因为大家都过上好日子了,我还想多来几回,多喝几顿,不能今天把条老命就地喝报销了。我回村,车不进村,人也不进村,我就绕着村子在田野里转悠,转累了,在田埂上坐一坐,闭上眼,听河里的水流,听草里的虫鸣。

　　大爷,你为什么不趴在田埂上?一个稚嫩的声音在我耳边响起。

　　我睁开眼,是一个十岁左右的小姑娘,她戴着草帽,穿着碎花小裙子,手里拎着一个草篮,草篮里有一把小小的锯镰。

　　你出来是割猪草?为什么没有上学去?

　　小姑娘说,今天星期天。我割的是兔子吃的草,我有一只宠物兔,叫小白,可让人喜欢了。

　　我有些恍惚,同样出来割草,我们小时候是为了喂猪,人家是喂宠物。看那小苹果脸,看那美丽的小裙子,还有那把小锯镰,分明不属于我们那个时代。

　　我为什么要趴在田埂上?趴在田埂上做什么?

　　小姑娘说,不做什么,什么也不做,一个劲地淌眼泪。

　　我说,你见过趴在田埂上淌眼泪的人?

小姑娘点头说，不止一次见过，一位没有头发的老爷爷，每回都是哭成花脸才走。

该是谁呢？我一下子就想到了桑田。我面前的这块田当年是生产队划给他家的自留田，当然，这块大田分割成了许多块小田，每户人家也只能拥有几分田。尽管他家不缺钱，但让田地抛荒，那是态度问题，在那个时代是绝对不能允许的。我们一直不能理解，这田是分给全家人的，但在这块地上劳作的只有桑田和桑海红。桑田说，他爸逼的，不劳动者不得食。可他爸不劳动呀，吃得那么胖，比茅儿墩村其他所有人都胖。看姐弟俩在田里的熊相，我带领同村的小伙伴也帮着他俩在这田里春插过秧，秋割过稻。

我说，那是因为那人腿不好，他扔了拐杖就立不住，只能趴在地上，伤心了。你看，我也站累了，坐在田埂上。

小姑娘说，可是，你不是他，你不淌眼泪，而且你有很多很多头发。

我摘下帽子让她看了一眼。是的，我还有很多头发，不过大半都白了。

都说人之将死，其言也善。其实未必非要等到那一刻，当我老了，我才觉察到自己的软弱和伤怀，一草一木总关情，感时花溅泪，那些文人墨客的骚情悄悄钻进我衰老的毛孔，浸淫了我曾经冥顽不化的情绪神经。而那个光头，我判定他百分百就是桑田，他面对这片土地，为什么要悄悄地肆意挥洒他的泪水？

我在田埂上仰面倒下，蓝天白云，像许多歌的唱词。我知道，如果用无人机拍摄，我只是一个圆圈中的一点，历史倒退一千年两千年，我就是大湖湖底的一棵水草，或者是活了六十多年的一只湖底老龟。如果无人机再升高，镜头再拉远，就会出现四十几个圆圈。这些圆圈，犹如荷塘水面上一朵朵荷钱，环环相邻，彼此相守，那我在镜头中就只是大湖里的一粒虫卵，或者是一粒掉入湖底淤泥中即将沉睡的黑色莲子。这些圆圈，就是圩子。所谓圩，就是我的祖先们用肩挑，用手提，在大湖的边缘筑起的圩堤，围成圈，挡住湖水的入侵。在圩内，祖先们挖泥成河，堆泥成田，这些大田土地肥沃，春耕秋收，被称为"粮仓"，养育了我的祖祖辈辈。

这是暮春时节，我躺在田埂上，稻苗已经抽穗，我的视线中是稻叶的墨绿和新穗的浅嫩，往上看，它们指向天，往下看，有枯黄的老叶倒向稻桩。风吹来，我能闻到稻花的清香，那种耸耸鼻翼能扇动的清香，仿佛穗子渗出了液，仿佛那穗子淌出了汁。其实它们好着呢，只是怒放着自己的青春。闭上眼，我能听到叶和穗碰撞的低语，能听到浅水中虫的游弋，还有蛙的激越的陡鸣。我伸出手，插进水面下的田泥，有熟悉的凉快爬上我的指尖，弥漫了我的全身。

我的生命属于这块土地，而桑田，他只是这块土地上的过客。我面前的这块土地，曾经是生产队分配给桑田家的自留田。他曾在这里披星戴月，流过汗也流过血。而我和我的小伙伴们，也曾经帮他和他姐插秧，帮他和他姐收割。五十多年过去，他的眼泪，是源于对这块土地的控诉，还是对这块土地的怀念和感恩？

想到他那条在茅儿墩瘸了的腿，我猜不出。

桑田到我们班插班时是读初一，冬天，他穿着一件毛领灯芯绒半长大衣，戴一顶花格鸭舌帽，脚上是一双贼亮的棉皮鞋。班主任领他走进教室，我们都惊呆了，仿佛走进来的是个外星人。桑田用普通话说，我叫桑、田，桑，桑树的桑，田，田地的田。讲普通话的人我们已经不稀罕了，村里来的知青人人都说普通话。早先，只有广播喇叭里的人才说普通话，连我们固城中学的老师都说方言，他们的普通话不伦不类，老师说得累，学生听得累，干脆返璞归真了。桑田这姓名接地气，与我们茅儿墩子弟气息相通，除了几位跟着时尚改名的同学，我们大多数同学的姓名都与村里的事物相关，名字中有麦有稻，有狗有羊，五谷丰登，六畜兴旺。桑田被老师安排与我同座位，第一节课后他塞给我两粒大白兔奶糖，我拒绝了，尽管几秒钟后我就恨不得再跟他要回来。那是大白兔呀，知青们说到这奶糖都情不自禁地吞口水。但是，我得端着，我是谁？我爸是李刚刚，李刚刚是茅儿墩生产队长。我本人，是初一四班班长。你是桑田，不管从哪里来，现在都在我地盘上，我才是一方土地。何况，他那一身打扮，像极了连环画上的资本家崽子。我那时就留了心眼，拒腐蚀，永不沾，不能输了气势。不过，想是这样想，做是做不到的，我那时毕竟还只是十几岁的孩子，一个星期后我就接受了大白兔奶糖，放弃了阶级斗争觉悟。日子久了，两人沆瀣一气，抱成一团，当然，这是后话。

桑田的父亲是不是资本家，这是我们全班同学最关心的事，尤其是王春笋，王春笋他爷爷是我们村上唯一的地主。地主属于剥削阶级，王春笋家在村里分东西——夏天分瓜，冬天分鱼虾，都是最后一户，留给他家的是挑剩的那一小堆。我也不敢坏了规矩，与隔壁杨树村的男生打仗打赢了，论功行赏，或者成功偷到了生产队的菱角茭白、西瓜香瓜之类，有福同享，王春笋也只能排在最后一位。每次行动，王春笋都是冲在最前面，战功最大，是我的得力干将，但在我的战队他只能排末位。他也认命,他爷爷是地主,他爸是地主崽子,鱼找鱼,虾找虾,乌龟找王八,他爸找不到成分好的老婆,找的是杨树村富农的女儿,真要追究,他是地主加富农的后代,双料货。我能带他一起玩,他已感激涕零。王春笋是第一个发现桑田说话结巴的人,桑田在教室前面自我介绍时,一字一顿,我们都以为他用重音是为了强调,为了隆重推出自己。下课后王春笋凑在我耳边说,桑田是个结巴。我不相信,说,咱俩打赌,一分钱菜票。王春笋欣然同意,但是桑田那天再没开口说过一句话,你问什么他都是点头或摇头,三巴掌也打不出一个哼哼。我知道我输了,一分钱菜票于我是小事,于王春笋是天上掉馅饼的喜事,他中午的饭菜都是自带,米可以上食堂蒸熟,菜永远是一勺黑豆瓣酱。在食堂一分钱菜票可以打一勺青菜,运气好里面还漂着一片肥肉。李刚刚宁愿上学校会计室给我买菜票,也不肯直接把钱给我自己买,原因很简单,我曾经中午饿肚子一星期,把菜票钱买了橘子糖与战队的"战友"分享。李刚刚发现我平时晚饭吃两碗,那几天饭量大增,三大碗米饭外加一大块锅盔。人家是生产队长兼民兵队长,及时发现了我的新动向,三审二审把我的猫儿腻审清楚了,断了我们战队的资金链。王春笋其实也能隔三岔五吃上食堂的菜,他得到菜票的途径就是跟人打赌,赌赢了他得一分钱菜票,赌输了他帮人家做一天作业,事实上他只赢不输。输给王春笋不算多大的损失,但桑田是不是结巴,桑田家是不是资本家,这于我与我的战队是个大是大非问题。

我们村上来的四个知青是李刚刚用一条四舱小船接回来的,基本上每人是一个背包一个拎包。我奶奶说,这点行头也就跟旧社会外出逃荒的人差不多。这怎么能比?我奶奶被李刚刚狠狠地瞪了一眼。但是，桑伯承一家来的派头就大了去。桑伯承是桑田的爸爸，又白又胖又高大，那么多的肥肉掉在水里也不会沉，茅儿墩的老老少少后来都喊他桑不沉。桑不沉是全家下放，一家五口，有老有少，这很不一般。知青来了，李刚刚领他们去了生产队队屋，把三间屋的农具归拢了一下，女东男西，中间一间砌了个土灶，知青们就过上了接受贫下中农再教育的日子。而桑不沉一家来之前，李刚刚召集男劳力专门盖了三间大瓦房，青砖青瓦。要知道，这种正儿八经的瓦房，村里原先只有一幢，就是王春笋那个地主爷爷剥削人民所盖，后来当然回到了人民手中，被分给了村里三户贫雇农。茅儿墩属圩区，而且不是依附在圩埂坝上的村子，在圩内，是低洼处，一旦遇上洪灾，不论是内涝还是外涝，首先被淹的都是茅儿墩。村里人家大多是土坯墙稻草屋顶，水一过，土墙坍塌，稻草屋顶随水漂荡，好不容易添置的家当付之东流。倘若是砖瓦房，遇了洪涝，是能抵挡一阵子的，水过后，砖墙还是砖墙，瓦屋还是瓦屋，站梁还是站梁。砖瓦房当然好，但是砖瓦窑都在山区，贵不说，光是运费就让茅儿墩人承受不了。李刚刚带人建这砖瓦房时，就凭公社的一张盖章纸条，砖瓦厂供砖瓦，水泥厂供水泥，木材厂供木材，拖拉机站还派出了运输的大拖拉机。砖瓦房盖好，公社来人专门验收，又提出，还得拉一圈院墙，供这家主人院内散步；还得在房子前建一个水埠口，方便这户人家洗衣淘米。散步不就走几步吗？在垛田上走几步不比院子里飒爽？水埠全村人世世代代共用一个，为何要独独替他家专弄一个？李刚刚当过兵，理解的执行，不理解的也要执行。何况，公社干部直接给生产队长李刚刚布置重要任务，把大队干部晾在一边，李刚刚受宠若惊，自然不折不扣完成。桑不沉家搬来茅儿墩那天，令全村人大开眼界。公社出动了一艘轮机船，李刚刚带领本村劳力出动了一条六舱船，才把桑不沉一家人和家当载回村。可惜那天是我们上学的日子，我无缘见识轮机船驶过村前河面的壮观。轮机船，喷着一团团黑烟，像野兽一般低沉地吼叫着，把村里睡在摇篮里的婴儿全惊醒了，集体大哭，哭得村里鸡飞狗跳。那犁过水面时劈开的浪，有六尺高，将站在蛋壳舟上捞水葫芦的阿三推进水里，露出脑袋时，头上脸上嘴巴里都披挂了水葫芦草；将水埠边洗衣裳那新过门的阿四嫂淋了个透彻，男人们看见了阿四好羡慕嫉妒！我只见过码头上停泊的轮机船，没见过那行驶的大物，很是懊丧。不仅仅我，懊丧的还有全村那天在上学的小伙伴。不夸张地说，那时轮机船在我们心中的位置，不亚于现在孩子们心目中的航空母舰。

　　搬家具是男劳力干的活，生产队给记工分。女人们只做看客，手上剥着豆，或者纳着鞋底，从水埠口到院子的大门外站成一排，组成一列人墙。有不老实的手掌瞅个空子袭一下女人的胸或屁股，惹起过节般的笑声。但笑闹只是一阵子，茅儿墩村的人都渐渐不出大声了，这家人的家具太多了，箱子柜子大橱，红彤彤，死沉死沉，压得男人们喘不过气。这大概就是传说中财主家的红木家具了，大城市老财的财富，当然甩本村王家老地主十八条街。有人手上吃不住了，对看热闹的女人说，搭把手，立即有几只手臂插了过来。在茅儿墩，要了解某个女人的家底，主要是在晒伏的那几天。江南多雨，黄梅天一过，箱子底下的衣裳都快长毛了，于是三伏天的太阳出来，家家户户都赶着拿出箱底的衣被与太阳照面，其实这同时是一个展览。谁家有毛线衣，谁家有灯芯绒，谁家居然还有呢子服，村里的女人尽收眼底。但是现在，女人们不满足了，这箱子柜子大橱里装的都是什么货色？这个问题像猫爪挠心般使人心神不定，好奇心害死猫，也让茅儿墩的女人们害了心病。几个女人使个眼色，那衣柜就翻了，那柜门的搭扣就及时地被解开了，那柜子里掉出的东西不是衣服，是鞋子，几十双女鞋，有黑有白，还有花色的，有高帮低帮，还有不高不低的帮子，有高跟有平跟，还有无后跟子的。专门有一个柜子放鞋，什么样的女人才有这么多鞋子？女主人早进了院子，再没出来露个脸。在别人"啧啧"的赞叹声中，村里几个平素骄傲的女人，如队长夫人，如美丽的阿四嫂，都悄悄撤离了，走的时候眼眶含泪。女人和女人比，这差距也太大了，太伤自尊了。她俩错过了最后一场压轴戏，搬运沙发，一长两短，笨拙得像这家当家的那个白胖子。这东西笨，却并不重，比那些木器轻许多，阿三和阿四有多余的力气争论。一个说，猪皮的，摸上去软；一个说，牛皮的，牛皮的才这么厚实。这对话已经很高级了，村里的猪皮和牛皮都是剥下来，然后送到收购站换钱，那血糊毛粘的肮脏一捆与这漂亮的沙发皮，让村人怎么都想象不到是同一物。但队长李刚刚说，错，这是人造革的，人造革的才是高档货。这话放在今天，没有人相信，但在神州大地上曾有那么一阵子，人造革比真皮牛。说这话的李刚刚，当时上身穿白色的确良衬衫，下身穿一条日本化肥袋改制的长裤，屁股上是繁体的两个汉字：尿素。这是当时有头面的乡村干部的标准穿着，化纤衣裤，看上去挺括时尚，走起路"唰唰"带着响。

桑家人很少出院子门，出门的多是桑海红，上代销店打个酱油称个盐，上水埠搓衣拎水，见人先露出三分笑。桑不沉只在黄昏时，偶尔出门在田野里走几步，见到男女老少也立即堆出一脸的笑。这让茅儿墩人很是困惑。看这家人的姿态，那是低到了土灰里，知青们刚来时城里人的傲慢，他们脸上丝毫没有，这肯定有什么地方不对，那桑不沉的笑容与村里王家老地主的笑容一个成色，要不是被打倒的阶级敌人，他的笑容能如此谦卑？但是，县里和公社的领导又把这家人当祖宗供着，这砖瓦房这院子这独家水埠就是明证。上边的人对李刚刚说，这家人不需要参加生产队劳动，不需要挣工分，桑不沉每月在公社领工资。桑不沉一个月的工资是多少？李刚刚打听了一下，一百零八元。李刚刚觉得不可能，公社革委会主任的工资才三十六元。桑不沉对李刚刚说，本来还多，我主动要求减了一半，否则太对不起人民对不起党。李刚刚心里说，你不下车间不下大田，白拿这么多工资，还是对不起人民对不起党。但是，他不敢说出来，这人他肯定得罪不起。春节慰问，县里和公社的领导在桑不沉面前都客客气气，高调不起来。

  李刚刚头痛桑不沉家在茅儿墩村定位的问题，我其实也同样头痛。桑田显然不属于工农后代，但又不能像王春笋那样列入地主资本家崽子之列。李刚刚其实大可不烦恼，桑家户口落在生产队，人却不与社员抢工分，不像那些知识青年，叫花子碗里扒冷饭，靠生产队工分养活。桑家掏钱买口粮，不打白条不赊欠，与村里几无瓜葛，平时，李刚刚与桑不沉也难得一见。不像我，上课与桑田坐一张桌子，下课桑田也尾巴一样跟着我，我待他时冷时热。许多小伙伴都盯着我，我待桑田的态度决定了他在本战队的地位。没头绪，我只得向知青小汪请教，小汪见多识广，据说知青中只他一人读完了高中。但小汪烟瘾大，扯《山海经》，讲世界上三分之二生活在水深火热中的劳苦大众时，他必须嘴上叼根烟，烟蒂子一扔，他就翻脸，把我们赶走。小汪抽着我从李刚刚那里偷来的"大生产"，心情不错，他说，这桑胖子，其实是资本家，而且是大资本家。早先他家在省城有银行，有几十家工厂，但是，一到新社会，他就把银行和工厂交给了党和人民，他这个资本家有说法，是民族资本家和红色资本家。关键是，桑胖子是老大，他家的老二、老三一个比一个厉害，桑老二在台湾做蒋介石的秘书，桑老三在美国研究原子弹，所以桑胖子是统战对象，是大领导眼里的香饽饽。我觉得小汪胡扯淡，照他那说法，桑不沉不就是美蒋特务？早被枪毙八百遍了。我将这套说法搬到李刚刚面前，李刚刚也是丈二和尚摸不着头脑。李刚刚说，反正咱们听上面革委会的，不热乎也不冷落这桑家。我可做不到，一不小心让桑结巴做了我的左右臂。

桑田是结巴子，成了秃子头上的虱子——明摆的事，是在那天的地理课上。那位高中毕业的代课教师还是个黄毛丫头，她指名提问桑田欧洲最著名的一条山脉。桑田回答，阿……阿……阿尔……阿尔卑斯……阿尔卑斯山……脉。外国的人名和地名本来就曲里拐弯，读不顺溜很正常，偏偏黄毛丫头老师说，连贯起来读一遍。这可真是哪壶不开提哪壶，把个桑田快难为死了，足足有五分钟，桑田就在这六个字之间忙活，按下葫芦浮起瓢，顾了这头顾不了那头，引起全班同学阵阵窃笑。我怕这样下去那条要命的山脉真的要被桑田读断了脉，大声说，阿尔卑斯山脉。于是全班男生都跟我一遍遍重复，阿尔卑斯山脉，山呼海啸，震耳欲聋。黄毛丫头老师满意了，放过了大汗淋漓的桑田。老师放过了桑田，但王春笋不会放过，一有机会，他就逗桑田说话。比如说，早上第一节课课前要领读领袖语录，中午食堂开饭前要领读领袖语录，王春笋都阴阳怪气地推荐桑田，理由是桑田是城里人，普通话比大伙标准。老师们已晓得桑田有结巴的毛病，才不会上他的当呢。

其实王春笋也可怜，这地主孙子，所有人都可以作弄他，他却从来不敢作弄别人。终于来了个资本家崽子，他觉得自己不应该再做垫底的了。人活着都追求个心理平衡，别人他欺负不了，如果有一个桑田结巴可以让他欺负，他黑暗的日子也泛出些微的亮光。

有一天王春笋急急地向我报告，说，桑田用糖衣炮弹进攻贫农瞎大娘。这事有出处，李刚刚出去参观学习，发现有一个五岁的孩子能全篇背诵领袖的三篇文章，俗称"老三篇"，从头到尾，一字不落，轰动全县。李刚刚回来后，夜不能寐，食不知味，想活学活用，也弄出一个典型。当他的死鱼眼突然灵动地投向我时，我像一条被渔叉扎中的鱼，怎么办？我奉劝李刚刚，我已经十二岁了，即使背下"老三篇"，也没人稀罕，你要想弄出动静，必须有新噱头。再说，小的典型有了，你不能穿新鞋，走老路，你不妨弄个老的典型。比如瞎大娘：贫农，五保户，还是个瞎子，不认得一个字，论政治条件哪样都过硬，论培养价值明显超过我，论轰动效应比那五岁小孩还要爆灯。急中生智，我说服了李刚刚。李刚刚表达对儿子的喜爱，就是夹起儿子的臂膀转一圈，相当于渔民撒旋网，撒个欢。小时候我会要求再来一个，再来一个，但其时我已是半大小伙子，我坚决地抗拒，让李刚刚扑了个空。教瞎大娘背书，李刚刚把这革命任务交给了我，我把这革命任务交给了桑田，理由是桑田会讲普通话，瞎大娘将来用普通话背诵伟人著作，更是震撼。我担心桑田的结巴，万一将来瞎大娘背书时结巴，那效果就打折扣了。瞎大娘出门不便，桑田送教上门，前两次我都陪着，好在桑田说话结巴，读书却流畅。瞎大娘是个文盲，但对李刚刚布置的革命任务一丝不苟地执行，年纪大，记性差，但她勤奋，她觉得"老三篇"已让那毛孩子背下了，她要超过他，背整本的领袖语录。她不分白天黑夜地琢磨，反正她也弄不清白天黑夜。瞎大娘的刻苦感动了桑田，桑田给瞎大娘的奖励是一把碎糖，那天正好王春笋在场，也想要尝一口那糖，没得逞，王春笋恼了。

其时我正手握锯条骑在杨树上，寻找做弹弓的树杈。制作弹弓，选材十分关键，倘若用的是主干和分枝，两侧不均衡，往往要在分枝上绑上木条加重，但是，绑上后弹性还是不足，射出的弹子往往会因为左右弹力不均而走偏。最好的是树枝上同节分权的部位，伸出的分枝粗细相等，握柄厚实稳健。这当然需要众里寻他千百度，难得一遇。杨树树叶茂盛，枝叶上栖息着不少辣毛毛虫，色彩鲜艳，树干一抖，它们就往下掉，掉到你的手上臂上，能让你几个钟头痛苦不堪，倘若掉进脖颈里，那简直要人命。我当然是全副武装，大热的天穿着李刚刚退役时带回的军用雨衣。王春笋打小报告时，我一不小心，腕子上还是被辣毛毛虫亲密了一下，辣痛添怒。我跳下树，扒了军雨衣，嘴里提着丝丝凉气，让王春笋一一道来，说个明白。

王春笋说，你知道的，桑田一贯以糖衣炮弹拉拢腐蚀革命群众，他为了加强瞎大娘的背诵积极性，又用上这一套。我心里明白，王春笋说的被拉拢腐蚀的革命群众，主要指我，如果开展批评与自我批评，其实王春笋也吃过桑田的大白兔奶糖，只是次数不多，大多是两人分一颗，他还为别人分糖时咬了大半截愤愤不平过。桑田给瞎大娘的奖励品不是大白兔，是一种叫"麦乳精"的颗粒糖，这玩意供销社柜台里有卖的，茅儿墩一般是干部去看望重要的病人才舍得买，装在小玻璃罐里，金黄金黄。桑田随身带着，放在一铁盒里，有病没病有事没事他都往嘴里扔几粒。大家都说，你有病？有病的人才需要加营养，而且，病人都兑水喝的呀。桑田把铁盒子牢牢攥在手中，把那些咒人的话当作耳边风。很多年后，我看到年轻人干啃方便面，就会想起嚼麦乳精的桑田。都说小孩嘴馋，其实老人也嘴馋，只不过隐藏得深一点。瞎大娘眼瞎，看不见桑田嚅动的嘴巴，但是瞎大娘的鼻子灵敏呀，那麦乳精的香甜沁人肺腑，挡不住。于是，瞎大娘向桑田提要求，背一段，奖励几粒麦乳精，桑田想了想，答应了。瞎大娘是学生，他桑田是老师，学生学习进步，向老师要奖励名正言顺，桑田上小学时就得过老师奖励的练习簿、文具盒。现在他的身份是老师，只要瞎大娘这学生能完成背诵任务，当老师的花费这点奖励品完全应该。

我将弹弓对准王春笋，说，我给你一颗糖豆吃，要不要？其实根本就是个树杈，还没装上皮子，更无弹子，王春笋吓得撒开腿就逃。

桑田从此对我忠心耿耿，但是，他死不承认自己是个结巴。他说，我就是见了生人，或者恼火的时候，有点激动，断句多一点。他说这句话的时候，确实不结巴。

王春笋这一次弯道超车没有成功，对排序压倒桑田不再抱希望，但是客观地说，初来乍到的城里人桑田真是个让人嫌弃的累赘。我们的乡中建在圩堤坝上，茅儿墩上学的中学生上学是划船，放学也是划船，反正家家户户都有船，人人会使桨。但是你别忘了，茅儿墩人人都会水，家里大人下田把船划走了，上学的孩子就只能一路游泳。当然，主要是男生，胆泼，水性也好。女生往往找别人去拼船了。俗话说，淹死的都是会水的，有几年，几乎每年都有男生在河里成了淹死鬼。在圩区，淹死人的事是经常发生的，但有一个神秘的传说在家长中流传开了，说这条河里的淹死鬼难以投胎，阎王给他发了一只竹箕，让他捡螺蛳装满，装满才可去排队投胎。问题是这竹箕没有底，他捡了一年也捡不满，只能来年找一个替死鬼替他去捡，这就是这条河里每年淹死一个学生的原因。家长慌了，向生产队队长施加压力。李刚刚为了本村的革命接班人一路平安，只得派出一条四舱船，配上前后双桨，让中学生们自己划船来回。同样，杨树村生产队也给本村中学生提供了同样的船和桨。问题来了，你想，两条船在同一河道，划船的是两帮半大小子和丫头，能相安无事吗？刚开始还好，大河朝天，各走一边，最多也就是两条船互相压浪，也就像摇吊桥那样晃荡船，吊桥在空中，船却在水中，船颠簸中压出的浪其实也打不翻左右的船只，不过，惹出疯丫头们阵阵尖叫倒也刺激。不过瘾，于是就比赛划船速度，上学时有早有迟，有先有后。放学时返航基本是同一时间点，看哪个村的船先到三汊河口，到了那里两条船分道扬镳。共同走的这一条河道不长，也就三公里，茅儿墩和杨树村的中学生都将本村的光荣和骄傲系于这三公里河道。今天我赢，明天你赢，胜败本是兵家常事，但是赢了能让人扬眉吐气，输了让人垂头丧气，这是不争的事实。我动过脑筋，比如趁杨树村的学生上课时，我和王春笋旷课，用破兜兜了一堆石头，挂在四舱船的船底，接连赢了他们一个星期。杨树村的那帮人划船时觉得桨变沉臂变重，换了几拨桨手也没改变劣势，你怨我，我怨你，起了内讧。是我得意的大笑引起了他们的怀疑，他们当然明白是谁干的好事。那天在返回的路上，杨树村的船突然靠上来，一拨人冲上我们的船，手中拿着木棍和砖块，看来是早做了准备。他们不分男生女生，见人就出手，连白天同座位的同班同学也不放过，吓得我们船上所有人落"水"而逃。我们游到岸边，爬上垛田的田埂，眼睁睁看着他们掳走了我们船上的桨拐和桨。船没了桨，就像枪没了子弹，鸟没了翅膀，那天，茅儿墩的四舱船是我们浮水或推或牵弄回村的。回到水埠口，一村的男女老少都站在那迎接，放学放得太迟，可以撒谎，不失为一个借口，但桨和桨拐没了，这瞒不过去。我们落汤鸡般耷拉着脑袋上岸，我坦白交代，求李刚刚今晚去杨树村交涉，替我们要回桨和桨拐，否则，明天一早我们怎么去上学？李刚刚说，老子可丢不起这个脸，到杨树村去觍着脸求人，你问问有谁肯去。大人们都团结一致地用鄙视的眼光睥睨我们，好像我们是一帮被释放的俘虏。李刚刚说，头可断，血可流，革命斗志不能丢，明天，你们用生产队的另外一副桨和桨拐去，但必须用原来的桨和桨拐回，听清楚没有？这就是说让我们从杨树村那帮家伙手中把桨和桨拐抢回来。难得大人支持我们干一回仗，我大声说，听明白了。外人有所不知，茅儿墩和杨树村向来不和，以前是为了争垛田和水面，一切土地和水面归人民政府后，按理说没有利益冲突，但两村的人们那口气在肚子里憋着，没变成屁放掉，一不小心还是会闹出事端。历史上两村划龙舟，竞舟是假，干仗是真，不论茅儿墩和杨树村谁输谁赢，结局总是两村的划手打得头破血流而归。幸亏后来公社领导英明，把划龙舟列为"封资修"，取消了端午节赛龙舟的活动，两村的男劳力再无用武之地。想不到历史的重任落到了我们的肩上，原来我们输掉的是全村的颜面。王春笋主张偷回来，趁他们上课时把桨和桨拐偷回来，顺便把他们的桨和桨拐一并掳走。我反对，今天你偷来，明天他偷去，成了无休止的游戏。我们要光明正大地夺回来。群情激愤，我吩咐，所有同学明天上学带书包不带书,反正书都浸了水,不晾几天也晾不干,明天书包里只准带弹弓和石子,女生没有弹弓,那就带满满一书包石子,为男生提供充足的子弹。那一仗,我们是有准备之仗,杨树村人应声而倒,舟漂泊,人漂泊,我们大获全胜。双方坐到了谈判桌前,我和对方头目口头约定,从此井水不犯河水。但是,小孩子玩过家家,谁会把落地的唾沫当成钉?说不定哪天战火重起。而现在的茅儿墩,多了一个桑田,一个不会游泳的旱鸭子,一旦人仰船翻,桑田说不定就做了落水鬼。因此,教会桑田游泳,就成了迫在眉睫的大事。王春笋自告奋勇地接下了教桑田游泳的任务。实事求是地说,王春笋的水性确实是我们这帮人中最好的,他的游泳速度奇快,在水上能撵上麻鸭,潜水能逮住水底的黄花鳜鱼。我知道,比鬼还精明的王春笋是看上了桑田的吃食。自从王春笋当上了桑田的游泳教练,桑田上贡给我的吃食越来越少,肯定是都进了王春笋的肚子里去了。这天,我在座位上闻到了一股腥臭味,我耸了耸鼻子,问桑田,你带了什么东西,这么臭?桑田打开一个铁罐头盒,盒子里是几只臭虾,纠缠在一起,臭不可闻。我说,拿开拿开,要这死虾子干吗?桑田说,这虾子是王春笋替我抓的,说吃了活虾子才会游泳。这说法在我们茅儿墩成立,脚折了吃猪蹄髈,肾坏了吃猪腰子,吃哪补哪,吃生河虾会游泳,有此一说。我说,那也应该吃活虾子呀。桑田心疼地说,可不是,我还没来得及吞下,它们就死了。我觉得这中间有猫儿腻,领袖说,一个人做一件好事并不难,难的是一辈子做好事。可是王春笋这个人,做一件好事也难,他肯定不会平白无故地替桑田捞虾子。我说,王春笋这虾子不会白给你吧?桑田说,卖……卖给我,一分……一分……一只。这是天价呀,我觉得王春笋想钱想疯了,市场上的河虾才五分钱一斤，他的心肠和他的老地主爷爷一样黑。要知道，夏天的傍晚，我们在河边上乘凉，顺便绑一块旧蚊帐，中间拴一点河蚌肉，一晚上能逮三四百只虾，这要是让王春笋卖给桑田，就是三四元钱，我们打听过，我们的老师是民办教师，一个月才挣七元钱。王春笋这是侵占了我的资源，这样说，有点摆不上台面，他侵占的是茅儿墩战队的资源，桑田要买虾，不能向王春笋一个人买。王春笋卖虾的钱，不属于他个人，应该属于我们战队。这王春笋不仅黑心，而且胆子肥，他忘了他是老地主的孙子。我及时召开了对王春笋的批斗大会。王春笋一看大事不妙，乖乖交出了卖虾子的钱，本战队充公没收，收获了一笔不菲的活动经费。桑田也提高了思想觉悟，不再迷信吃虾子，王春笋无钱可赚，不再玩拖延战术，一个下午就教会了桑田游泳。

王春笋曾经在我面前埋怨过，桑不沉名字叫不沉，可生个儿子到了河里就往下沉。现在看来，他是为自己的拖延战术找托词，桑田迟一天学会游泳，他就多挣一天卖虾子给桑田的钱。桑田有没有游泳天赋我们不作定论，但是桑田的姐姐，那个叫桑海红的姑娘，那水上的功夫让我们所有偷窥者都目瞪口呆，惊为龙女。

知青小汪是村里最后一个知青，另外几位知青或病退或推荐上大学，都远走高飞了，就把小汪一个人剩下了。小汪叫什么名字，四十年后我才知道，他叫汪建国，当时全村大人都喊他小汪，我们也跟着"小汪小汪"地叫。据说小汪的父母在他下放后都死了，他回城也没家了。当然，没有家他也想回到城市，问题是他找不出理由或者说找不到途径回到城里。小汪很消极，白天不肯下地，还常在村里做点小偷小摸的事，谁家鸡窝里少了蛋，谁家地里少了菜，肯定是小汪干的好事。李刚刚认为他简直是抗拒贫下中农的改造，可是，全村老少都同情他，一个城里人，没爹没娘的孩子，再欺负他就显得茅儿墩人不厚道了。小汪住的生产队队屋是我们战队的根据地，晚饭饭碗一放，我们基本就奔他那里。东屋的女知青走了，东屋又成了生产队的农具仓库，堂屋就空了出来，小汪等于又多了一间屋使用，足够盛下我们。小汪穷，但是穷讲究，点的是一盏带玻璃灯罩的煤油灯。这煤油灯本来也就生产队队委会开会时才舍得点，小汪顺手牵羊拿进了西屋。小汪说，我人是社会主义的人，为什么不能点社会主义的灯？私下我们认为，小汪是怕黑，怕鬼。小时候，我们听说的鬼神故事，地点多是在祠堂和庙宇，扫除迷信，村里祠庙拆了，村人们悄悄传说队屋里闹鬼。为什么？后来真相大白，收获季节粮食都存放在队屋，吃不饱的年代，夜里有想法的人不止一个两个，免不了遭遇，鬼不吓人，人吓人。这闹的当然不是鬼，李刚刚在生产队大会上说，谁说队屋有鬼，谁就是心里有鬼，打过鬼主意，做了鬼事。从此，鬼传说画了句号。小汪坐在灯下，披着一件旧军棉大衣，我们纷纷掏出口袋里的吃食孝敬他，有单支烟，有炒豆，还有烧熟的土豆、红薯之类，小汪来者不拒，一一笑纳。小汪主要是给我们讲抓特务的故事，女生不在，他就会讲什么《少女之心》，什么《第二次握手》。可是接连几天晚上，我们都在队屋扑了空。大热的天，蚊虫在空中乱舞，他能去哪里？好在群众的眼睛是雪亮的，他晚间鬼鬼祟祟的行动还是被我们发现了。这天小汪吃过晚饭，我们从窗外看见，他的晚饭其实就是泡了一碗锅巴，他抹抹嘴巴，却不急着出门，从口袋里摸出一支烟点上，抽完了，天没有黑，他又慢吞吞抽了一根。他锁了门，贴着墙根往村外走，村外是稻田，开阔，我们不敢跟得太紧，好在他绕了一个弯，又回到了村沿。他钻进了河边一丛芦苇，从芦苇滩上轻手轻脚地下了水。小汪这是要干什么？我们猜不出他要搞什么鬼花样。小汪曾经和我们一起逮过青蛙，钓过黄鳝，还和我们一起偷过生产队鱼塘的鱼，他那大灶大锅，最适合我们战队用来解馋祭牙。可小汪是个不折不扣的懒虫，他支使我们干这干那，自己从来没动过手，都是吃现成的，还挑肥拣瘦。今天他下河，莫非要抓鱼？没带叉也没带网，凭他那水平想空手抓鱼，做梦呢，他也有自知之明。我们在夜色下钻进芦苇滩，水面波澜不惊，月光下静如明镜。人呢？小汪人呢？桑田耸了耸鼻子，摸到一截折断的芦苇秆，说，还透着新鲜味儿，肯定是小汪刚折断的，他没走，就藏在水下。听到人声，一个脑袋从水面冒了出来，说，别出声，下水。都下到水里，蚊虫就咬不着了。果然是小汪，他手里抓着一支芦苇管，是藏在水下呼吸用的，我想起来，有一部电影叫《渡江侦察记》，桑田一定也看过这电影，里面的侦察兵就是用芦苇管潜水。我们在水面上转动脑袋，这里有什么值得看的东西？月亮很远，月亮的倒影在水面中间，依然伸手够不着。村里黑乎乎一片，只近处有一户人家亮着灯。茅儿墩的人家晚上一般都不点灯，那点灯的煤油凭票供应，村人本来就缺钱，何况这煤油有钱也买不到。大人们说，费那钱干吗？莫非吃饭时有人会把筷子伸进鼻孔里？村里晚间只有两间屋点灯，一间是知青住的队屋，一间就是不远处这屋——桑不沉家。有人考察过，桑不沉家不只点一盏煤油灯，点三盏灯，每间屋里都有一盏红亮的灯。我找桑田核实，桑田不否认。小汪带我们蹲在河水中，是要看桑田家三盏灯漏出的灯光在河面的倒影？

小汪说，别出声，来了，出来了。

有人端着脸盆走上了水埠，这水埠是桑不沉家的专用水埠，看身影，是桑田的姐姐桑海红。她端着脸盆，估计是来洗衣服。看一个月光下的女子捣衣，小汪人浸在水里，脑子进水了。桑海红却不是来洗衣服的，她双手牵起衣摆，往上扒套头汗衫，月光照着她白亮亮的身体，我担心她里面连小衣都没穿，想闭眼又想睁眼。我听见谁忍不住"啊"了一声，桑海红的脑袋正好被汗衫套住，她停顿了一下，又奋然扒掉了汗衫，侧耳，只听到蛙鸣虫唧。她穿着一件上下连体的小衣，后来桑田告诉我们，桑海红穿的小衣叫游泳衣。桑海红双手在头顶上方合拢，月光下她的身影凸是凸，凹是凹，像是一幅立体的剪影。我们的眼睛还没看够，她却突然跃入了水中。桑海红在水中忽高忽矮，摇头摆头，倏忽间，水面上摆动的不是脑袋，是她的两条腿，两只绷成粽子角的脚尖。那两条腿在水面上做出种种动作，砸出朵朵浪花，那两只脚尖就是浪花的花心。我们看过一部叫《红色娘子军》的电影，那上面的女红军都踮着脚跳舞，她们的脚尖也绑得像粽子角，一直绑到了小腿上，老师说过，那叫芭蕾舞。可桑海红比电影上的女战士厉害，她是在水中，在水中还头朝下脚朝上跳舞。反正桑海红的耳朵在水中也听不见我们说话，小汪说，见识了吧，这叫"水上芭蕾"。我说，都知道，我们也看过《红色娘子军》的电影。桑田一边拍打脸上的蚊子，一边纠正说，不对，这是花……花样……花样游泳。原来，桑海红下放之前是省体校花样游泳队的运动员，她这是技痒了，偷偷跑出来施展一下手脚。桑田说，小汪，走……走走走，喂蚊子，就……就为看这个？我概括了桑田那结结巴巴的一番话，他觉得小汪偷偷地看桑海红游泳，属于不怀好意，思想下流。

要看，光明正大地看，桑海红她们在体育馆比赛时，红旗招展，人山人海。

小汪并不与他计较，心满意足地回队屋了。

王春笋最后一个上岸，嘴里反复念叨，花样游泳，花样游泳。

那天以后，桑海红再也没下过河游泳，一直到离开茅儿墩都是。而小汪呢，不久与王春笋的姐姐结了婚，做了王春笋的姐夫。小汪扎根农村的喜事当时没有被树为典型，因为王春笋的姐姐家庭成分不好，小汪算不上是与贫下中农相结合，讲究起来，他父母都是反动特务，乌龟对王八，一窝子阶级敌人。

四十年后，我在茅儿墩看到小汪，他一头稀疏的白发，刀刻般的满脸皱纹，豁牙，已经比茅儿墩的老头还茅儿墩。

中

三拉子有一回专门到城里来找我喝酒。原因是，他的村支部书记任职到期了，回乡大学生接班了。三拉子很不服气，我二十年书记当下来，从来没人说到期不到期，怎么忽然讲什么到期不到期，用一个黄毛小子替了我？我这身体，怎么说也能干到六十岁吧。

我说，长江后浪推前浪，这是自然规律嘛。大学生回村当书记，这说明咱茅儿墩后继有人。

三拉子喝着酒，历数他在书记任上为村里办的事。还真挑不出他什么毛病，称得上是位人民公仆。

三拉子说，要不是运气不好，要不是遇上桑田那瘸子，我们茅儿墩早成富裕村，说不定在全县都排在头阵了。

有一阶段全县都在搞招商引资，任务分到乡，乡里再把任务分到村，落实到各级干部头上。三拉子不甘落后，南下北上，终于引到了一位客商，愿意到茅儿墩投资办厂。县乡两级都有开发区，三通齐全，那位客商却说不凑热闹，把厂就办在茅儿墩，并打算逢水架桥，修一条公路横贯圩子，直接连通茅儿墩。三拉子觉得这是馅饼落到茅儿墩了，向县乡两级领导汇报，三拉子得到了上级前所未有的表扬。这可是造福于民的好事，村里年轻人当上工人，用不着外出打工，乡里的税收也有了强大的支撑。但这事最终黄了。这事传到一个大人物耳朵里，大人物说，这种化工类企业污染水源，破坏水田环境，不宜引进。市长居然也听信了，一调查，确实存在废水处理问题。人家看中茅儿墩，是看中了圩子与长江相邻，废水排进长江，长江两岸分属两省，爱管不管。现在看来，这位大人物有远见，现在不都说绿水青山就是金山银山嘛。可三拉子不这样看，他认为茅儿墩因此错过了一次发展机遇，一步落下，步步落下。三拉子说，你知道当时乡长跟我说什么吗？乡长说，那位发话的大人物还说，茅儿墩是他的故乡，他不能眼睁睁地看着故乡的自然环境被污染。茅儿墩什么时候出过能与市长说上话的人物？不是笑话你，我估计你连和市长打照面的机会都挨不着。我说，那市长大人，我早不见晚见，电视上见。

我说，我能猜出那位大人物是谁。

三拉子说，这还用得着你猜？

我在单位上班，虽然不像传说中所言一杯茶一张报纸打发一天，但每天读报纸我还是认真的。有一次，我在省报上读到一篇文章，题目是《良渚文明与大湖圩区稻作农业的比较》，因为提到了我老家，我尤其看得细致，有几处不懂的地方，我还上网查了词条。比如说良渚文明，是指杭州市余杭区良渚镇那一带的文明。据说良渚古城规模超过六平方公里，拥有成熟而复杂的都城结构，由内而外依次为宫城、王城、外郭城和外围水利系统。第四十三届世界遗产大会将此项目列入世界遗产名录，他们认为，良渚古城遗址展现了一个存在于中国新石器时代晚期的以稻作农业为经济支撑，并存在社会分化和统一信仰体系的早期区域性国家形态，印证了长江流域对中国文明起源的杰出贡献。讲实话，句子太长，内容太深，我没能全部看明白，只知道一点，它坐实了中国五千年文明史这一说法。那篇文章的重点是抓住良渚的稻作农业，从稻作农业讲到当时发达的农田灌溉和复杂的水利系统成就，然后，联系上大湖圩区的水利系统和农田灌溉系统。我第一次知道，我们大湖的四十几个圩子最早筑于春秋战国时期，然后各个时期不断增加，最初筑新圩，只成田，不驻民，以防新圩洪水季堤溃，逐年外延。圩子之间成坝，圩子内部沟渠一体，洪水季节圩内外互衡。文章认为，大湖圩区水系是良渚水利的延伸和发展，是稻作文明的伟大遗产。作者认为，五千年前，只有到了良渚文化时期，先民的生业才开始以稻作经济为主，狩猎方式向以养猪为特色的家畜饲养业转换，因为稻作提供了家畜饲料。稻作经济的发展，奠定了农耕社会的基础，也奠定了本民族勤劳勇敢智慧善良的文化精神。作者是谁？桑田。这当然也是我将这玄乎的文章读了一遍又一遍的原因。桑田是个大老板，怎么会鼓捣起学问呢？我纳闷。不过，大老板们往往都有特殊爱好，有人喜欢香车美女，有人喜欢攀登高山，有人喜欢深海潜水。有钱人任性，那不是普通人能想象的世界。桑田大概因为瘸了一条腿，只能坐到书桌前读书写文章，倒也是体面事。

我从这篇文章中也看出，桑田没有忘记茅儿墩。古文明是值得珍惜，但这块土地上的人要与时代同步，要发家致富。作为茅儿墩人，我认为三拉子的牢骚也有他的道理。

你如果以为桑田在茅儿墩是个窝囊废，大错特错。桑田后来成了我们战队的首席智囊，用杨树村战队的说法，是我的狗头军师。毫不夸张地说，他整体提升了我们战队的战斗力。

桑田家的院墙是茅儿墩最整齐最气派的院墙了，砖墙，抹了水泥，又抹了一遍白洋灰。有位伟大人物说过，一张白纸，没有负担，好写最新最美的文字，好画最新最美的画图。从前村里造了新屋，会有专门的画匠在墙上作画，屋主哪怕山穷水尽，也在屋檐下方抹一条一米左右的白洋灰带子，黑瓦屋顶和青砖墙面之间的这条白，使黑的更黑，青的愈青。这条白带子就是画匠眼中的白纸，他不写字，也未必会写字，他在师父那里只学画不认字，教认字是私塾先生的事，一行有一行的规矩，越界了就是夺人饭碗。因此，他的师父，他的师父的师父，最多识得几个字，能写下自己的姓名。作品得意，那就题名落款，美名远扬；作品寒碜，那就在落款处留个空白，谁画的？爱猜你去猜呗。其实，谁的水平高低百姓心里一本账，这标准就是画得像不像。比如说，茅儿墩老辈人一致认为，墙画画得最好的当属王老地主家墙上的《水浒》人物，一百零八将挑了十二个人物，栩栩如生，神采飞扬。李刚刚从部队复员不久，就发现了大是大非问题，王家这是让农民起义领袖为地主看家护院，用心何其毒也。可当时王家的主屋已经分给了三户贫下中农，其中一户就是阿三家，老地主一家被赶进了柴屋。阿三与那两户人家央求李刚刚等革命小将，现在梁山英雄已经是为贫下中农站岗放哨，能否放过他们？有在县城里读过书的小将说，全国人民都在评《水浒》，批宋江，宋江是投降派，你们也想当投降派？这帽子太大了，把三户当家的吓得噤了口，那墙上十二个人物也就全部被铲为齑粉。桑田一家下放之前，茅儿墩人盖房已经改了画墙画的风俗，画匠只会画"封资修"的旧戏旧人物，大革命年代，借他十个胆他也不敢出来接活。可是，桑田家的院子墙实在太整洁了，空白，往往是一种诱惑。看到无风无影平面如镜的水面，我们总忍不住砸进一块土疙瘩，惊起圈圈波纹。看到大雪覆盖、白茫茫的田野，我们总忍不住试探着迈出脚，在洁白的雪被子上踩下一串脚印。生产队长李刚刚也没能摆脱这种诱惑，他请来我们的中学老师，用红漆在桑田家院墙上写下九个字：深挖洞，广积粮，不称霸。每个字都有我们教室的窗户那么大，鲜红，醒目，三面墙每面分配三个字，院门那面墙从河对面远看，是四个字，广积"口"粮，倒明白易懂。我们无聊的时候，就绕着桑田家的房子转一圈，齐声把九个字读一遍。运气好的时候，桑田的聋子奶奶听见了，会拄一根拐杖站到门口，给我们每人发一颗硬糖，水果糖。这就是我们肯下大力气读这九个字的根本原因。

真正够得上活学活用、立竿见影的典型应该是桑田，桑田给我们解释这九个字时他的结巴已经好了不少，他对大家解释说，只有在遇到新环境遇到陌生人时他才会犯口吃的毛病，现在他在茅儿墩已经如鱼得水，与茅儿墩子弟打成一片，他的结巴不治而愈。桑田说，深挖洞，在咱们水乡不好办，挖下去都是水。广积粮，我们可以落实。比如说，那田鼠，秋天就会藏黄豆，那是它冬天的储备粮。比如说，屎壳郎喜欢推粪球，那也是它的储备粮。吃饭是大人们管的事，我们管的不是稻米麦面，我们要积累应该积累人民币，我们的奋斗目标是五元的

"女拖拉机手"、十元的"人民大团结",有了"女拖拉机手"和"大团结",我们想要什么就能拿到什么。这当然鼓舞人心。桑田说,不称霸,就是我们村的战队再不和邻村战队打仗,都是阶级兄弟,我们要创造和平环境,我们有更重要的事做,不能把自己混同于一般老百姓。桑田的话得到大伙的一致拥护,尽管内心里我觉得他抢了我的风头,没有摆正自己的位置,但是,我还是大度地为他鼓掌。按照桑田的建议,本战队分成三个小组。第一小组负责搜寻废锄头废锹头废铁锅,包括到公社农机厂捡废铁皮铁块。第二小组负责抓癞蛤蟆,收购站黑板上称为"蟾蜍"。别看那玩意看着恶心,但它头上那两个小角里有一种浆汁,用刀片刮出来晾干,可以入中药,收购站明码标价收购。第三组主要是由女生组成,搜寻废牙膏皮、鸡毛鸭毛和女人剪下的长辫子,在苦楝树果成熟的时候采摘果子,这果子在收购站一斤可卖一分钱。这个安排,是我和桑田反复研究了公社收购站收购品种目录,做出的英明决策。现在看来,当时我们应该感谢"割资本主义尾巴"的政策,穿村走巷的货郎担一下子在大地上消失了,我们才能找到这条生财之道。

废旧钢铁是废品中价格最高的,废锄头废锹头大人们大多不舍得扔,带到镇上铁匠铺,可换回个锅铲子铁搭扣什么的。而铁锅,那东西不容易坏,就是破了洞也可以去镇上找补锅匠,锔个补丁再用三年没问题,何况那东西全家人一天照三回面,锅没了,日子就没了。第一小组收获甚小,我想来想去,没办法,打主意打到生产队的铁锅上。生产队的铁锅是浴锅,不是用来烧饭而是用来洗澡的。茅儿墩人出门见水,平时洗澡不是个问题,可是到了冬天,还是凑在一起烧大锅洗澡热乎。那浴锅有多大?生产队杀猪时可以泡两头吹鼓胀了的肥猪,连头连尾在锅中转悠不磕碰锅皮。洗澡时，锅沿上一圈可以坐十个大人。那浴锅占了一个旧粮囤，下面掏空，做成了一个巨大的灶膛，可以一次吞下成筐的干柴。而旧粮囤的通风口，在一丈以上的高处，不必担心有人偷窥。洗浴锅澡那天，是全村人的节日，男人按十人一组、女人十二人一组，队长提前分好组，规定好每组洗澡的时限。男人洗完了，才轮得上女人，这明显不平等，是欺负女人，居然也没有女人表示抗议，因为在家洗澡也是这规矩，男先女后，祖上传下来的习惯。女人们自我安慰，脏水不脏人。小一点的时候我都是随我母亲洗浴锅澡，或大或小的乳房，或稀或浓的体毛，或尖或圆的屁股，我都熟视无睹。等到我七岁那年，我一不小心拽了一把邻座某位姑娘诱人的奶子，我被全体女性轰了出去，我妈百般解释也保护不了我，从此，我就只能挤在男人堆里洗浴锅澡。浴锅有一年突然被遗弃，是因为茅儿墩发生了一位姑娘未婚先孕的事件，这姑娘就是王春笋的姐姐，这不仅是伤风败俗的事情，因为她的家庭出身不好，可以定性为拉拢腐蚀贫下中农子弟。她坚决不承认她与任何男人有瓜葛，一口咬定，是因为洗浴锅澡，男人把自己的东西四处乱抹，不小心钻进了她的身子。这理由谁都弄不清真假，但是生产队的浴锅澡从此取消了。那孩子当然不会被生下来，被计划掉了。大家都以为王春笋姐姐嫁不掉了，小汪却站出来，勇敢地娶了她，勇敢地做了王春笋的姐夫。这是后话。我拿定主意后，撬门进过那旧粮囤一回，那口巨大的铁锅已经铺上了一层厚厚的黄锈，有几处用棍子捣一捣，就捣出一个铜钱大小的洞。它像一个风烛残年的豁牙老人，那些氤氲的热气，那些男人的硬朗和女人的湿润，都成了一去不复返的记忆。我可怜这口曾经风光无限的铁锅，带领第一小组人员肢解了它，为了不引起收购站营业员的怀疑，第一小组人员分很多次很多人把它换成了十几元钱，这是我们战队收获的第一张大团结，第一桶金。我把零钱兑成了那张大团结，让每个人都拥有一次抚摸最大面值人民币的机会，人心所向，士气大振。

茅儿墩就这么一口浴锅，没了浴锅第一小组就没了财源。唯一的废铁来源只能是公社农机厂。公社农机厂就在我们学校隔壁，隆隆的机器声常常侵入我们的课堂。农机厂的工人都牛气冲天，他们发统一的劳动布工作服，发雪白的棉纱手套，拆了手套可以用棉纱织暖衣，类似于毛线衣。倘若谁穿上一件棉纱背心，那不是时尚，是炫富，他父母至少有一个是农机厂工人。虽然都拿不上城镇户口本，但农机厂工人工资比民办教师高，还有加班工资。我曾经带人半夜翻墙，认真考察了这家工厂，有十几台机床，还有一个翻砂车间，现在想想，可能这厂是替县农机厂加工某个配件。我关心的是垃圾站，垃圾站贴着围墙，废铁块、铁刨花等堆得有一人多高。我心里有了可行的方案，挖洞，在围墙上掏洞，把废钢铁弄出来。但桑田坚决不同意，说这是盗窃，盗窃可耻，恨不得要跟我割袍断义，摆出一副道不同不相为谋的姿态。我纳闷，我们干的事有几件不是小偷小摸？地是公家的，地上长出的树木庄稼姓公，水是公家的，水里游的鱼虾全姓公，连那口大浴锅，那也是茅儿墩人的公共财产。很多年后，我儿子听见我和老战友聊童年趣事，发现我们这帮人都是做小偷长大的，见到吃的东西都动偷的念头。他不知道，那不是嘴馋，那是肚子饥饿。我不想失去桑田这个军师，作罢。但是一个星期后，事实证明了桑田的否决有前瞻之明。

我有一个小跟班三拉子，他那时读小学三四年级，他爸是阿三，他上面有两个哥哥，他排行老三，我们都喊他三拉子。三拉子在家没有地位，在战队也属小喽啰，但他腿脚勤快，相当于是我的勤务兵。有一天，三拉子说，我妈给我买新背心了，可漂亮了，鲜红，前面还印着"八一"两个字。我说，咋没见你穿身上呢？三拉子说，我妈说，新衣服得过年才穿。我笑话他，过年大冬天的，你穿个背心满村显摆，不怕冻掉你的小鸡鸡？三拉子想了想，说，对，你说得对呀。第二天晚上，大家都在打谷场上乘凉，三拉子的大哥大拉子洗过澡后惊艳出场，穿一件红背心，还持一把纸扇，唰的一下子散开，把他身边的小伙子大姑娘都吓得一愣。三拉子得意地说，他那背心是我的，我穿了太大，我妈让我先借给他穿，等两年我长高了就还给我。这傻蛋，明明被他妈和他大哥耍了，还得意扬扬。我说，你妈就是买给你大哥的，怕你闹，糊弄你呢。三拉子不服，说，这买新衣服的钱是我挣来的，我妈凭什么替他买？我说，你妈想让大拉子撩个媳妇回家，帮她干活。桑田冷不丁插进来说，你挣的钱？你怎么挣的钱？三拉子欲言又止，桑田把他拉到一边去了。

　　桑田回来后告诉我，三拉子领着他爸阿三，把农机厂的废铁掏洞偷出去卖钱了。我想起来，那天晚上三拉子是跟着我去农机厂考察现场的，也旁听了我和桑田的争执。桑田说，我已经警告了他，不准乱说，也不准有下回。但是，桑田的警告哪里抵挡得了钞票的诱惑，阿三带着大拉子三拉子偷第二回时，被农机厂值班的民兵抓个正着，父子三人站在公社大院门口示众了三天。

　　我不得不佩服我的军师桑田，要不，站在毒太阳下出丑的就是我们。

那一年冬天，全公社所有有脸面的人都在谈论一部朝鲜电影《卖花姑娘》。这电影在县城电影院播放，农机厂的青工、我们所在中学的老师，无不以看过这部电影为荣。县城距我们所在公社陆路三十五里，水路二十里，晚上看过电影再回家，怕是已经天亮了。我和桑田商量我俩要不要去县城看这场电影。桑田说，看，不仅是我俩去看，整个战队都去看。一张电影票两角钱，二十号人加起来得花掉四元，这在本战队的账上不是一个小数目。桑田说，不能算经济账，要算政治账，本战队所有人都在县电影院看过《卖花姑娘》，这传出去多有面子，怕连我们老师都羡慕，以后你发话，就没有不好使的时候。我和王春笋旷课去了一趟县城，找到电影院，买电影票的人挤得人山人海，我俩根本接近不了售票的小窗口。打听消息，说可以在拖拉机厂的人那里买到黑市票，一张加一毛，这也太黑了，我俩沮丧地回了。拖拉机厂的一帮青工，霸占了那个售票口，售票员卖出的票没有一张能逃出他们的手心。桑田说，这是搞垄断。桑不沉经常在家看那些砖头厚的书，桑田偶尔搬几个词来吓唬我们。桑田说，我们要买到电影票，首先，要打破他们的垄断。桑田设计了两套方案，一种是星期天去县城，白天来回，但只能咬着牙买黑市票。我和王春笋没想到白天也可以看电影。看电影是我们的最爱，从早先的《沙家浜》《红灯记》《红色娘子军》，到后期的《列宁在十月》《卡桑德拉大桥》，公社放电影的小划子船一直是我们的期待，同一部电影看上八遍十遍，人物的台词几乎能一字不落从头背到尾，但是明天哪怕是十几里外的村子有露天电影，我们也摇着四舱船赶过去追星，兴致不减。白天也能看电影？我细一想也没错，把一幢房子门和窗关了，里面不就如同黑夜？这城里人也太会享乐了，可是，买一张票加一角钱,我接受不了城里人的贪婪。桑田的第二套方案,是去看夜场电影,最后一场的放映时间是晚上十点,在放映前半个小时电影院会放出一些余票,这就是我们买票的唯一机会。我已经研究了拖拉机厂青工的战术,他们是里三层外三层包围售票窗口,不让外人挤进去,这帮人筑成铜墙铁壁,人员占好位就不流动,真正买票的是趴在他们人头上的那位,钱进票出都是这个人完成。桑田说,必须解决掉这个人,才能乱中取胜。桑田把弄着手里的钢锯刀,那钢锯刀是农机厂机床上的废锯条,这种锯条用铁砂打磨后,被我们用来做削铅笔的小刀,桑田的小刀加了木柄,使用起来更加顺手。桑田说,分成三组,第一组负责用弹弓打掉售票处上方的灯泡,同时打掉附近的几盏路灯。第二组负责解决那个趴在人头上买票的家伙,用小刀,就用这把小刀,扎进他的屁股或大腿,同时洒出几瓶红墨水,让他们觉得他伤势严重。第三组趁乱从售票口两侧挤进去,把我们要的票及时买到手。第二套方案当前受大伙欢迎,节约,还锻炼战队。谁是小刀手的人选呢?王春笋第一个申请,他的眼中闪出强烈渴望的光泽,但被我否定了,干这活有冒险性,一旦他被抓住,他的家庭出身就像个铁秤砣,能把他拽入深渊。桑田说,这主意是我出的,我准备了这把小刀,我腿长,撤退速度快,我,别争,就是我了。

这句话他不应该说,几个月后,他的一条腿就短了一截。我疑心,是某个恶鬼偷听了他这句话,存心要打击他良好的自我感觉。

那天放学后,我们战队全体人员把四舱船扛过圩堤,推入大河后直奔县城,一切按计划如期进行,只有一个环节我们没有考虑周全,灯泡被灭光后,我们各小组的人被冲散了,没有灯光，乱纷纷的人群中看不清彼此面孔，我站在检票口，等待着他们来报到领票，最后一个找到我的是三拉子，他已经急哭了，见到我比见到他爹娘还委屈。电影已经开场五分钟了，顾不上听他啰唆，我拽住他的脖领子，把他推进检票口。看完电影，我们在县城空旷的大街上走了个来回，可惜所有的商店都打烊了，除了多几盏昏暗的路灯，县城的夜晚像乡下一样安静。我们把船划回茅儿墩，天麻麻亮。我当天早晨上学之前，给李刚刚留了纸条，告诉他本战队晚上要集体行动，观看国际主义兄弟国家送来的电影。李刚刚替我拔了门闩，说，竟然也不替我和你妈留两张电影票，白眼狼。我兀自去睡我的觉，懒得理他。这生产队长民兵队长双料队长，有能耐带全村人去县城电影院看电影吗？过了几天，县城传来小道消息，说拖拉机厂的那帮愣头流氓，让省城来的一帮厉害角色收拾了，宛如天兵天将从天而降。现在的电影院门口风平浪静。我和桑田听闻后暗自好笑，什么省城来的厉害角色，是我们这群乡下老鼠，偶然进城闹腾了一把，县城的流氓就被我们这帮半大小子吓破了胆，可见城里的流氓都是厌货。

　　桑田的一大发明，就是用吸铁石在水中捞铁器。很多年后，我有一次与一个文人在酒桌上吹牛，他嘲笑我孤陋寡闻，说，这办法是在一个外国人"马拉客死"那里抄袭的，"马拉客死"写了一本书《百年孤独》，书中就写到有人用吸铁石在水中吸铁。我用性命担保，桑田根本不认识那个叫"马拉客死"的老外，也肯定没读过他写的什么书。马拉客死了，他拉客有没有死？我们过去不知道，我们现在也不关心，我们当时关心的是桑田替我们战队发掘了一个新的宝藏。水下的世界真是丰富多彩，我们只知道水中有鱼虾老鳖，只知道水底有螺蛳河蚌扁担草,当然,还有大人们编造出来的各种鬼话,说有专抓小孩的水怪,专找小孩做替身的落水鬼,人话还是鬼话,我们都不在乎了,我们用玻璃丝网兜兜住一堆吸铁石,系牢,这头拴在一根长长的麻绳上,那头握在桑田的掌心,我们摇着四舱船沿河岸缓行。河道里巡河的河管会民兵把船靠过来,以为我们是公然拉网偷鱼,把麻绳拉上来,有网兜,不是渔网,沉甸甸,却只是一坨废铜烂铁,只能悻悻然撤走。那才不是废铜烂铁,那是一组排列整齐的吸铁石,捆绑有序,水漉漉,闪着乌金似的光泽。茅儿墩哪里来的吸铁石?有,那年代神州大地有村庄就有喇叭,生产队是大喇叭,家家户户装的是小喇叭,喇叭里都有一块吸铁石。喇叭坏了,吸铁石就成了我们的玩具,在课桌面上放一把铅笔刀,在桌肚里移动吸铁石,那小刀就在桌面上走动,你说向左,它向左,你说向右,它向右,魔术一般神奇。只有桑田,伟大的桑田,想到了用它来为我们创收。当我宣布,本战队每个人必须上交一块吸铁石时,茅儿墩当晚播报革命形势时,喇叭哑了一半。生产队广播室的大喇叭里,肯定有一块大吸铁石,三拉子要去卸,被我拦住了。不是因为生产队长李刚刚是我爸,而是我觉得,大喇叭轰轰烈烈地响着,大人们会忽视家里那只哑了的小喇叭,大部分人其实图的是那点声响。若干年后,我和桑田、王春笋都有一个共同的毛病,进屋就开电视机,只有开着电视机,才能在喧闹声中进入睡眠,这是我们这代人在那年代种下的毛病。开始,我们收获最多的是在水埠口,主要是旧菜刀旧剪刀,可能是女人们剖鱼时不小心落水的,后来沿着茅儿墩绕村一周,吸到的东西就丰富得多了,锹头、锄头、犁铧、铁钉、铁锁、铁丝网等等。后来我们又把范围扩大到邻村。零零碎碎的铁物件,麻绳一拉,就上了船,但是，遇到大一点的家伙，我们就必须下水才能捞上来，这在我们，是小菜一碟。茅儿墩村的中间，也有一些小小的池塘，因为是死水，村人任其荒芜，死水塘里的菱藕，死水塘里的鱼，在水乡都是下等货，何况这些池塘也姓公，属于集体的，动一动也是偷窃集体财产。我觉得这些池塘里有货，因为有人居住的地方就有铁器，而且这些池塘的塘底多少年都没见过天日。

池塘都不大，这头把吸铁石扔下水，人站到那头，慢慢收绳子就行了。我们挑的是个月圆的夜晚，参加的人也不多，几口小池塘，用不着带那么多人。后半夜，大人们都睡得死猪一般了，我们在约定的一口池塘边上汇拢。水乡的月亮总比别处的圆，月光也比别处的亮，把池塘四周照得比白天还像白天。我们像犁田一样把这口池塘横着竖着犁了一遍，吸上来的东西数目不少，但主要是铁钉铁丝等小玩意，甚至还有六七只女人的铁发夹。桑田用手一指，说，那里有大家伙，我拉绳子时横竖都觉得有紧有松，那一紧，是吸铁石吸住了，那一松，是那家伙太重，吸力牵不动它。我相信桑田的感觉，这些天下来，他的手上有灵性、有经验了。我说，我下水去看看。这池塘其实是臭水塘，一到雨天，塘边上那些猪圈和茅厕的污水就冲到塘中，而塘中还有掉进去的枯枝败叶，把塘水沤得另有一股糟臭。没办法，我得身先士卒。我先是赶走了一条好奇的水蛇，又赶走了几只浮在水面上吃蚊子的癞蛤蟆，摸索过去，桑田所指的那地点居然水很深，我的双脚点不到塘底，我只得捏住鼻子下潜。我摸到了一个很规则的方盒子，很沉，肯定是金属类。我把捏鼻子的那只手松开，双手合抱才把那盒子抱住。我将那污黑的盒子放到地上，我自己都被自己浑身上下的臭味熏得要吐，蚊子抱成团朝我身上扑来，我奔向河边跳进大水中，蚊虫突然失去了攻击目标，散了。等我洗净身子上岸，他们也已把铁盒子弄到水边冲洗干净。盒子上有一把长方形的老式锁，他们怎么弄也弄不开，摇一摇，有清脆的碰响。我说，砸了。用石块一砸，那锁就散了架。铁盒子里面塞了满满当当的小圆饼，我顾不上脏，拣了块用手一抹，是银圆，月光下亮得我们眼花。我们认得银圆，我们的初中语文课本上有篇课文，题目就叫《一块银圆的故事》，讲旧社会穷人被地主和国民党军队欺压，有图有真相，那银圆被一颗子弹打豁了一个缺口，但形状是一个模样。我们点了数目，整整一百块。

我们发财了。我把铁盒子藏在我床底下，第二天，我们去公社的银行柜台打听，那个头发花白的营业员说，一个"袁大头"换四块人民币，但是，如果是从家里偷出来的，我们不收。

桑田说，这个难不倒我们，我们去县城的银行，去别处公社的银行，分期分批去兑换。

但风声还是漏出去了，茅儿墩的俩小子挖到了金窖，藏了一堆金银财宝珍珠玛瑙。这消息在茅儿墩的角落里流传，不断加工发酵，传说中，我们手里拥有的远不止一百块银圆了。这消息最后当然传到了茅儿墩最高领导李刚刚耳朵中。李刚刚很严肃地找我谈话，我妈妈在隔壁偷听，李刚刚不愧当过侦察兵，弯下腰，咣当咣当把我床下的铁盒子拽了出来，李刚刚把它打开，说，还有呢？别的东西藏在哪里？我说没了，就这些。李刚刚将信将疑，我说，你一个领导干部，怎么能听风就是雨，被谣言迷惑？李刚刚说，群众的眼睛是雪亮的。我说，我爷爷的眼睛是青光眼，瞎大娘的眼睛根本看不见。我妈妈突然冲了进来，她被白花花的银圆镇住了，喜出望外，说，他爸，这下子儿子盖屋娶老婆的钱都有了。我说，这不是我一个人的钱，这是我们战队的集体财产。李刚刚说，放屁，这是国家的财产，必须上交，交到国库。这道理其实我们也懂，只是舍不得，心存侥幸，没有李刚刚同志的觉悟高。李刚刚说，你们主动上交，公社革委会会给你们发奖状。你们等着上级来收缴，那就得开你们的批斗会，甚至抓你们坐牢，你们选哪条道？

这哪里有可选的道？

这次事件过去，村里的几口池塘被人们翻了个底朝天，污臭的塘泥散落在村巷，没有人顾得上厌恶。传说当年闹长毛，也就是历史书上的洪秀全农民起义军，败退途经这一带时，曾经把积攒的金银财宝弃于水中，说不定也有人顺手丢进了池塘。桑田说，愚昧，铁盒子中的银圆，有的铸着袁世凯像，俗称"袁大头"，是民国以后才铸造的钱币，怎么可能是洪秀全的队伍扔下去的？那是谁扔下去的呢？李刚刚警惕性高，他分析，这些银圆的主人，不要银子他要什么呢？最后他认为，中华人民共和国成立之前，村里的富人为了逃脱被划成地主富农成分，才将银圆藏匿于池塘。这银圆的主人，就是漏划的地主或者富农，就是隐藏的阶级敌人。桑田说，红色资本家桑不沉叮嘱过，说我们动了那人的银圆，他的心里肯定恨透了我们，村里肯定有一双眼睛，在背后盯着我们的一举一动。

我哈哈一笑，现在世界上究竟谁怕谁？他要敢跳出来，我们把他打翻在地，踏上一只脚，让他永世不得翻身。

这一年的寒假放得早，河道里结了冰，我们出村也不方便。每天窝在队屋里烤火，听小汪讲那几个老掉牙的故事，也早失了兴致。我觉得要找点什么事做，不能每天让小汪的大眼瞪我们的小眼，把日子就打发了。我注意到了村后野塘里那块规整的方石。这是块神奇的石头，据说很久很久以前，茅儿墩还是在湖底，是湖底比别处略高的一块高地，湖水水位连年降低，茅儿墩露了头，才有人过来开垦，安营扎寨。在这之前，这里是一片汪洋，当时的湖底哪来的巨石？而且是方方正正凿有图案的巨石，这一直是个谜。方石斜倚池塘的沿岸，成了塘壁的一部分，只是明显高出来一截。水乡盛产黄鳝，黄鳝分为两种，一种是田鳝，生活在水田中，常见，抓了也就剁碎了喂鸡喂鸭。另一种是塘鳝，生活在水塘中，这塘鳝个头大，劲道也足，用手掐不牢，要用火钳才能夹住，我们本地人不吃黄鳝，不带鳞的水产水乡人都不吃，一辈辈人传下来的习惯。没鳞的东西后来都成了宝贝，如甲鱼鳗鱼鲶鱼，还有这鳝鱼，城里人把它们的价钱抬到了天上。早年水乡发洪水，淹死的人多，钻进尸体里吃内脏的就是这些不带鳞的家伙，进出自由，所以本地人不待见它们。桑不沉是城里人的先锋，他喜欢吃这些东西，难怪这资本家长得这么肥硕，原来他什么东西都敢吃进肚皮。桑不沉最喜欢吃塘鳝，这东西本地也有人吃，在中医开的药方里是一味药，大补，体虚气弱的人吃了强身，身体好的壮汉不能吃，火力猛，吃了会流鼻血。桑不沉看上去是壮汉，但桑田说资本家都是纸老虎，外强中干，桑不沉的血有毛病，吃肉吃糖吃出来的毛病。吃肉吃糖还能吃出毛病，鬼才相信。我们都说，老天，让我们也有好命生一场这个毛病，就是死了也不冤。老天肯定听见了，几十年后我们梦想成真，基本上都有了三高，高血脂高血压高血糖，但我们都不肯死了，后半句话不认账。桑不沉那时也不想死，听偏方说吃塘鳝能降血糖。茅儿墩附近的塘鳝基本被我们抓捕殆尽，只有方石这里，有几条大家伙把洞藏在方石的下面或者后面，钓，不上钩，饵诱，不进笼，仿佛它们知道我们的心思。我们知道它们就在那里，它们也知道我们知道它们就在那里，我们也知道它们知道我们知道它们就在那里。你知道，我知道，那就斗智斗勇。我等着冬天枯水季节的到来，天一冷，蛇鳝蛙蟹全都冬眠埋进土，塘水也缩到了塘底，变成了一勺大小。我打算集战队之力，用麻绳将方石拉上来一截，挖地三尺，将塘鳝们一一抓捕。这想法得到了大家的响应。那天上午，天下着小雨，各小组人员按照分工带着麻绳铁锹火钳各自到位。我们将方石的底部两角掏出地洞，套上麻绳，所有的人站到岸上，一、二、三，将方石往上拉，方石的下面有了操作空间，我和桑田迅速下锹，只几下，果然就发现了鳝洞。突然间我听到了王春笋一声尖叫，桑田一掌把我推开，他身高腿长，空间狭窄，他的腿没来得及撤出，被方石压住了。桑田的惨叫声将我们吓呆了，我喝令大家全都上去拉麻绳，麻绳被雨打湿了，滑溜溜，使不上劲。我让三拉子赶紧回去喊大人。桑田，桑田，你疼吧？说这话等于放屁，可这时我实在找不出别的话说。桑田脸色发白，脸上分不出是汗水还是泪水，呻吟逐渐变小。但桑田脑子还是清醒的，说，朝下挖，朝我脚的下面掏土。我仔细看了一下，还好，桑田的小腿正好处在我们挖出的凹坑里，我们赶紧掏土，等大人们赶到现场，桑田的腿已经被我们掏出来了。可是，桑田的小腿骨已经被方石砸断了。李刚刚赶紧召集大人送桑田去医院，桑不沉没急着走，他在现场转了几圈，捏住了麻绳，他低下头嗅了嗅，说，麻绳上涂了羊油。我耸了耸鼻子，空气里真的有股羊膻的味道。在麻绳上涂羊油，养猪的人家在秋天会做这事。秋风起，蟹脚痒，茅儿墩的人不吃螃蟹，但猪喜欢吃，据说猪吃了螃蟹长骨头，增体重。月高风轻，人们在麻绳上涂羊油，一头扔在水中，一头放在竹笼中，螃蟹们就会排着队顺着麻绳爬进竹笼。天亮时，人们拎着竹笼满载而归，猪能吃上许多天。这羊膻味可真大，隔了几个月还这么大，雨一淋，羊油从麻绳中渗出来，麻绳更加使不上劲。

如果是有人故意新抹了羊油呢？这就是阶级敌人搞破坏。李刚刚对桑不沉说，他一定会查麻绳的出处，给桑不沉一个说法。桑不沉却说，李队长，这事就算了，都是小孩子，别把小孩子的心眼往坏处想。

桑田从此瘸了一条腿，每当他斜着肩膀一摇一摆地走近时，我的心里就莫名地难受，我觉得，作为带头大哥，我没照顾好他。我们在一起的时间很快结束了，不久，桑不沉落实政策，全家返回省城，我与桑田也断了联系。

下

等到上高中，我们的战队作鸟兽散，大家各奔东西。王春笋初中毕业，拿着泥刀进城做了泥瓦匠。我和三拉子高中毕业后，先后去部队当兵。李刚刚说因为遗传了他的军人基因，我在部队成长得快，当上了班长，一年后又考上军校，官至正团退役，转业到某机关弄了个闲差。三拉子没我这么幸运，义务兵役服完，复员重回了茅儿墩。但毕竟经过革命大熔炉锻炼，他先是接下了李刚刚生产队长的位置，再接再厉，官至大村党支部书记，立志成为本地区的致富带头人。茅儿墩走出去的人谁最有出息？王春笋。王春笋从徒弟做起，像是攀上了一架云中梯，做师傅，做包工头，做项目经理，做建筑公司老板，现在是开发公司董事长。有没有做得比他还大的熟人？有，桑田。有一天我躺在沙发上看电视，看见一个光头胖子面熟，突然觉得，这家伙不是桑不沉吗？光头胖子和省长握手，洽谈一个项目，笑容灿烂，不会是桑不沉，桑不沉应该有八九十岁了，而且桑不沉从来都戴着帽子，我们只有在他理发时才发现他帽子底下没什么内容。那么他是桑田？桑田赶上了好时光，光头成了时尚，有头发没头发的人都把头发剃光了，扮酷。桑田的光头油光锃亮，我期待着看他走几步，他要是瘸子那就确证是桑田，可是电视台的人维护那些大人物的形象，硬是没给桑田走路的镜头。

后来是三拉子告诉我，那就是桑田。他在国内国外有几家上市公司，富可敌国，一百个王春笋也只能抵得上他的小拇指。三拉子书记说话有些夸张，但桑田无疑是发达了。龙生龙，凤生凤，老鼠的儿子会打洞。资本家的儿子桑田能做成大资本家，也在情理之中。

据说某些地方官员的一大爱好，就是傍大款。三拉子在我面前提到王春笋，却是一副对王春笋不感冒的腔调。王春笋起势时，待村人不错，带出去一班人。反过来说，也正是这些茅儿墩的乡亲，为他在行内赢得了不错的口碑。但是，等他做大了，他却把这班得力干将基本辞退了，连他的亲姐夫小汪他也坚决不留。小汪本来在他的工地负责收建材、钢材水泥之类，小汪和卡车司机串通好了，卡车从工地前门进，然后直接从后门出，贪下的建材卖了两人对半分。小汪低估了舅老爷的智商，王春笋起家是一个角子一个角子硬抠出来的，大宗的建材流失，他怎么能不察觉。小汪怕这位小舅子把他送派出所，这人是个狠角色，说到就能做到。小汪坦白招供，末了，说，孩他舅，说白了你就一个女儿，你挣再多的钱最后它也不姓王，不如让亲朋好友分享一点，落个好口碑。这不是小汪一个人的想法，是他身边很多人的想法，甚至茅儿墩全村人都持这想法。王春笋让财务部查看收到的借条，他身边的人有钱没钱都跟他借过钱，每次回茅儿墩，都能遇到几位向他借钱的乡亲，多年来，只见有人借，不见有人还，白条的数字加起来，居然有一百八十万之多。这还是有借条的，更有些没借条的募捐，永远没个完，让王春笋恼火。比如盖老人俱乐部，比如修村路，比如一年一度闹社火，三拉子书记都会赶到省城，朝王春笋伸手。

三拉子与王春笋闹翻，就是在王春笋的开发公司大楼。那是为了茅儿墩修桥的事，茅儿墩四面环水，以前靠划船进出，现在时代不同了，走出来的人很多都买了小汽车，小汽车没办法进茅儿墩，就是轮机船也载不动它。年底回来过春节的人，都只能把小车停在圩埂上，换小船进村，富贵还乡的荣耀就打了折扣。三拉子书记决定修路架桥，他向上跑县乡有关部门，村村通公路也是上级政府的奋斗目标，无奈在水乡，茅儿墩这种条件的村子实在太多，上面答应拨一半款，村里需自筹一半款。铺路修桥，这是办好事，老百姓支持，家家户户都掏了，没多有少，可是，村里人捐的钱，毕竟杯水车薪。有钱人都在外面，大富豪住在省城，小富豪也搬到了县城，好在三拉子有本花名册，熟门熟路。

三拉子这次上王春笋的门比较为难，前期捐款王春笋已经捐过，数目排在第一第二，他这次上门的目的是希望王董事长能再接再厉，锦上添花，把最后三十万的缺口补上。这年代上门要钱，门难进，脸难看，讲到底，我三拉子又不是为了我个人的事，出来求爷爷拜奶奶，是为人民服务，是工作职责。城里车堵，三拉子赶到王董事长办公室时，已经过了晚上七点。

王董那美丽的办公室韩主任说，王董不在，在外面应酬。三拉子说，我在楼下看过了，他在，刚才他还在落地窗前瞭望夜景，胸怀世界。王董见了三拉子书记，说，来了。三拉子说，无事不登三宝殿。王董说，别，别这样说，我这可不是庙堂，要是庙堂，门槛早被你三拉子书记踏矮了。这是摆明了三拉子不受欢迎。王董说，还没吃晚饭吧，我去给你弄点吃的。他说，厨房间的人都下班了，我去给你下碗饺子。开这么大的公司，待客就是盘饺子，也够小气了。饺子就饺子吧，三拉子盘算着怎样向他开口，一边吃饺子一边聊事情方便。三拉子饿了，夹上饺子就往口里送，王董说，有醋，蘸醋。三拉子一口咬下去，一阵剧痛，有什么东西咬了他的舌头一口，他小心翼翼地从舌头上拔出一个闪亮的东西，摆到桌上，是一颗图钉。那图钉镀了镍，染了血水，像一把撑开的小花伞，以钉子为伞柄绕了一圈。三拉子的嘴里已经全部是血水，王董递了一叠纸给他，说，这厨房里都是些什么人？人家往饺子里塞硬币，他们往饺子里塞图钉。三拉子用纸把嘴角擦干净，看了王董一眼，用筷子尖连续捣开，每个饺子里都有一颗图钉。三拉子把它们夹出来，排成一行，说，王春笋，你狠！转身推开门走了。王董在后面说，走好，不送。

　　这事三拉子讲给我听时，我还真难以相信。三拉子回去后把这事一讲，茅儿墩人都觉得王春笋不是个东西。你不掏钱可以，你怎么能残害人？有钱出钱，有力出力，这是上辈人传下来的传统。你在茅儿墩生，你在茅儿墩长，你王春笋的祖宗还埋在茅儿墩，再说，你的车也得走这路、过这桥，你钱多，多掏几个钱不过分。村里的年轻人找到王老地主的坟，把坟前的两棵柏树砍了，如果不是三拉子拦着，他们把王老地主的坟也扒了。乡下人讲究祖坟的风水,清明节王春笋回来扫墓,当时他一声没吭。第二天,他带来一帮人,将新起的楼房一把大锁锁了,又把自己家几座祖坟都扒了,将先人的骨殖装进崭新的棺材,用几条船装走。据说王春笋在省城郊区买了地,将他的祖宗们安葬在那里了。从此,王春笋与茅儿墩彻底断了牵扯。

我母亲去世后,李刚刚随我进了城。他已是八旬老人,脑子有时清醒有时糊涂。那天三拉子在我屋里讲到这事时,老爷子突然插嘴说,这是阶级斗争新动向,王家的大砖瓦房分给了你爷爷,你爸阿三批斗老地主是积极分子,这王家人能不记仇恨?

我说,爸,这都什么时代了,还翻您那老皇历。不过,细一想,老爷子的话说糊涂是糊涂,说清醒也是清醒。比如,有一天他突然莫名其妙地说,王春笋那没良心的小子,是茅儿墩成全了他,是他爷爷那老地主的成分成全了他。他在茅儿墩吃瘪,看人脸色行事,到了城里,把这乖巧发扬光大,才能成事。我笑着说,那我这官当不大,应该怪你,你让我当"官二代"当习惯了,天王老子的账也不买,所以不能争取更大进步。

我在机关职位是副巡视员,退休后我每天坚持巡视城市公园。医生嘱咐我要日行万步,我坚持不折不扣完成。人老了念旧,我知道在这所城市里有我的两位发小,但是,他们都是有钱人。一个等退休的人,本无所求,你要主动去联系富豪,就有巴结的嫌疑,不值得。但是,老天公平,不管你富可敌国,还是貌若天仙,该老还会老去,重回少男少女时代也就靠寻找回忆。桑田来找我了,他的声音在电话中传出,我一点都不惊奇,仿佛那过去的四五十年没有留下岁月痕迹。桑田说,大头,你该出现了。前面忘了说明,我自小头大,绰号就是"大头"。

我说，等你忙不动了，我再出现不迟。桑田说，我这命，有口气，就得忙，忙不动，那就是死了。趁活着还喘口气，咱赶紧见面。当天下午，就派车把我接过去了。桑田的住处其实离我并不远，住在老城南。省城富豪的别墅都集中在中山景区，风水好，风光好。桑田却躲藏在市井百姓之中，桑田说聚人气，攒财气，我只当是开玩笑。走进桑家院子，我才发现桑田是住在一所园林之中。桑田拄着拐杖，带我绕着院墙参观了一圈，有假山，有古木，有亭有榭，有九曲回廊，当然，最多的是流水静池。我以一个乡下人的心思估摸，这院内有六七亩地。我想起来，桑田说过，他爷爷是苏州人，他爷爷曾经把自家的两处园林捐献给了人民政府。我说，桑田，你骨子里还是苏州人，还留着徜徉江南园林的梦。桑田说，你还是个水乡人，你没看出来？忘本。我这是离不开那些水，更离不开稻田。他用手杖一指，我才发现，这园林的中央，居然是一块稻田，有五六分田的样子，稻子已经垂穗，叶金黄，穗金黄，风吹来，稻浪一浪接一浪。桑田说，没有人相信，我更愿意做一个农夫，喜看稻菽千重浪，遍地英雄下夕阳。可惜这园子太小，园子里只有我一个英雄，不，一个农夫。落座，桑田收起他的拐杖，那拐杖极其轻便灵敏，按钮，它就缩成了一把折扇的大小。我说，桑田，你应该拄一把龙头木杖，然后身边围一圈古装丫鬟，才像。桑田说，像，像什么？话没说完，来客了，我俩起身迎接。来客是王春笋，我有点意外，桑田之前没跟我讲有他参加。这王春笋，十几年前我回茅儿墩休探亲假偶遇过一次，相比较我和桑田，他变化不大，清瘦，黄脸，只是头发讲究了，大背头，油光闪亮，很豪迈的样子。王春笋还带来了一个年轻女子，论年龄，不像是他夫人，不过，这年头，也没有什么不可以。王总说，这是小韩，办公室主任，今天被我抓差开车。女子嫣然一笑，动人。老男人带出来赴宴的年轻女子，没有一个长得上不了台面的。不过，王总今天带这女子来，有点不伦不类。今天不是生意场，是三个老头叙旧，带个不相干的女人来，就显得画蛇添足了。

说起小时候在茅儿墩的趣事，我们仨常常笑得前俯后仰。有时，也会因为某个细节的记忆有偏差，争得脸红耳赤。小韩是训练有素的办公室主任，一直保持着恰当的笑容，看三个老头疯疯癫癫。桑田体谅她，说，姑娘你去院子里转悠一会吧，我们扯的都是小时候的事。小韩说，我喜欢听，我小时候也是在水乡长大的。王春笋说，别小看这丫头，她可得过国际金牌，省花样游泳专业队的队花。花样游泳？我有过记忆，又称为"水上芭蕾"。小韩说，王董跟我们领队是朋友，他经常去游泳馆看我们训练，我打算退役时，他让公司收留了我。桑田说，好，春笋眼光好。

我看见桑田的办公桌上摆着一份文件和一支钢笔，钢笔在这年头是稀罕物了，再追一眼，办公桌上居然还有一瓶英雄牌墨水。桑田说，还记得吗？当时我们喜欢纯蓝，嫌蓝黑墨水颜色太深。春笋说，可不是，那时我有钢笔，却没有墨水，每次做作业前，都是你笔尖对笔尖，挤几滴到我钢笔里。桑田说，我每天回家做一件事，先把钢笔墨水汲满。

是我记忆错了，还是他俩记忆出了问题？他俩有过这么深厚的友谊吗？

那天三人约定了日子，回一趟茅儿墩。

三拉子得到消息，欣喜若狂，似乎忘记了他和王春笋闹下的仇隙。我一再叮嘱，这次就是我们仨忆苦思甜的活动，吃在村里，土菜，住在村里，就住你家，干净就行。记住，千万别提募捐集资的事，你别开口，叮嘱大学生村官也别开口，当然，最好别惊动他们，不是时候，心急吃不得热豆腐。瓜熟蒂落，再通知他们来摘。我们都这把年纪了，要明白，该有的都会有，不该有的不强求。一不小心，你反倒把好事搅黄了。

三拉子确实为人民做了服务，修成了路，架好了桥，不走水路，只七八分钟，小车就从圩埂驶到了茅儿墩的村头。公路一侧是田野，稻浪翻滚，另一侧是河道，在车窗看那划桨的小船，几乎是随意漂荡，慢如云朵。桑田晃着他的大脑袋说，有个诗人叫李白，写过一首诗，湖与元气连，风波浩难止。天外贾客归，云间片帆起。龟游莲叶上，鸟宿芦花里。少女棹归舟，歌声逐流水。他这首诗的题目叫《咏丹阳湖》，我们这圩子，就是古丹阳湖。桑田也太小看我这行伍出身的粗人了，李白不知道我，我还是知道李白的。桑田说，可惜了，这大好的风景，应该坐船，我梦里回茅儿墩，都是坐着四舱船呢。

一个这么大的老板，还想着茅儿墩，还记着唐朝人写的诗。我的眼里，桑田摇晃的光头有几分可爱。

桑田说，三拉子书记，你修的这条路，方便是方便，但是它太煞风景。我已经和县里领导接触过了，以后圩子里所有的公路都毁除，圩埂上可以跑车，进了圩子，唯一的交通工具是船。

这不是搞复辟吗？

桑田说，你们听说过浙江的良渚吗？那地方已经将遗址打造成旅游风景区。我有一个想法，将大湖圩区也打造成一个旅游区。别小看我们这地方，这些年我查阅过很多史料，一土一木都有故事，比如隔壁濑渚圩，就是春秋时吴所筑，曾作为吴国宫城。还记得砸了我腿的那块巨石吧,应该就是修建宫殿时,从皖南运石料,遇风暴翻船而落入湖底的。我有信心,把圩区打造成一个稻作旅游区,市县两级领导都支持。

我就知道,他这趟来不仅仅是故地重游。三拉子激动地说,真的,这下子茅儿墩遇到真神了。

在村里的年轻人不多了,大多在外打工,我们不认识年轻人,年轻人也不认识我们。王春笋打电话说,他突然来了重要客户,只得请假。这在我的意料之中。他不来是好事,来了他怎么面对三拉子,我悬着的心倒放下了。三拉子把老人都召集起来,在他家堂屋摆了三桌。坐定,桑田宣布给大家发礼品。我知道桑田给大家带的礼品是什么,弹弓和手电筒,弹弓不是一般的弹弓,精钢铸造,经过两层磨砂处理,再黑色封油,握在手中,表面居然有如玉般湿润细腻的手感,厉害的是那弓带腕托设计,即使拉六股的皮筋,手也不会发抖,射弹极其稳定。而手电筒,当时茅儿墩只有桑田家和我家才有,我家是装两节干电池的,桑田家的能装三节干电池,明显比我家的照得远照得亮。桑田这次买的电筒,不用干电池,里面是大容量锂电池,尾巴上还装有手机应急充电宝,防水,强光 LED 节能灯芯,光学蛙眼透镜,高亮度,远射程。桑田跟我介绍时,我听得似懂非懂,反正就两个字,高级。这桑田也真费了心思,不知从哪里找到这些玩意的。司机说,老板可认真了,在网上一家家搜货,各家都购一只样品比试,最后才确定订这两家。桑田感慨地说,如果那时候有这么高级的东西,那就天下无敌了。桑田的两位随从把东西发给大家,大家很新奇,但也失望。我听邻居有人嘀咕,有个苏北的老板,返乡时给每个老人发的是现金,每人一万。我朝三拉子使个眼色,三拉子领头鼓掌,掌声把气氛调动起来。

宴请结束，三拉子上我房间，说，哥，有个事不知该不该说。我担心他是提向桑田募捐的事，说，不该说。三拉子忍了一下没忍住，说，我是说弹弓的事，这弹弓厉害，在老百姓手中会惹事。现在鸟不能打，人不能打，要是弄出个案件来，还是会找到你们这源头。三拉子毕竟是老书记了，考虑问题全面。我说，这样，等会儿你挨家挨户把弹弓收回，不是收，送出去的礼品不能再要回，买，花买弹弓两倍的钱回购，行不？三拉子点头，那成。

我去找桑田，桑田不在，他的随从都被他赶到县城住宾馆了。茅儿墩就这么大，他还能到哪里去。我走到村后，他果然站在方石那里，月色朦胧，方石是白的，他的脑袋泛着亮光。听到脚步声，他转过脸，脸上爬满泪水。我想后退，来不及了。他说，没事，梦里到这地方哭过无数回了。

我说，你告诉我实话，你怀疑是谁在麻绳上抹了羊油？

桑田拿起金属手杖在方石上敲了敲，说，这重要吗？以前我爸就说过，这事不重要，现在四五十年过去，我们老将至，这事就更不重要了。桑田说，试试我们的新电筒能照多远吧，我买了这手电筒，心就一直痒痒的，想试试它的射程。可是在城里，到处灯火璀璨，看不到真正的黑夜。就是这茅儿墩，村巷也处处亮着路灯，在这里，可以避开灯光，可以用这手电筒探测这夜黑的深浅。

他按亮电筒，用手掌遮住那光，肥厚的肉掌像初生婴儿的手掌般粉红，他一下一下掠过那光，像小孩嬉戏一头活泼的小动物般兴奋。我忽然想起，小时候我们用手电筒逮过麻雀，就是用电筒光罩住屋檐下的麻雀，麻雀睁不开眼，傻了，我们手到擒来。有一次拿手电筒的是王春笋,正悄悄进行中,王春笋突然将电筒一扔,哭着说,手,我的手都是血。我捡起电筒一照,他的手好好的。王春笋止了哭,用手掌小心翼翼地覆盖住电筒光,那手掌一下子红彤彤。我们齐声笑骂王春笋愚蠢,那确实是血,被皮肉包裹着呢,它好端端的,怎么会自己跑出来?

下次回来,我得把王春笋劝回来,那天说好的三人行。

桑田说,多大怨,多少恨,都随岁月过去了。想想这大湖,想想这些圩子,几千年的风浪都经过了,多少沟沟壑壑都被抹平。相信我,我去请,春笋肯定给我几分面子。他挪了一下那条不灵活的腿,说,有稻田的地方,才是大湖人的灵魂栖息地,早点回,我们还来得及为这方土地做点事。

显然,现在的桑田做人做事都比我们宽阔,或许是因为我们生于斯长于斯,小农经济的眼光被圩子困住了,看不远。

桑田抬起手,茅儿墩村后的夜空,突然射出了一道强烈的光,那光向上向上,朝夜空深处奔跑。

无限好山都上心

一

　　白玉才让司机把小车停在距藕节村一公里处，他下了车，深呼吸了一口老家熟悉的空气。这空气湿漉漉的，带着水汽，带着芦苇花和干草的气味，细嗅，还有菜地里几天前浇过的人畜粪肥那味儿。他朝司机摆摆手，说，你先回宾馆歇着，用车我会给你电话。回村之前，他先让司机在县宾馆订了房。白玉才是个谨慎的人，他的司机一年一换。老板和司机，在一个铁匣子里待久了，该知道的知道，不该知道的也知道了，不由得你不与他近乎。白玉才那些朋友，异地任职或升迁，往往都带两个人走，秘书和司机，理由是用顺手了，实际上是时间一久，彼此感情上离不开。人与人走太近未必都是好事，犯事的官员，往往是连秘书和司机一锅端。白玉才是私企老板，司机想用谁就用谁，用不着那么多顾虑，但白玉才这些年用司机也谨慎，坚决不用老家的人。老乡转几个弯儿都能与你沾亲带故，白总鞋没踏上老家的地，白总的故事说不定就在老家到处流传。人才市场招工招一个司机，表现好，下年换个岗；不靠谱，合同到期解聘，省心又省事。白总是头独狼，说好听点是独行侠。田野上风大，白玉才走几步，不由得裹紧了大衣。
　　藕节村坐落在湖边，村庄分前村中村后村，后村的后边，就是茅儿山。茅儿山不算高，但在一马平川的湖区，还是伟岸。本地有句谚语，三天不见茅儿山，眼泪淌到大湖湾。意思是圩区人都恋家，抬头见不到茅儿山心就慌。这当然是老话，现在年轻人都哭着喊着要出去见世面，白玉才当年就是出门闯荡，才闯下自己的一片天地。进藕节村只一条路，必须从前村村口的大樟树下经过。这大樟树有很多很多年了,白玉才小时候它就这般老,这般雄伟郁葱,树冠遮了整条道路。大樟树是圩区难得见到的大树,圩区是洼地,洼地里草多,只有茅儿山上才有那么多的大树。大樟树的树脚边,有一排长凳,风吹雨淋,这些长凳坐上去叽嘎作响,却不会缺胳膊少腿,一旦有损,就有另一条长凳替上。长凳上通常坐着村里的老人,他们一个挨着一个,就像半空里电线上那些一个挨着一个的泥燕。但他们不衔泥,嘴上衔的是一截纸烟,阳光懒洋洋,他们的目光也懒洋洋。事实上,进村的每一个人,哪怕是进村的一只苍蝇,都别想逃过这些目光。白玉才头上顶着套头帽,脸上捂着口罩,并不妨碍老人们认出他是白家大伢子,其中有一位睁开眼睛,说,那不是白总吗?喊他"白总",这不是客气,这是拿他当外人,变个法子骂他忘本呢。白玉才当然听得懂,他也认出了那位老者,二十年前他就坐这里的长凳了,从前是藕节村的支书。白玉才什么人?城里见过大世面的老总,当然不与这等老头论高低,他说,周伯是玉才我哩。他不摘帽,也没扒下口罩,掏出烟盒,依次一个个敬烟。敬完烟,转身进了村巷。他不喜欢与人搭讪,何况这些人不值得他费口舌。

他知道,他身后,那些或睁或闭的眼睛很快会明亮起来,落满他的后背,各种议论的唾沫星子会如夜空中的萤火虫一般一路尾随他。

二十年前,他买了一辆桑塔纳小车,他的第一辆私家车,花了十七八万。他开着小车回老家过年,那年代,十七八万不是个小数字,连本乡乡长坐的也只是一辆旧吉普,怎么说,白玉才也算衣锦还乡。刚刚下过大雪,瑞雪兆丰年,阳光热烈地洒在雪地上,雪地也染上金色。白玉才心情不错,听着轮下冰雪吱吱的叫声,仿佛是听着一支歌曲。那时的高速公路还没普及,省道县道也不像现在规范,上了村道,一路泥泞,小车漂亮的外壳成了大花脸,但这并不影响桑塔纳的耀武扬威。到了村口,小车近乡情更怯,趴下了,白玉才下车围着它转了几个圈,弄明白不是车的问题,是路的问题。土路浸了冰雪,车胎一压,成了大窟窿,任油门怎么轰,轮胎也只是空转,射出的泥水倒有几米远。白玉才努力了几下,白费汽油,沮丧地下了车。早已有围观的人围了一圈,最早看热闹的是长凳上晒太阳的老人,白玉才这才想起来掏烟,跟老人们一一打招呼。藕节村周姓是大族,白姓是外来户,那些坐长凳的人几乎都是周姓长辈。其中一位接了烟,插在耳根上,说,白家大伢子,这车是你买的?白玉才谦虚地点头,他认得这位周伯,他跟周伯的儿子是中学同学。周伯说,哎哟,了不起,看来是真发迹了。你买得起这漂亮的车,怎么就不把村里的路修一修?他这一说,周围的人都将烟夹到耳根,袖起手,坐回长凳上了。白玉才面对着趴着的小汽车,无计可施。村里男男女女一拨拨来看稀罕,乌龟车成了死乌龟,也有人想帮白玉才搭手抬车,周伯一声咳嗽就止住了。白玉才犟脾气上来,偏就不服这个软,扔下车,直奔后村。他叫上老婆,拿了铁锹,父亲和弟弟也追了过来,四个人又是挖又是垫,一家四人硬是把小车挪出了窝。老婆和弟弟拍拍手,故意喜滋滋地坐上了车,老白却挥挥手让他们先回,他掏出烟,给条凳上的看客们又递了一轮。白玉才看不惯父亲那副小户人家的巴结模样,按了一声喇叭,小车留下一股尾烟。

自那以后,他很少开车回村,即使回,他也将自己的小车远远地停在村外。他的小车早就鸟枪换炮,奥迪,奔驰,跑车,越野车，用得着什么买什么，村头的公路也换了，土路换成水泥路，水泥路换成沥青路，村里买小车的人家也多起来，但白玉才的车坚决不进村，不驶进村口樟树下这截路。一定要离开这个村子，先是弟弟妹妹跟他进了城，接着是父母跟他进了城，他打算把老白家在藕节村扎下的根拔了。乡长进城找过他，让他为老家做贡献，赞助乡中鸭屎中学建校舍，他掏了。捐助乡福利院，他也掏了。修路，修从镇上到藕节村的路，他说这钱要掏，得藕节村所有人掏，他只掏该他掏的那一份。搭桥铺路积大德，这是本地一句老话，乡长弄不懂这位白总，有钱人的脑子总是比别人奇怪。各人心里有各人的伤口，乡长不知道村口曾经的那一出。可是白玉才没想到的是，先是父母吵着闹着回了藕节村，接着是弟弟白玉明撤回了藕节村。不同的是，老二是被白玉才赶回来的，父母借口是叶落归根。可白玉才听父亲说过，藕节村并非白家的根，往上数三代，老白家是北方人，战争逃难才到这湖边村落脚，根基浅，才受人欺负。

多年前，藕节村三村之间，其实是断节的，断节的地方是坟场，亲人死了，就埋在村前村后，上坟方便，心里有个苦处难处，到亲人坟前哭诉一番也方便。白玉才小时候，三村之间的孩子争坟场地盘，地盘属于死鬼们，但祭品最终是落到人肚子里的。一般是晚上，祭日白天祭奠的人人来人往，总不能光天化日之下与死人抢食。黑暮落下，坟场里人影幢幢，祭品有剥了壳的鸡蛋，有各类果子和点心，三个村的小孩总是免不了彼此遭遇，坟场往往就成了孩子们的战场。武器弹药就是坟地里的土疙瘩，你扔我，我扔你，夏天砸在身上碎成尘土，冬天砸到脑袋上，那就是一个肉疙瘩。不过，胜利者往往是前村和中村的孩子，人多势众，都姓周，齐心。不像后村，杂姓多，散沙捏不成团，大人如此，孩子们亦是。而现在，那些坟茔都不见了，矗立起一幢幢四层五层的楼房。不知什么时候起，藕节村不再盖三层以下的楼房，即使这些楼里多数房间空着，也不影响村人盖高楼的积极性。说白了，都是钱烧包，攀比心理作祟。白玉才走到自家的楼下，这是一幢两层小楼，现在由父母住着。白玉才还记得，当年楼盖成，是村里第一幢楼，鹤立鸡群。现在，后来者居上，让四周的高楼一比，这楼就是个小矮人了。

白玉才的小楼是建在旧宅的宅基地上的，原先是三间旧瓦房，拉开门就是巷路，楼起了，想围个院子的地皮都没剩下。他想过批一块大一点的宅基地，觍着脸送点烟酒，那一套他在城里并不陌生，可回了老家，他硬是不肯弯下腰。老二顾不了那么多，批宅基地就赚下个大院子。白玉才敲了敲铁皮大门，因为门前人来人往，他家的门平时总是关闭。其实大门不是铁皮，是正经的不锈钢板，这门是白玉才命电焊工特制的，结实，比电视广告上的防盗门还防盗。

十多年前的某个正月初一，也就是白玉才开着桑塔纳头回回藕节村的那个春节，那时他老婆长驻在藕节村，女儿是留守儿童，春节团聚的欢乐让白玉才忘记了白天的不爽。看春晚看到半夜，鞭炮声一直到天亮不绝于耳，白玉才睡不着，回顾历程，展望未来，年轻的白玉才浑身充满干劲，他不顾岁末的辛劳，在老婆身上跨年耕耘了一番，方呼呼入睡。正睡得香，老婆摇醒他，他疲于应战，假装没醒，老婆说，你闻闻，这屋子里怎么有一股恶臭？白玉才耸了耸鼻翼，真是有股屎尿臭。莫非是床尾的马桶打翻了，不对呀，那时已住在新楼，楼里有卫生间，有抽水马桶。夫妻俩循着恶臭寻去，竟是源自大门缝隙，拉开门,天,两扇对开门上被人浇了屎尿。老婆"哇"的一声蹲了下来,白玉才说,不能哭,更别骂街。泼粪的人正盼着大年初一听我们家的哭声。白玉才毕竟在外见过世面,他指挥老婆配合自己卸下两扇门,一人一扇扛到水埠,想一想,又转身走到下游不远处,才放下肩上的木门。水埠是村人淘米洗菜的地方,别人做缺德的事,他不能做。两人洗掉了家里整整两袋洗衣粉,将木门漂了一次又一次,然后再扛回家。回家后,又用水龙头将门槛处反复冲洗,才敢归位。时间匆忙,尽管人们看春晚睡得迟起得迟,但老人们起得早,白家在路边,经过门口的人看得出端倪。更何况,拜年的亲戚遇见这种事,该作何解释?女人忍不住又哭,白玉才说,遇上了能不说破就不解释,说破了就实话实说,话说明白了,做这肮脏事的人才肮脏。你这一哭,那人的阴谋得逞了一半。老婆擦了泪,让他从上到下从里到外把衣服脱了,夫妻俩把衣服扔到了村外的河湾处,把晦气扔得远远的,回家洗头洗澡。天快亮时,白玉才睡不着,把后门的对联揭下,贴到大门上,焕然一新过新年。

这究竟是哪个恶人做下的?

夫妻俩百思不得其解,当时弄不清楚,二十多年过去了更难弄清楚,但白总觉得,这事迟早总得弄清楚。就是在那个春节,白玉才做出了搬离藕节村的决定,一去不返,绝不回头。在城里打拼的这十多年,白玉才偶尔也会想到藕节村,但是每有这个念头,那股抹不去的恶臭瞬时便会涌进他的鼻孔,他眉头紧锁,厌恶陡生。

在本地,朝别人家大门泼粪,是一种不光彩的行为,所以是暗中行动。而被泼粪的人家,一般都强势,在台面上占上风。但被泼粪更是一件不光彩的事,脏了门面是一时,这种大年初一被泼粪,更是触了霉头,受一年的诅咒。不论是家中有人生病遭祸,还是生产生意走下坡路,这一年的不顺心都自然归之于这个源头。那一年,白玉才的心都悬着,任何一个陌生电话都能让他心惊胆战,每一个工程项目都谨慎小心。一直挨到又一年春节到来,人健康,事业顺昌,全家人在省城买的新房里欢聚一堂时,才算抹去了上一年留在他内心的阴影。

白玉才又在门上重重拍了两下,父亲才开了门,老人耳背。楼矮,路对面是一排五层的高楼,将阳光遮得严实,老两口坐在门前也晒不到太阳,干脆整天猫在屋里。这不是个长久之计,老二白玉明想过接两老过去住,他的楼高,空房间多,但父亲坚决不肯搬。不和老二一家凑在一起,也是明智,老二和老二老婆都不是省油的灯。楼空着,不妨碍人,楼里住着人,而且是上人,被别人家的楼遮了门面,白玉才觉得有碍风水。白玉才说,爸,真打算在村里住下去?父亲说,咋?白总想盖幢高楼孝敬父母了?白总苦笑,白玉才当然盖得起高楼,也有办法弄块好地基。可白玉才没想过在藕节村起楼,只想着逃得离藕节村越远越好,老爷子不是不知晓。但在这一点上,老爷子和村里别的老人观点一致,姑娘长得俊丑看脸,老板做得大小看楼。是的,你白玉才城里有楼,十几层的大楼,可藕节村的人看不见,等于没。

白玉才这趟回来,是参加侄子白宗仁的婚礼。本地的乡俗,儿子大婚,亲朋随礼之后在男方家连吃三天,女人忙得团团转,男人喝得天昏地暗。时代进步,条件好了,正日子的那顿晚餐挪到酒店,学城里人办婚礼,那顿才称为正式的婚宴。

回不回来参加侄子的婚宴,白玉才犹豫了好一阵子,他借口有要事走不开,父亲说,天塌下来你也要回来,这不是老二一家的喜事,是整个老白家的喜事。他挨了父亲一顿臭骂,才下定了决心,回吧。

二

周光荣在小王老师家遇见白玉才,已经是第二回。

小王老师大号王学文,是他俩的中学老师,因为他爸老王老师也在这学校教书,虽然是校长,但村人们喊惯了王老师,所以村里人一般称呼王学文"小王老师"。从前,藕节中学只有初中,村里的孩子读书很方便,一般人家的孩子,初中读完就了事。上高中,大人不费那个钱,孩子不费那个神。但后来上级要求藕节中学"戴帽",戴完中的帽子,加上了高中,周光荣白玉才们在藕节中学无奈多上了三年学。想不到有一天,乡下人口逐渐减少,人都奔城里去了。上面改了策略,先是撤了藕节中学的高中,接着搞学校合并,把藕节初中合并到镇上去了。村上周书记不服,与镇长争过几次,凭什么?为什么不能把镇中合并到藕节来?藕节多好听的名字,节节向前,兆头好。本镇的大号确实不好听,叫鸭屎镇,镇中学叫鸭屎中学,闻起来不臭听起来难听。镇长说,你有本事把鸭屎镇改成藕节镇,我服了你,也省得别人开口闭口喊我鸭屎镇长。周书记真的找人打听过,这么一个不文雅的地名也有它的出处,改地名还真不是他一个村书记能搞定的事。中学搬走了,只留下一栋教师宿舍楼。原来的教师宿舍是几排平房,每户两间,前面有一个小院子,院子里是厨房和卫生间。现在农村经济节节向上,学校搬走的前几年,学区的几个村书记在酒桌上碰头,拍板给中学的老师们盖宿舍楼,村校留不住老师,老师们惦记着往镇上县上调动，乡下不就比街上少套公寓房嘛。要说吃的喝的，这里比街上新鲜还方便，要说空气，这大湖边的空气可以拿到城市去卖钱。就这样，小王老师两口子住上了公寓楼，但王老师还是想念原来的老平房。小王老师也退休了，夏天待在空调房，他却想念院子里樟树下的树荫。冬天坐在阳台上晒太阳，他嫌没有伸展胳膊和腿的场子。其实他那两条腿，有一个支点就够了，左腿瘸了几十年啦。当初分房子，小王老师教龄长，资历老，论积分可以先挑房，大家都以为小王老师肯定挑一楼，于他进出方便。可他却挑了三楼，金三银四，这道理谁都懂，但这道理不适合小王老师。小王老师说，我是瘸了一条腿，但我也不想瘫在轮椅上，这么多年来上三楼四楼的教室上课，我挂个拐杖，也没让谁搀扶过我。我要三楼，是为了吕荷花，她怕蛇怕老鼠，以前住平房时遇见过几次，吓得魂飞魄散。吕荷花就是王师娘，这小王老师光顾疼婆娘不顾自个，也是佳话。

周光荣在外面闯荡了几十年，有一天忽然带着一位年轻女子回到了藕节村。起初村人以为那女子是他女儿，都传说周光荣男女之事懂事早，在年龄上估算也能生下她。后来那女子办落户时才明白不是，她是周光荣领证的老婆。从古至今，老夫少妻不稀奇，在城里发达了的男人离婚结婚的传说，如今听得让人耳朵起茧。但周光荣不像发达的样子，他没有起新楼，住在他父亲留下的旧平房里，只是简单做了粉刷。他不知从哪里捡来一些旧家具，灰蒙蒙的，有的还缺胳膊少腿，看不出新气象。回村时是坐出租车，说明没有私家车，后来倒是添置了一辆车，皮卡，前面拉人后面拉货。外面回来的人，身条没有发福的少，周光荣依然是瘦肚皮，显然在外面没有混出名堂。那样一个年轻女子，模样好，能说一口好听的普通话，肯跟他到乡下来过日子，只有两种解释，周光荣诳女子的手段高明，或者是那女子脑子里少根筋。

周光荣第一次敲开王学文老师的门时，小王老师并没有认出他，倒是吕荷花在客厅里招呼他，说，这不是周光荣吗？稀客，你怎么想起来看望王老师了？小王老师说，哟，原来是光荣，我这双眼睛，真的老眼昏花了。周光荣将带来的烟酒放在茶几上，屁股只有一半落在沙发上，双手拘束地握成拳。他的眼光越过礼品躲闪着看王老师时，王老师这才真的记起来了，这是那个叫周光荣的学生，课堂上他就是用这眼光看老师的。小王老师习惯了叫学生姓名时省去姓氏，以示亲切，做老师的一辈子至少也教过几千名学生，二三十年不见，认不出学生不算意外，好在有王师娘先报出了学生姓名。小王老师究竟是不是忘记周光荣了？周光荣在心里嘀咕。但小王老师刚才绝对看错了周光荣，在别人面前，这周光荣一双眼睛流光溢彩，两张嘴皮灵巧伶俐，是王老师做梦也想不出的风流倜傥。

小王老师老两口有一个女儿，长得像她娘，成绩一直拔尖。女孩子长得漂亮，脑子又聪慧，读书嫁人就没父母烦心的事了。果然，这女儿读大学，读研究生，后来读博士读到地球另一边去了。嫁了洋人，在那边生儿育女，混血的外孙和外孙女煞是可爱，可人家懒得和外公外婆沟通，语言有障碍，也就圣诞节和春节跟中国的老头老太视个频，"哈啰"过后就是"拜拜"。据说女儿有心接他们过去养老，可王老师去过一趟后再不肯去，在那个国家，王老师语言不通，胃口不适，身体这里不通畅，那里不舒坦，回到藕节村，王老师通体康泰。金窝银窝不如自家的草窝，藕节村才是适合他养老的地方。只是两人年纪渐渐大了，岁月给王师娘刻下的印痕不多，据说她在打谷场上的广场舞大妈中，依然是一道风景，但王老师腿脚不便，疏于活动，小毛小病不断，离不了人照应。周光荣虽说是王老师的学生，其实只小他四五岁。但到了一定的年纪，一岁就是一岁，一岁就是三百六十五天呢，更何况周光荣打年轻时就讲究体面，注重形象，更何况算起来他小王老师好几个三百六十五天，两人坐一起，看上去学生还像个学生，老师看上去真是个老人了。周光荣回藕节村后，得空就过来陪老两口喝茶聊天，偶尔还留下来陪王老师喝个小酒。

　　白玉才敲开王老师家的门，是周光荣开的门，楼道暗，白玉才又戴着老头帽，背着工具包，周光荣说，你找谁？找王老师？白玉才压了压帽檐，低着头说，水电维修。周光荣把白玉才放进了门，还给他取了一双塑料鞋套。白玉才进城后养成了一个习惯，开口之前打量对方，察言观色。要了解一个人，在正经场合难，那场合大人物小人物都装，只有在神经松弛下来时，人才是本真的自己。当初进城盯项目接工程，后来接触大老板大客户，白玉才都是先做好情报工作，花几天时间跟踪观察目标，有时候追踪目标上菜场或者遛狗，都能让白玉才琢磨出对付他的门道。就是对待手下的人，白玉才也有意无意观察他们。公司里有人说过，白总脑后也长着一双眼睛。有一次公司招人，这年头年轻人有学历，有各种各样的证书。白总拍板定下的却是一位学历最低、证书最少的应聘者，一位面相老实的小伙子。那小伙子自己都不相信，天上掉馅饼正好砸自己头上。其实原因很简单，面试结束，所有的人离开会议室后，这位小伙子没有马上走，而是默默地整理桌椅，关门关窗，而这一切恰巧被走廊上接电话的白总看到了，他喊住小伙子，说，你这人我要了，明天来报到。白总听过名人讲座，名人说，细节决定成败,性格决定命运。

白玉才是水电工出身,当初进城打工,大多数人干的是泥瓦工木工,他是高中生,水电工似乎与科学知识近乎一些。他的选择没错,他干着干着喜欢上了。即使后来做了老板,他的手艺也没荒废,他的家中,他的办公室,包括他的小车后备厢,永远都有水工和电工工具,还有分好类的备用器材。公司办公室和家里水电上的小毛小病,白玉才是手到擒来,哪怕是换个水龙头,上个保险丝,白总也很有成就感。白玉才到小王老师家来,每次都背着工具袋。他们虽说搬进了新楼,水电都是新的,但白玉才一眼就能看出材料好坏,使用寿命的长短。第一次来,白玉才就将厨房和卫生间的电开关、水龙头等换了。城里人讲究装修,零部件都会换品牌货,开发商多数是用伪劣品糊弄。可在乡下,尤其是中老年住户,普遍舍不得换掉,出问题是常态。王师娘毕竟是女人,而且上了年纪,王老师呢,行动不便,上高下低都不方便。人老了家中需要年轻人,这王家女儿女婿远在天边,嫁出去的女儿真成了泼出去的水。认真来说,王学文在学生眼中的形象并不高大,他对学生时代的白玉才也没有特别的关照。但他爸是老王老师,白玉才在老王老师离世前有过承诺,照顾好这一家。白玉才这种男人,吐出的唾沫星子也落地成钉,他把为王家出钱出力视为职责。老王老师埋在茅儿山的高冈上,白玉才每次去他坟前看望,心里都不慌张,人在做,天在看,他相信老王老师一定也看得到他的所作所为。白玉才回来的次数少,间隔时间长,每次来小王老师家都能找到活干。忙活完屋内,他转移到阳台,王老师和周光荣一左一右坐着,吞云吐雾,谈天说地,阳台的下面就是中学原来的操场,视野开阔。白玉才往方几的茶壶里加水时,王老师说，什么水电工，我就知道来的是你。白玉才无声笑了。周光荣认出了白玉才，立起来说，哎呀呀，失敬失敬，居然没认出白总白大老板，有眼不识泰山。周光荣这家伙，白玉才在门口就认出来了，小帅哥变成了老帅哥。他穿着随意，但发型时尚，一侧头发是短茬贴肉，另一侧头发长如垂柳，而且阳光下硬是找不出一根白发。白玉才说，周总，稀罕，你也来看王老师？周光荣说，白总这话说的，王老师是你的老师也是我的老师，你能来看，为何我不能来看？白玉才说，王老师，师娘去村里串门了？王老师说，是哩，她喜欢跟村里的娘们扎堆，有人陪我聊天，她就奔赴解放区了。

王老师客厅的墙面上，多了一幅画，兰花，白玉才辨认了好一会，落款是一位名为"芭蕉"的人。白玉才没听说过这名字，这难不倒白总，他拿出手机，输入"画家""兰花""芭蕉"三个词百度，条目上出现最多的画家名字是"白蕉"，看来是他认错了字，他用手机拍了一张照片，在屏幕上放大，果然落款名是"白蕉"。原来还是位老本家，老花眼了，白玉才的办公桌、床头、马桶边都放着老花镜，却不好意思出门架在鼻梁上，怕人家笑话他装文化人。王老师家这幅兰花十有八九是周光荣送的，白玉才在手机上搜了一下白蕉作品价格行情，这个尺寸怎么也得五六万，白玉才心里嘀咕，就凭周光荣这家伙德行，这幅画八成是赝品了。

白蕉白蕉，这名字听说过呀，白玉才陡然想起，这白蕉，这位老本家，自己其实早就认得，缘起周光荣。人没真的老，记性却真的差了。

白玉才最近一次与周光荣交往，也有八九个年头了，周光荣那时是省城一家艺术品拍卖公司的老板。不知从什么时候起，商人都喜欢收藏艺术品了。送银行卡，人家拒收，实名制了。送现金，人家也拒收，俗，而且，谁知道是不是挖的坑等人跳呢。这真的是为难白玉才这帮老板。好在世上无难事，只怕有心人。白玉才高中毕业，也花钱读过MBA，当初读这个班是为了扩张人脉，但毕竟还是去听过几节课，在课堂上多少受到一点文化熏陶。白玉才本来是个细致的人，活着的书画家，死了的书画家，他在手机上认真学习一番，虽然分不出水平高下，但基本上能摸清他们作品的价位。白玉才内心里清楚，很多说爱好艺术的人，与社会上那些脖子上戴大金链子、手指上套玉扳指的人其实一个档次，看上的不是字画，是字画的价格。包括王老师，也未必不是附庸风雅。但是，风潮起，由不得他不追风，想把生意做大，就必须投人所好。就在那几年，顺应市场，几十家艺术拍卖公司雨后春笋般在省城涌现，他们这帮老板在一起开口张大千，闭口林散之，人人学问高深。白玉才是在周光荣的一次拍卖会现场偶遇了老同学。周光荣那几年应当大发了，拍卖场的赚头大得吓人，有人被一张赝品骗去百万千万，也就有人轻松赚了百万千万。俗话说，只有买错，没有卖错。周光荣等于是只赚不赔的庄家。只不过，三十年河东三十年河西，几年后中央出拳反腐，行贿之风刹止，艺术品市场一落千丈，这周光荣应该是金盆洗手了。要不，也不会在王老师家遇见。

　　就是那次拍卖会上，两人结下了疙瘩。周光荣的拍卖会场设在五星级酒店，场面宏大，拍卖师是一位普通话动听的妙龄女子，两侧是着旗袍满脸笑容的礼仪小姐，投影屏幕在当时是个新鲜玩意，清晰且色彩鲜活，场内坐的是领了牌号的嘉宾，白玉才也花五万领了一个，这五万相当于押金。白玉才坐在一个不显眼的角落,周光荣的眼睛如同扫描镜头,所有的来宾都不会放过。白玉才埋头翻阅拍品画册,这画册纸质硬朗,印刷精美,是拍卖公司的门头,拍客先见画册,后见真品,拍卖公司当然不惜代价。有暗香袭来,惯于出入娱乐场所的白老板并不陌生,抬头,是一位西装衣裤挂工牌的姑娘,说,我是周总的助理,周总请您拍卖会结束后共进午餐。主席台上的周总有些遥远,面目不清,白玉才打开画册前的拍卖公司简介,照片上这周总不就是藕节村前村的光荣吗?人模狗样,我还不知道你衣表下面什么模样?不过,想想也是,自己如今不也是这种腔调?人前人后白总白董忽悠人,其实也就一农民工。三百六十行,行行出状元,像白玉才这种做工程做成老板的农村人不少,但周光荣做的这行是冷门,能做到这阵势倒真稀罕。

白玉才应下了周光荣的午餐邀请。因为下午还有两场拍卖,午餐其实从简,连酒都没上,周光荣说,我要上了酒,过后肯定有人说,老周是存心让大家喝高了,头脑发热,举着牌子往高处叫价。听介绍,那一桌人都是业界大佬,介绍白玉才时,周光荣说,这是我打小掏裤裆的朋友。白玉才说,发小发小。读初一的时候,白玉才倒真被周光荣掏过裆。那时候中午学校要求午睡,同桌的人一人睡桌子,另一人只能睡条凳,轮流。那天白玉才大概上午辛苦,午觉睡得香,醒来,看见两边有大眼小眼瞪着自己,捂嘴窃笑,白玉才判断,自己并没有从凳子上掉下。曾有同学掉在地上还能继续睡,成为教室一景。他想从凳上起身,才发现裆下有牵扯。抬头看,原来有人把他的小鸡鸡系住了,另一头系在凳腿上。男生们的笑声快要掀掉屋顶,女生们全都笑趴在课桌上。这就是周光荣当年干的好事,好在那时候生活条件差,小男生发育迟,裆下并无甚风景,周光荣挨了老师一堆臭骂,被斥为"流氓行径",大伙很快就忘记了这一出,到如今恐怕只他白玉才一人还记着。此刻这糗事当然上不了台面,桌上有女宾在呢。饭后,周光荣说,多年不见,我们去你房间坐一会儿。白玉才说,我家就在这附近,开房间做甚?看来你开房间成习惯了。周光荣也不分辩,让助理送了一个房卡过来。原来,凡是VIP客户都安排客房休息,只是白玉才算新客户,不在范围。这周光荣开个拍卖会,场面铺这么大,还真有气魄。舍不得孩子套不着狼,羊毛出在羊身上,这些道理人人都懂,并不是人人都敢作为。白玉才想买画是还个人情,有一甲方领导帮过白玉才一次忙,钱不收,礼不受,拒腐蚀永不沾,油盐不进,这对乙方来说并非省了银子,等于告诉你,仅此一回,再无下例。江湖上传出去,会说白玉才不厚道,绕着你走。终于打听到,此领导有这样一个艺术爱好,白玉才从这道缝隙里看到了亮光,才有机会遇见周光荣。落座,白玉才挥了挥手中的拍卖画册,说,咱老弟兄,你实话实说,这里面有多少真货?周光荣说,真货假货,我说了不算,专家们说了也不算,央视上鉴宝专家也有看走眼的。白玉才说,那谁说了算?周光荣说,买家自己的眼缘说了算。这话半真半假,等于提醒了白玉才这行也是山高水深。不过,周光荣还是教了白玉才几招,做封面封底的字画没人敢用赝品。白玉才仔细一看,起拍价位都在千万以上,买不起,也用不上。周光荣说,说明文字中注明收入出版社书籍中的作品,可信度高。今天周总是忙人,只一会儿,助理打电话喊走了他,白玉才按照周总的第二种说法,找到了一幅山水,入过书,价位适宜,就是它了。

白玉才拍下了这幅山水画,作者名气不大也不小,名字就是白蕉。周光荣盯着那幅画,白玉才希望能听到他的评价,周总笑着对他说，你是头一回，你该交的那份佣金就免了。白玉才打听过，佣金是百分之二十，卖家买家各百分之十，算下来，也就万把块钱的事，但肯说出来也是给他脸面了。白玉才说，这回听你的，下回可不敢再这样，你这么大的开支，花钱如流水，有出得有进。哪里还有下回，甲方那领导收倒是收下了，白玉才一颗心也算放下了，想不到几个月后，这位领导出事了。现在反腐抓得紧，出事的官员隔三岔五。这位官员声名远扬，不是数额大，而是他收藏和受贿的艺术品，经专家鉴定，百分之九十是假货。那些赝品被人传到网上，其中就有白玉才送的那幅山水。其实除了检察院专案组的几位同志，没几个人知道这幅画是白玉才送的。在配合调查时，白玉才的脸火辣辣地痛，他恨不得找个地缝钻进去。打他脸的当然不是穿制服的同志，是周总周光荣。

　　白总去找周总，周总拍卖公司的办公室白总去过一次，上次是去喝茶，这次是去讨个说法。

　　去之前白玉才是做了功课的，那幅同名山水画确实入过画家的画册，白玉才在网上做了搜索，也看不出有什么不同。白玉才阴着脸，周光荣依然笑容满面，沏茶，递烟，周光荣接过白玉才的手机，将画面放大，说，有一处不对，你看，这书中画上的桃子长在树的左枝，你那画上的桃子长在树的右枝。不过，这也说明不了什么问题，画家有时候会画十几张相同的画，质量有优劣，构图大小有变化也正常。周光荣眯着眼，又对比了手机中的两幅画，说，问题出在这里，这两幅画上的题诗居然一模一样，连一个笔画都没变化，明显是套印上去的。你想想，让你把一句话写两遍，你怎么做得到笔迹完全一致？周光荣又说，有一位鉴定大师，传说他看画，展画不必盈尺，就能判断真假。我向他讨教,他说,其实,他是看落款的字迹和印章,辨字比辨画易。

周总给白玉才上了一课,敢情他以为白玉才是专程来拜他为师的。

周总说,当然,也怨我那天忙,没替你找到画家的画册,没替你掌一下眼。

白玉才听说过,做这行的人都得交学费,有的人一辈子都在交学费。周光荣说,反过来,你那画是赝品,也是一件好事,那官员受贿数字减少,量刑就少。凭这一张废纸,也不能算你行贿了。这话倘是别人说出来,还算句宽心话,但是从周光荣嘴里吐出来,白玉才听了不舒服。周总坐在他的红木官帽椅上,吐出一口烟,那烟袅袅升向天花板,飘出去很远。周光荣根本不在乎白玉才脸上的不悦,周光荣的这副嘴脸白玉才似曾相识,多年前那次闯祸后,白玉才惶惶不可终日,周光荣却嘲笑他窝囊,他劝说白玉才远走高飞,不成,就在他课桌上贴了一张纸条,说只能独自"潇洒走一回",不辞而别。

白玉才有一回跟小王老师聊天,聊到他与周光荣唯一做的这笔字画交易,心中依然愤愤不平。十几万块钱,在那时的白老板眼里,算不上个大钱,看当时周光荣的做派,也没算个大钱。为什么他硬是眼睁睁看着发小往坑里跳,也不拉一把?王老师说,因为这坑就是他挖的呀。王老师说,当然,我只是猜想,人心未必那么险恶。那幅画未必是周光荣自己的东西,也有可能是从画主那里征集来的,他只收拍卖的佣金,你说过,人家已把自己的佣金让给你了,看人还得朝光亮处看。再说,这年头,孰真孰假,谁的话能相信,专家昧良心说假话的比比皆是。光荣说得没错,买对买错不重要,重要的是人与它有没有眼缘。喜欢它，它就是真；不喜欢它，真也是假。王老师一番话，白玉才似懂非懂，但也隐隐觉得，其中有一番道理。

这么说，王老师墙上的那幅白蕉的兰花图，在王老师眼里，真假并不重要。

白玉才搬了一张方凳，也在阳台上坐下。三人抿茶，无话。中国人喜欢封闭阳台，屋内屋外隔着玻璃隔着纱窗，不说话，阳台上十分安静。

王老师打破寂静说，玉才，最近又添了什么新玩具，展示一下你的西洋景。

白玉才来了兴致，说，刚进了几件，德国货，可厉害了。

白玉才打开工具箱，工具箱里的工具色彩缤纷，每一样工具都妥帖地卧在凹槽里，仿佛鸟儿栖在鸟窝。白玉才做水电工出身，与扳手钳子电钻这些工具打了几十年交道，摆弄越多越喜欢。白玉才将几个零件组装，变换出不同角度不同尺度。德国人设计的机械工具富有人性化，细节到位，白玉才演练了几下，周光荣也不由得啧啧称赞。白玉才说，前两年闹"五十肩"，胳膊举不起来，心想这下子不能动手了。供应商替我进口了一套小机械，组装了一下，我不用举臂也能凿孔切管，可灵活了。

王老师说，原来你们也早年过半百，怪不得我垂垂老矣！

周光荣说，老师别谦虚，这年代，日新月异，我们没空去想老不老的事。

三

白玉才回到家已是四五点钟，父母和老婆都去他弟弟玉坤家了。父母惦记着抱孙子，老大生的是女娃子，老二生的是带把的孙子，老两口心里那碗水不由自主偏向了老二家，孙子白宗仁才是白家传宗接代的希望。孙子结婚，当爷爷奶奶的早就急吼吼地盼，喜日子到了，老两口在家哪里坐得稳。白玉才只是没弄懂，明明妯娌间面和心不和，老婆这回倒弃了芥蒂，一头扎进老二家去凑热闹。

这小楼只上下两层，那年代起楼不讲究，房间方方正正，阳台兼做走廊，厕所和洗浴都放在楼梯间，进出不小心就会磕着脑袋。父母没回村时，白玉才回来都在县城住宾馆，父母回村后，白玉才只得重新把房子打理一下，不仅为父母，也是为了老婆和女儿。按乡下规矩，过年时晚辈必须和长辈一起守岁，白玉才是老大，必须随父母过除夕。白玉才起势时名义上是老板，其实在工地上也是风里钻泥里踩，闭上眼就能打出鼾声，可那对母女不适应了，听说回老家就皱眉头。白玉才将楼里的空调热水器换了新的，又装上地暖，装饰一新，人家嘴上才不嫌弃。白玉才打量了一眼堂间，自己也觉得这房子落伍了，开间太小，层高不足三米，铝合金窗框已经变形，毕竟造这房子时他手头还不宽裕，处处都遗留下小家子气。不说与他城里的别墅比，就是与村里的邻居比，明显相形见绌。因为那件事，他不愿再和藕节村的人纠缠在一起。这块土地上，唯一能给他温情和力量的人已经远去。在藕节村，白玉才有两个父亲，家庭中的父亲生硬木讷，老王老师在他内心里被默认为是另一个父亲，精神父亲。考学、就业、婚姻大事等等，都是老王老师替他拿主意，可是，老王老师在白玉才城里的事业起势不久，就撒手西去。白玉才遇事焦虑时，会驱车绕过村庄，直奔山冈上老王老师的坟茔，默默坐上一会儿，心里有了主张，才起身回城。在小王老师脸上，白玉才总能从他的眉宇间找出老王老师的音容，有莫名的亲切感。

手机铃声响起，他看了一眼来电显示，是老二，他调成静音，不接。

手机荧屏再一次亮了，他用不着看，就知道是侄子白宗仁，当侄子的一直觉得在伯父这里，自己的面子比父亲要大。

手机荧屏又一次亮了，这次来电显示的是小王老师。他不能不接电话了，再怎么说这是老白家办喜事，客人催促主人，白玉才已经失礼。他慌忙说，王老师，我就在院子外边，马上进屋。多年生意场上应酬，谎话脱口而出已成习惯，好在老二家的房子走过去就百十步的事。

按习惯，不是婚礼的正宴，酒菜可以马虎一些，村人有别的事也可缺席，但是老二家要面子，酒是电视广告上的那种，菜呢，二十四道冷热菜一样不少，桌上搁的烟红彤彤的，大红色喜气。主桌在老二家一楼的大厅，两张方正的八仙桌，尚有四桌摆在院子里，当然不够，还得借用邻居们的客厅和院子，来吃饭的人多多益善，送一块钱是贺礼，送一万块也是贺礼，来的都是客。乡下的礼数，肯落座提筷子的人是看得起你。这是真正的流水席，酒客们可以从日出坐到日落，喝醉后被家人背回家才撤席。早就传说白家老大今天回来了，村上的书记和主人都来吃席，这可不是一般的面子，干部们通常只肯参加正宴，这面子给了白家老二，其实是冲着白家老大。村上的这位村书记也姓周，是个年轻的外地人，他的口头禅是，他与藕节村的周姓三百年前是一家。村书记看上去最多三十出头，穿着与白总公司里的小年轻一样新潮。这位村书记曾经到过白总公司，给白总留下的印象不错。村书记读过名牌大学，有知识有文化。白总难以理解这帮大学生村官，一肚子学问，乡下年轻人都往城里奔,他们却从城里往乡下跑,图什么?对来做客的领导,从县领导到村领导,白总的原则是热情接待,保持距离。他的几家公司都在老家注册,是本县的纳税大户,白总也算对老家做出了贡献的人,除非是私交特别好或者资历老的领导开口,他才会表示个意思。像村书记在他面前,开口的机会都难找到。从乡村走进省城的成功老板,也有欣欣然回老家投资的,但都没落下好口碑,赚钱了你是为富不仁,亏本了是家乡人世世代代的笑柄。对干部们白总尊敬,敬而远之。除了村书记,坐这桌的都是村里的头面人物,村主任、王老师,还有几位做出点名堂的小老板,只有一位看上去面熟,白总一时想不起这人是谁。离开藕节村毕竟很多年了,认不全村里的后辈也正常,白玉才心里没在意。三杯共饮酒结束,开始单独行动,作为主家的老二起杯敬村书记,感谢领导赏光。这是城里场面上的规矩,老二在城里待了那些年,把这学到家了。村书记却拦了,说,今天是喝你家白宗仁的喜酒,应该我先向两位长辈贺喜,白总是大伯,我先敬大伯。白玉才坐不住了,站起身说,大伙听我一句,咱们今天都在藕节村,乡下狮子乡下跳,老规矩,我们都序齿论辈,王老师长辈,我们先敬王老师。村书记欣然响应,说,好,听白总的。按年龄大小,书记就落到后面了,这位年轻人能伸能屈,懂得谦让,是个讲究人。白总顾不上推敲,酒桌上已掀起了第一轮敬酒热潮。刚进城那些年的酒场,白玉才总是率先敬酒,以干为敬,用杯沿垫高别人的杯底,这是必须的,他有求于人才请别人喝酒呀。渐渐地,白玉才在酒场不需要亲自冲锋陷阵,有下面的人打头阵。再后来,居然习惯了别人向他敬酒,这是别人有求于他了。他曾经在酒醉后指责客人不给自己面子,我满满一杯干了,凭什么你就只肯抿一小口？分明看不起人，人家不辩解，也就一笑。白玉才酒醒了才骂自己，你凭什么要求别人看得起你，就凭那几句酒话，一顿酒白请，还把人家得罪下了。轮到他坐贵宾位，别人轮番敬酒时，他也只敢沿着杯沿小啜一口了。他明白了坐贵宾位的难处，能坐这位置的人，一般都过了酒场拼杀的年龄，更重要的是，保持清醒的头脑，有利于观察人，把握状况。在老家的酒桌上，白玉才完全可以放纵一下，一醉方休又如何？只是他并不贪酒，已经习惯做酒场的看客。

　　酒桌上还有一个人酒杯没怎么动，白总发现这也是位以静待动的人。现在的人不论男女，穿着打扮分不出城里人乡下人，正负十岁内看不出谁大谁小，白总细看他额上的皱纹，这人不算年轻人，可能也有四十出头了。但按年龄论，他怎么也应该频频敬酒，除了村书记，酒桌上谁的年龄都在他之上。白总正寻思着这人，这人仿佛看透了白总的心思，端着酒杯走到了白总身后，他倾身说，白总，我敬您。这在酒场上称为"打的敬酒"，指离开座位专程前往敬酒，表示敬重对方。这人将杯中酒一干而尽，白玉才正考虑是否也要喝干，对方说，白总，您随意。白总顺势下台阶，留了半杯酒。这人说，白总，您真的认不出我了？贵人眼高，我是周上财呀。

　　白总终于将人与名字对上号，说，是周上财，失认失认，现在应叫你周总了不是？

　　这周上财变化也太大了吧，原先是根芦柴棒，现在看上去像块三明治了，腰上的肉把冬衣给撑圆了绷紧了。进城打拼的年轻人都有过这条坎，抽烟喝酒吃大餐，钱没赚着把肉先赚下了。白总高峰阶段体重也达到了一百六十斤，那一年被忽悠上了总裁班，花六十万买了张文凭，都说那张纸不值六十万，同学们的人脉价值超过六十万，白总没感受到，他在那班上最大的收获是减肥。同学们都不差钱，品牌穿戴都不稀罕，周末聚餐买单得排队。以前都说人靠衣裳马靠鞍，现在这说法改了，衣裳再好，没个好身条还是不入流。几万块一件的名牌，裹着一堆肥肉，一眼就看出是个暴发户。这是白总最不愿听到的词。就在那时，白总跟着同学办了健身卡，迈开腿，管住嘴，一年脱掉了二十斤肥肉。最重要的收获，白总成长为一个自律自强的男人，行事果断，作风硬朗，让他女人都惊讶，说他上那学校，书没见他读几本，人是变讲究了。在城里看老板大小，不以肚子大小分高低，在乡下，肚子大小与财富还是成正比例，这周上财看上去是发财了。

周上财说，白总笑话我，混口饭吃呗。说起来还是托您福，您是我的贵人。

老二插话说，就是周总和我合伙，办了片窑厂，生产外墙砖，生意都在这方圆百里范围。

大约十年前，周上财是白总公司的仓库保管员，说是保管，其实也负责进库和发货。这一摊当时归老二白玉明分管，白玉明当时是公司副总。白玉才难得去仓库现场。那天不巧，他路过此地，顺便过来看一眼，在门口遇到周上财。其实如果周上财不喊他，他也不会停下脚步。听到乡音喊他白总，他知道是本公司的人，也挥手招呼一声。那人转身抬腿跨上自行车，那自行车骑得歪歪叽叽，白玉才觉得奇怪，盯着那背影看了一会，看出了问题。正是秋天，那人穿了一件夹克外套，肩窄，腿细，肚子却肥，后腰鼓鼓的。白总苦苦地思索，那小子肚子为什么发福，他想起当时时兴的一种运动，呼啦圈，那小子当然不会套个呼啦圈下班。白总恍然大悟，他腰间绑的是电线，是仓库里的电线。家用电线常见的规格有1.5平方、2.5平方和4平方，6平方线一般用于入户主干线。白玉才找到值班保管员，打开电线仓库，电线堆积如山，有纸盒规整包装的，有裹塑料布卷饼简装的，白总拆了一简装电线饼，掂一掂，是1.5平方规格，最细的那种电线，白总开始往腰间一圈接一圈盘，盘到肚子明显凸出了，他用钳子夹断，将电线一圈圈解开，用卷尺测量，竟有二十五米。国标电线长一百米，进价一千五一饼，也就是说那小子每四天就偷公司一千五百块，而且他腰那么细，可以比白总绕更多圈数。白总问，刚才下班的那位姓甚名谁，待在一边的那位保管员说，周上财，您老乡。

白总说，别声张，他家刚盖了楼，缺线，等捎足了他就手脚干净了。

白玉才首先进行了自我反思。严格来说，仓库的管理当时有些混乱，公司业务已发展成两块，一块是经销水电材料，另一块是承接水电安装工程，老二总是说没问题，让他放一百个心。但显然是糊弄他，保管员这一关就没把好，这是监守自盗。如果这样的偷盗漏洞不堵，那么倘若保管员和施工材料员联手，施工工地要多少给多少，多发的材料不是被浪费扔在工地，就是被工地的人员偷偷卖掉。而盗卖公司材料的事情曾在别家工地多次发生过。白玉才越想越可怕，当时他的公司员工有一半来自老家，不是沾亲带故，也都是熟面孔。像仓库传达室看门大爷，即使看出了周上财的鬼把戏，也熟人熟面，拉不下情面，毕竟都来自藕节村，在这里早上不见晚上见，回了村一辈子都见面。这事当然得追白老二的责，是老二分管范围。老二的耳朵削得尖，听到风声后主动来找老大。他左手拎了一瓶白酒，右手拎了几盒熟菜，盐水鸭猪头肉还有花生豆之类，以前也常这样喝一瓶，当哥的在外面打天下，吃了瘪受了辱，兄弟俩当晚把一瓶酒干了，第二天太阳出山，白玉才又是精精神神一条好汉。

可这回不是外患，是内忧，而且就是老二手下出了内贼。

以前俩兄弟喝小酒，说话少，埋头吸溜酒。酒瓶见底，兄弟一拍两散。那时候白总酒量尚可，有人说酒量是练出来的，喝的次数多，酒胆就练大了。白玉才恰好相反，喝酒的次数越多，酒量却越来越小。就像他开车，年轻时开个桑塔纳，横冲直撞，田间小道也不减速，现在二十几年的驾龄了，偶尔亲自开回车，开的是自动刹车的豪车，也只敢开出蜗牛速度。

白总越活越谨慎，也与周上财这事有关。乡下人进城，抱团打拼，这是创业初期，一旦有了成就，哪怕只是取得了一点业绩，也就有人打自己的小算盘。历代开国皇帝建国后，要收拾人心，他这个小小的公司这才走了几步，人心就散了？

老二直言不讳，说，饶了周上财吧。咱爸说过，大饥饿年代，咱爸在生产队的红薯地偷挖了一口袋红薯，周上财的爷爷是看秋的民兵，睁只眼闭只眼让咱爸逃了，爷爷奶奶爸爸才有了活路，才会有了我们兄弟。

这事白玉才也听他爸爸念叨过，记恩是那茬乡下人的美德。

老大不吭声，抿一口酒。老二只得继续说，哥呀，那时一袋红薯，救的是一家人的命，可比周上财偷的那点电线贵重。要摆在那年代，咱用今天的公司去换那袋红薯，你也不会犹豫。

白玉才听不下去了，老大骨子里是个认道理的人，老王老师说过，真理越辩越明。白玉才跟外人讲道理，讲不通时在心里自己跟自己讲道理，现在需要跟亲兄弟讲道理了，白玉才觉得苦涩，但又必须打开窗子说亮话了。

老大说，这是两回事。

老大说，周上财的爷爷于我家有恩，不假，所以当初他才能进公司。但同样是偷东西，咱爸那是生活所迫。偷，则一家人生；不偷，则一家人可能饿死。人首先得活着，然后才谈得上礼义。而周上财不同，我给他一份工作，给他开工资，吃饱喝足，再回头偷我的东西，这不可原谅。老二，此人不能留。

老大说，他偷了多少东西，我不再追究，不让他赔偿我。人走，事就了了。

事情并没能了了，反而越撩越大。白总让财务部去查仓库的账目，会计回来，说，二舅的账本清楚，没有问题。白家老大老二并没有这么个亲外甥，算起来该是八竿子打不着的亲戚。老家人都喜欢攀亲戚，有时候公司开会，管理人员坐下开会，他姑他舅他大爷，弄得像是过年亲戚团拜，那乡音让白总听了头晕，他强调过几次，上班时间请讲官话。不会讲？那至少撇个调调。可是没有几个人当真，最多在他面前时拿腔拿调装一下。会计的眼光不是朝着他，而是朝着地板，白总明白了，这家伙根本不敢查仓库的账本，或者说老二根本就不让会计查账本，甚至仓库的账目从来就没被清查过。材料库的那点流水账，对白总而言是小菜一碟，只是当哥的去查老弟的账，他心里别扭。白总是一个人去仓库的，周上财居然还在，白总喝着他沏上的茶，好像什么事都没发生过。周上财从柜子里拿出整齐的账本，纸质挺括，字迹工整，白总只看了一眼就合上了。进库的实物账，是站在门口一边点数一边记账，现场的实物账本字迹不可能如此工整，还有，纸面也不可能不沾灰尘，这账本明显是"做"出来的。白总重新打开一本出账，领材料的签字人名不同字迹一致，且那支签字笔笔墨几年如一日，人换过，笔却不曾换过。分明又是"做"的账本。用不着问，做出的账本后面必定隐藏着见不得人的账本，白总将仓库所有人员召集，没有人承认有第二套账本。白总无奈，留下了传达室白爷，按辈分白玉才得叫他爷。白爷说，进材料时就在传达室门口小黑板上计车数，有时就找根树枝在地上划数字，仓库可能真的没有什么账本。白爷说，老大，你既然来查账，我就实话实说，卡车装货进来，进的车数我在心中记下，出的车数我也记下。可有的车进来只是绕一个圈，走了，走的时候那轮胎还是扁的，跟进库时一个样。白总说，有这事？白爷说，这种事我可不敢睁着眼睛说瞎话。白总沉吟了一下，说，这话你没说过，我也没听说过。谁叫他是我弟。白爷朝他竖大拇指，说，老大，你仁义。

　　他没有主动找老二，是老二找上门来。白玉才在公司食堂简单吃了饭，一般情况下，他喜欢在自己公司的食堂用餐，食堂的厨师是他从老家请来的，做菜对他的胃口，辣，咸，口味重。老婆进城后提醒过他，到年纪了，辣对肠胃不好，盐吃多了容易得高血压，可白总嘴上答应，嘴里还是惦记着，一个星期不吃食堂的菜馋得慌。老二敲门进来的时候，他的茶几上还摆着一盆尖辣椒，是他从食堂顺手捎上的。老二酒气汹汹，老二的酒局不少，材料商请他，施工员请他，销售员请他，连卡车司机都请他喝酒，巴结他。他的酒量练大了，酒胆也练大了，他用食指指着他哥哥的鼻子说，哥，你今天去仓库查我的账了，你什么时候进的什么时候走的，我清清楚楚。白总说，我查出了什么，才是你应该弄清楚的事。老二说，你查出了什么我不感兴趣。省得你辛苦，我坦白告诉你，少了的那些物资，是我私下卖掉的，我换酒喝了，反正那些东西肥水没外流。白总说，从我的口袋里流到了你的口袋里，流到了周上财的口袋里，怎么不是外流？公司是我的，不是你的，亲兄弟，明算账，你是你，我是我。老二气急败坏，说，原来你早就把账算得清楚，找周上财不过是借口，清算我才是你的目的。

白总说，我这样难道做错了？你没有做吃里爬外的丑事？

老二说，哥，我今天再喊你一声哥，你不就生了一个女儿吗？你要那么多钱做什么？村里人早说过，你挣再多的钱将来也不姓白，都是替他人作嫁衣。老白家的将来不在你那里，而在我这里，我儿子，白宗仁才是老白家传宗接代的人。你松松手，让我们村上人都捞点好处有什么不妥？

这一番话让白总说不出话来，这想法不是老二一个人有，差不多是村里所有人的想法。白总说，老二，你说得对，谢谢你提醒了我。那我还在城里折腾做什么？还办这公司做什么？明天开始，咱们公司彻底清算，咱都卷铺盖回老家去。

四

周上财说，托你家白总的福，我俩经营个小作坊，开了一片面砖厂。

白玉才没听明白，见老二点头，他才醒悟。这白总不是指的自己，老二在自己公司时，人称二白总，老二离开了老大，另一个白总诞生了，"二"字就不再压在头顶了。老二办这面砖厂，老大当时有耳闻，曾经在老爹面前嘀咕过，外墙贴面砖，看上去亮晃晃，但日晒雨淋，免不了会坑坑洼洼，破了脸面。再说，把个外墙贴得像卫生间似的，有多少人愿意？我走过国外很多地方，没见过把瓷砖贴在外墙显摆的。白玉才希望老爸能把这话捎给老二，不知是老爸没捎过去，还是老二铁心了要办这厂，他这面砖厂还是办起来了，而且是和周上财合伙。看样子办得还有起色，这附近的村庄，尤其是藕节村，一半以上的楼都贴了外墙砖，应该是老二面砖厂的产品。白玉才不敢谈论周上财的人品，鱼找鱼，虾找虾，乌龟找王八，物以类聚。但是看到一幢幢高楼，贴成了一个个巨大的卫生间，这怎么看也不应该是社会主义新农村长成的模样。老二的臭脾气，你不能强扭，只有等真撞了南墙才会回头。

白总说，周总有能耐，有句话怎么说？金子在哪里总是发光的，我看这附近十里八村，被你们照耀得光芒万丈了。

村书记插话说，能坐在这一桌，都是藕节村有能耐的人，是给我和村主任挣了脸面的人。我有个想法，白总啊，您也该常回家乡看看，指导一下我们村的经济建设，最好，最好当然是来咱村投个项目。

周上财说，周书记，你就别动这个脑筋了。人家白总，家大业大，在大城市发达，哪里能看得上村里这点小场子，咱喝酒，打住吧。

白玉才知道这一唱一和是激将法。也许，这周总，包括老二，确实不欢迎他白玉才回老家插一杠子。酒场上说酒话，白玉才不能当真，笑着说，周总说的前半句不敢当，后半句我赞成，今天喝的是我侄子的喜酒，大家喝酒喝酒，斟酒，我再敬书记一个。

小酒量终究是一项弱势。请人喝酒次数多了，白玉才看出了一些门道。地位越高，酒量越显得小。下级敬上级，端起杯子一口而尽，上级只需抿一下杯沿，表示个意思即可。除非这上级好酒，下级是不敢灌上级的。白总在公司是领导，是上级，可在酒场上他一直只能扮演下级角色。没办法，他请客都是有求于人。他做水电材料时，有求于水电安装队工头；他自己干上水电安装队工头时，有求于施工队长；他自己干上施工队长时，有求于开发公司老总；他终于干上开发公司老总时，他还是有求于银行。白总做人诚恳，与人喝第一顿酒，总是来者不拒，先将自己放倒，图的是下不为例，下次别人能怜悯他，饶过他。这招有时也灵，但喝倒的日子真难受呵，呕吐、挂吊针不说，那几天昏昏沉沉办不了事最要命。公司内部聚会，他基本就不沾酒了，除非心里烦闷，和老二喝一点解闷，那喝的是自由酒，不带任务的解放酒，随意。白总打心眼里拥护中央的"八项规定"，将他从酒场解救出来。按惯例，今天喝酒他可以点到为止，但是不知不觉中他喝红了脸。酒后红脸其实也算一种保护色，他心里没有糊涂。不等上主食，他就借口有事先退席。

　　冬天的傍晚寒意陡增，酒酣身热，被寒风袭击，他还是打了一个寒噤。去哪里呢？他的双脚不由自主地朝湖滨走去。这是一条新建的公路，一边是湖滩，一边是茅儿山。茅儿山严格来说不能算山，最多称得上丘陵，但在平原地区，茅儿山称得上仰止的高山了。当年这里是藕节村孩子们的乐园，地面上有灌木丛、野兔、蛇、山蛙，往地上一躺，天上有树梢缝隙中的天空，有鸟和鸟窝，还有带鱼腥味的鸟屎往下砸。在家里挨揍，或者从校园逃学，都是茅儿山收留他们。没有月亮，公路是水泥路，但白总走路还觉得一脚高一脚低。他驻足，打开手机上的电筒灯，其实路是平坦的。他曾经注意到一个现象，城里的领导和老总们，走路总是步伐稳健，身板笔直，他曾经学习那样走路，只坚持十几分钟就打回了原形，太累。他琢磨，他们从小都走在柏油马路上，不像白玉才们从小走在田埂上，走在湖泥中，走在山路中，腿弯着，腰佝着，哪里是说改正就能改正得了？父辈们巴望着儿孙们进城，至少能让儿孙们挺着胸脯走路。手机上的灯闪了几下，灭了，白总说，怎么灭了？给我亮起来。路面真的就一下子亮了，亮得透彻，连两边树干上的斑驳都照亮了。白总沿着公路上山。白总在城里睡不着的时候常常从床上爬起来，穿上衣服在大街小巷独自行走，只有一个人走路时，他才能听见自己内心的声音，才能和自己对话。今天他酒多了，听不见风声，听不见树叶的喧哗，听不见夜鸟的惊啼，他需要和人说说话。和谁呢？他在这山冈上有一个老熟人，老王老师，他的高中班主任，躺在山冈的坟茔里。活着时老王老师是他的人生导师，死后老王老师依然是他的指路明灯，在人生的许多关口，白玉才都驱车来到老家，不进村，只上茅儿山，在老王老师的坟墓前坐一会，烧一炷香，敬一束花，然后离开。下山前他与老王老师该说的话说完了，该拿定的主意拿定了。而今天，他没有什么纠结，也没有什么准备，连一束花也没有带，他只是想在老王老师坟前坐一坐。灯光消失了，白玉才用不着灯光，也能看到墓碑前的烛台，空空的托盘，那些盘中的祭品早就喂了小动物们，只有几束枯萎的花束黑成一团。藕节村人每家都有人做过王家的学生，老王老师当年是城里的大学生，是响应国家做乡村教师的号召来到了藕节村。一个外乡人，死缠烂打地上门动员村民的孩子上学，每个学期开学都掏工资为穷孩子交学费。在藕节村生根发芽，开花结果，把自己奉献给了藕节村，把儿子王学文也培养成了藕节村村校的教师。一任又一任的大队干部、村干部，村民们有矛盾解决不了，请老王老师出面讲几句，村民们没有不服的。一个人死后，子孙后代到坟头敬香上祭不稀罕，但一个普通的乡村教师，坟头一年四季总有人来扫墓，有的是村人，有的是来自各方的游子，老王老师九泉之下应该欣慰。白玉才高中毕业，第一次高考没有考上，差一大截分数，复习又考一次，还是差一截分数。父亲说，事不过三，再复习一年，再考不上，才算死了心。那年月，据说当兵也难提干了，军校毕业生才有机会做军官，农村孩子想出息，似乎只能走高考一条独木桥，别说考三年，考七年八年的也有。白玉才有弟弟有妹妹，但村里早搞生产责任制了，白玉才复读的费用不算太重的负担，何况白玉才是老大，得给弟妹开个好头。但白玉才不干了，他厌倦了与试卷打交道，打工潮已兴起，他想进城去打工。要想说服父亲，除非能搬动老王老师。老王老师那时已从校长位置上退休，老王老师说，考大学你有什么理想吗？白玉才摇头。白玉才的理想就是父亲的理想，转成城镇户口，捧上公家的铁饭碗。老王老师说，国家正在走向兴旺发达，城里确实有更多的机遇。我不反对你进城打工，但人做什么都要有理想，有理想才会有追求。白玉才说，我记下了。其实当时他根本没记下什么，逃离教室是他迫切的追求。后来在工地上许多睡不着的夜晚，他回想老王老师那番话，他才确定自己的理想，做老板，做大老板。最艰难的一次，老王老师已经躺进了坟墓，白玉才驱车来到茅儿山，絮絮叨叨地讲了小半天，讲公司业务竞争的艰难，讲老二和亲朋们的作为，讲自己辞退老兄弟们的决定。那是夏天，阳光燥热，风一遍遍拂过老王老师坟上的野草，白玉才讲完，心里安静了，他将瓶子里剩下的矿泉水倒在老王老师坟头，说，谢谢您，我知道怎么做了。

一个村庄，需要有一棵古老的大树，那是村人心中的神灵。

一座山，需要有一片挺拔的树林立于峰顶，沐阳光雨霜，承天地兆运。老王老师，分明就是白玉才心目中的这棵大树。白玉才有时这样想，公司做大的老板，职位做高的领导，他们中有些人敬神敬佛，或明或暗乞求神灵保佑，其实只是心中曾经拥有的大树倒下了。而老王老师这样的人，是心中有信仰的人，当初他为了这信仰，从城里投身到乡下，无怨无悔。白玉才觉得因为他有文化知识，才有眼界。后来他在城里接触到了有更高文化的人群，才发现，有文化有知识的人未必有信仰，有眼界。老王老师很少有豪言壮语，却能让他在徘徊时坦然面对困难，使他生活中有一种安定感。老王老师的睿智，就好比他知道一棵树枯萎了，但在来年的某个季节肯定会再发芽，青黄复青黄。他头脑中早就发现了一个秩序，关于世界，关于人生，绝不幻灭。知道这个秩序的人就是智者，而那些不知道的人往往只看到凋谢与枯萎，迫不及待或者贪婪奢靡，这两种人的生命态度完全不同。如果说老王老师是白玉才的贵人，那么白玉才从他那里得到的智慧，就是人必须有目光有胸怀。

白玉才在坟前坐下，冬天的泥土有些坚硬，硌着了他的屁股，他将大衣的下摆垫在屁股下。这样寒冬的暗夜，他想跟老王老师诉说什么呢？他自己也有些糊涂。坐了片刻，寒风吹醒了他，他用手捂住了被寒冷刺痛的双颊。不知是到年龄了，还是因为习惯了有空调暖气的环境，他已经不是那个能抗寒御风的藕节村汉子。他站起身，跺了跺脚，一束灯光立即罩住了他。他有些纳闷，司机分明被他留在了县城的宾馆，他用手遮住前额，说，你怎么还是跟着我？车上跳下一个人，说，白总，您一个人上山，我不放心。车不是他的车，人是藕节村那位年轻的村书记。村书记说，您快上车，外面太冷。这是个细致的年轻人，为了不惊扰他，居然一直在远处守候，他守在车上，拔了车钥匙，空调也没开，冻得直朝手心哈热气。白总对这位村干部有了更多的好感。

周书记说，白总，这山上我也常上来。站在山顶，一边是连片的良田，一边是开阔的湖水，心旷神怡。往这高处一站，什么烦恼事都烟消云散。

车沿着公路往下走，周书记说，我的建议还想请您再考虑一下，如果在湖滩上建一个养老休闲中心，有山有水，风光好，空气好，不愁没人来。我寻思，这是我们藕节村的风水宝地，值得投资，弄起来一定会带动本地经济。

白总不吭声，他意识到，他在老王老师坟前想汇报的事，就是周书记提的这事。

周书记说，都说白总是低调谦逊的人，座车从来不进村，不像有的人哪怕开个破车，也把村里惊得鸡飞狗跳。白总的人品，与祖上巡抚大人轿不进村一样成为美谈。

这是哪里跟哪里呢。

藕节村周家祖上曾经出过一个进士，官至巡抚，据说每次回老家，在距村庄五里之外，骑马下马，坐轿下轿，步行进村。此人为官一生清廉，有许多为民生谋幸福的故事，载入本地县志，是周氏一族勉励后人的典范。

白总连连摇头，说，不敢当不敢当，差距十万八千里呢。

五

侄子白宗仁的正式婚礼，在农村称得上豪华。

这豪华不是指城里人的那种气派，乡下没五星六星宾馆，也找不全一溜的宾利和玛莎拉蒂小车,但乡下人多,人多气场强大。城里的干部,再厉害也不敢嚣张,有上级部门盯着,子女结婚办多少桌酒得请示,自作主张请多了桌数会挨通报处分。老二家订了八十八桌,一桌十人,那也得八百八十人,要不是过春节,在家的全村老少加一起,也够不上这数字。城里人小气,过路人进来吃一顿,说人家是白蹭,也不想想人家做的贡献,给你增加了人气,人多一个福多一份。还有,就是乡下可以放爆竹。城里人放的电子炮那叫什么炮,听得见响,看得见亮,就是闻不到硝烟味。在乡下办事,鞭炮一响,硝烟弥漫,往每个人的鼻孔里钻,痒痒的,甚至能品出甜甜的味道,猛地打个喷嚏,全身的细胞都喜庆起来。老二这回大方,来贵客,接新娘,迎新亲,都是喇叭齐鸣,几十响的爆竹,一百米的黄鞭,那阵仗,不让人的耳根有片刻清净。

说来说去,还是有钱真好。小时候有亲戚家办喜事,母亲总是带上他们三个孩子,那是孩子们难得的一次解馋机会。有一回,他不小心听见了一位亲戚说,这老白家,才随了几块钱礼,却一家五口全来了,这种人家,恨不得吃垮我呢。自那以后,白玉才就躲这样的场合,他从小就不愿受窝囊气。现在,这样的日子一去不复返了,亲戚彼此的日子都衣食无忧,走动得勤,亲戚就真的是亲戚了。

两年前,白总搀着女儿的手把她送进了举办婚礼的教堂,也是冬天,加拿大魁北克的大雪覆盖了这片土地上的每一个角落。从读高中开始,女儿就在异国他乡做小留学生,现在想来明显是当初犯下的一个错误。有一个时期,城里人送孩子出国留学成风,读研读本,还有一批是送出去读中学小学。孩子那么小,父母当然舍不得,据说那样早出去才容易融入西方社会,所谓舍不得孩子套不着狼。白玉才不想跟风,他只有这一个女儿,宝贝,比他的性命重要。他们这辈人,都只能生一个,他是党员,还是市人大代表,他不能带头超生,多少双眼睛都在他后脑勺盯着呢。可是老婆被盯上了,被中介公司盯上了,拉进了一个QQ"妈妈群"。这女人进了城,闲得慌,跟一班富婆勾搭上了,她弄什么健身美容,她买包买化妆品,白玉才都没意见,她与富婆们攀比,要把上初中的女儿送出国门,白玉才恼了。但老婆被洗了脑,整天在他耳边诉说女儿所在的重点中学这不好那不行。说女儿吃的苦受的累,也不能说不是事实,白玉才每次看到女儿苦巴巴的小脸也心疼,但他坚持不松口,不让女儿走上接受资本主义教育的道路。坚持到中考结束,女儿的中考成绩不理想,问题并不大,白总掏一笔赞助费能搞定。但女儿不肯在国内上高中了,钱掏了,她能坐进教室,但老师和同学眼里的歧视她接受不了。二比一,老婆的势力增强,白玉才只能就范。留学中介公司能耐大,很快就搞定了万里之外的国外高中,连在学校附近购买别墅的活儿也接下并完成了。老婆也办了出国手续,做陪读妈妈,与她那班闺密在异国相聚。那是白总最难挨的日子,一个男子,在外面可以是铮铮铁骨坚不可摧,可落了家就想化作一团柔水,以前只要看一眼女儿,哪怕只是听见女儿的声音,他所有的汗毛孔就张开了,身心就放松了。其实女儿在异国,他依然可以通电话,听见女儿撒娇的声音,后来通信发达,父女之间还可以视频。但是,白玉才总觉得女儿离他越来越远,不是空间距离,而是心理上的距离。一个学期后,老婆突然回来了,半夜从机场打车回家,居然没让他安排司机接机。老婆见了他,激动得又是哭,又是笑。白玉才说,女儿呢,我女儿呢?老婆说,人家不惦记你,参加学校夏令营去了。交完公粮，老婆才说，她打算留在国内，把女儿托付给闺密。那位也是陪读妈妈，她家孩子与女儿同学。这可不像他老婆的风格，白总说，你这是乾坤大挪移啊，我没听懂也没看懂。老婆说，实话告诉你，我是不放心你。原来，老婆是在那边受了刺激，当初鼓动她过去的那几位，经常聚在一起聚餐爬山，打发空虚的时光，可国内的男人们没空着，他们翻身得解放，耐不得寂寞。闺密们接二连三地接到国内内线密报，甚至直接收到法院离婚出庭的公函。这不是鸠占鹊巢那样简单，这是男人们酝酿已久的大阴谋。老婆是随男人才走出乡村的，丢了男人就是塌了天，她危机感陡增，决定不顾一切保家卫国，决不能让敌人占了江山。白玉才被老婆的正义凛然逗笑了，老婆是他的高中同学，在村里也算是有文化的女人。你说她上进，她也真紧跟时代，为了陪读刻苦学外语，居然背了几千个英语单词，在电视上能看懂外国人的电影电视剧。你说她传统，她的观念确实也称得上落后，因为没有给白家生下儿子，她内心里总觉得比老二家老婆矮一截，在公婆面前抬不起头。她试探过白玉才，要不，咱再生一个，超生不就是罚款，咱罚得起。很多没生下儿子的老板不甘心无子，或者超生，或者在外面找小三小四野生，做老板娘的当然宁愿选择前者。白总说，我与他们不同，我是党员，我是人大代表，做人，不能把什么好处都得了，甘蔗没有两头甜。老婆失望地叹息一声。或许，老婆当时也就是试探？

那么小一个人儿在异国他乡，白玉才怎么能放得下女儿？老婆也想女儿想得慌，夫妻俩一年飞加拿大几趟。女儿渐渐长大，在那边读高中，读大学，恋爱，工作，成家，就像出巢的雏鸟，再也不愿回到父母身边。

白总凭什么受人尊敬，说白了他是成功人士，是企业家，是金主。可是，在女儿眼里，钱也就是代表钱，不代表其他。这孩子满脑子都西化了，研究生毕业那一年，白总早就在国内把一切安排好了，女儿学的是金融，名牌大学硕士，本省的几大银行都抢着要这个人才，白总这样的大客户，女儿在这里，就用不着担心他当爸的会撒手。老外讲究毕业典礼，白总两口子欣然前往，看到女儿十来年奋斗，终成正果，白总感慨万千，以为女儿终于要回到自己身边，可不料女儿说，不回。再追问，女儿说，这里有她的男朋友。白总两口子且忧且喜，忧的是女儿看来有去无回，喜的是女儿用不着父母烦心，拿到了学位，还找到了男朋友。白总开明，尊重女儿的选择，再多的钱也未必能买到女儿的幸福，棒打鸳鸯的故事不可能在当代重演。更何况，鞭长莫及，即使当爸的手里有根大棒，也扔不到太平洋彼岸。那就向女儿申请，能不能让你那男朋友来见我们一面？我们好久才来加拿大一次。女儿爽快地答应了，说，你们不反对，那这几天我就让他都来我家吃饭了，他喜欢中餐。白总乡下人出身，曾经跟女儿说过，你将来找对象，最好是黄种人，包括亚裔，其次是白种人。女儿说，有没有其三？当爸坚决地说，没有。白总当即遭到了女儿霹雳闪电般批判，从人类发展史到世界大同，批得她老爸哑口无言。白总担心哪壶不开提哪壶，这丫头真要给他找个黑人女婿，他也没奈何，他怂恿老婆去打听，女儿朝母亲一翻白眼，说，明天人来，你们到时候不就清楚了。午餐时人到了，一样的黄皮肤黑头发，二代移民，在读博士，话不多，不知是因为读书读傻了，还是中文不流利，话少，问一句答一句。碗一放，就跟叔叔阿姨告辞。女儿替他解释，他在沙滩游泳场做救生员，赶着去上班。第二天一早用早餐，等了半天才到，以为是年轻人睡懒觉耽误了，不是，女儿替他解释说，他上工去了，他接了一份工，早晨替人遛狗。他对叔叔阿姨说，在校上课时他在学校做助教和实验室助手，赚下自己的学费和生活费。学校放假了，他必须去校外打工，养活自己。女儿骄傲地说，从读本科到读博士，他的生活费和学费全靠自己打工。白玉才将信将疑，女儿节俭，他们一年也给她汇十几万刀，这小子凭打短工能挣这么多？老婆立即心疼未来的女婿了，说，你爸你妈呢？他们做什么去了？女儿赶紧打断她妈妈的话，妈，您还在这待过半年，您忘了，在这里，孩子成人后和父母的经济各自独立。白玉才后来弄明白了，这小子没吹牛，这些资本主义国家的学校，对国际生收费狮子大开口，而对本国学生收费，一半的一半还少许多。所以，这些当地的孩子都能自力更生。就凭这一点，白总喜欢下了这个木讷的小伙子，尽管他喜欢不喜欢说话都算不了数。

女儿在加拿大留下，不久就结婚了。白玉才有心要将女儿的婚礼大办一场，用老婆的话说，这么些年，我们撒出去的礼金该收回了。白玉才当然不是这样想，不是都笑话我只有一个女儿吗？可是我女儿比那些人的儿子优秀，而且金龟婿是世界顶级公司的科学家。男方父母都是改革开放初期的移民，主张婚礼从简，就在北美的教堂举行一个仪式。白玉才原计划包一架飞机，亲朋好友百十号人都飞过去，老爸平时节俭自律，但在女儿的终身大事上，夫妻俩都认为花钱绝不含糊。女儿坚决反对，说，你和妈飞过来就行了。相比较侄子白宗仁这场面，女儿的婚礼确实寒酸，双方父母，以及新人的同学朋友，加起来也就二三十人。白玉才对老婆说，男方办了一场，我回国后也得办一场，否则，太对不起女儿。女儿嘲笑他，爸，我可不买您的账，您那不是为了我的面子，是为了白总的脸面。我们忙着呢，没时间回国陪您玩。白总两口子还想做通女儿女婿的工作，新冠疫情来了，去也去不成，来也来不了，两年多拖下来，女儿的婚礼也拖黄了。结婚两三年后再办婚礼，情理上说不过去。

也许，当初就不该追那股出国风。白玉才两口子这些日子常叹息。

按规矩，新郎新娘的父母胸前都戴上鲜花，入座主桌，离舞台最近的那一桌。白玉才夫妻和老父母也安排在这一桌，落座，老二说，哥，你今天还得当一回证婚人。白玉才说，不会吧？我是来做大伯的。老二说，我请过几位大佬，可人家都知道你是我哥，有你在，没人上得了台面。证婚人一般都找德高望重的人，白玉才自问，我够得上条件吗？以前村里的证婚人都是老王老师，他走后，只能由村干部担任这角色。白玉才想说可以请小王老师，这念头太不现实，王老师总不能坐着轮椅做证婚人，场面上说不过去。周上财说，白总，你放心，有现成稿子，你上去念一遍就成。周上财怎么也坐这一桌？白玉才打量他，发现他的胸前戴着鲜花，鲜花下的小红布上写的是"新娘父亲"，白总才弄明白，原来老二和周上财是儿女亲家，是这么一回事。白总心里说，这两人倒称得上门当户对，只是都说女儿长相随爸，周家姑娘倘若真的像她这爸爸，那白宗仁这小子就够呛了。

老父亲庄重地咳嗽了一下，说，老大，你在公司里那千百号人的会议上都不怯场，在这里发言还怕个甚。

白玉才没法跟老父亲讲道理，在公司讲话，台下都是下属，在这大厅里，有不少人是看他光屁股长大的。但老人开口，他不敢违背，答应下了。

白总也算见过世面的人，在城里，他参加过不少婚礼，怎样的铺张也不稀奇。但时尚的东西传到乡村，总是水土不服，不是走形，就是变味。比如两位婚礼主持人，因为主桌离舞台近，白玉才一眼就看出，是周光荣，那女的，肯定就是他带回来的搭档。白玉才多看了那女人几眼，并不像别人口中说的那样年轻，脸上化了妆，但从身段和步伐看，年纪也四十出头了。周光荣虽然年过半百，但带卷的头发黑得可疑，八成是染的。最大的亮点，不是外形，是他那一口字正腔圆的普通话，读中学时，他就扮文艺腔，朗诵，唱歌，成为男生们打击的对象，当然，也肯定是许多女生春情萌动时的白马王子。想不到，当年被大伙嘲笑打击的文艺腔调，如今倒成全了他一份职业。只是，在等待客人陆续进场时，这两人为了暖场，在台上插科打诨，抛出一个个带色段子。白总觉得，这些不应该登上大雅之堂，何况，周光荣这把年纪，扯那些，真的有为老不尊之嫌。倒是来宾们气氛热烈，掌声和叫好声不断，连老父亲和老母亲也笑呵呵地捧场。

六

白玉才他们读中学时，周光荣就是学校的明星人物。那时港台明星开始在大陆走红，乡下学生没有条件去演唱会现场追星，但是在影视片上追星，或者购买几张明星照卡片，还是条件允许的。周光荣个高，人瘦脸也瘦，发浓，留一大鬓角，深受女同学喜爱。初中升高中，优生都被县中割韭菜搜罗去了，乡下的高中高考能考上几个就算爆冷门，每年都有几所乡中

"剃光头"，也就是高考生一个都没上线。因此，大部分同学都觉得高考是别人的事，与自己无关。一直到高校扩招，居然有百分之七八十的高考录取率，乡中的学生才陷入全员疯狂迎考状态。白玉才回想起自己的高中生活，最深刻的记忆还是和男生们一起抽烟打台球，一场又一场追逐露天电影。而周光荣是学校广播站的播音员，他有一台小收音机，有空就学习普通话，大家都夸奖他能去中央台播音了，周光荣又变换方向，学习粤语了，学校喇叭里的周光荣说粤语，谁都听不懂，只是觉得这家伙的舌头突然短了一截。老王老师觉得他的播音不中不洋，让他把舌头拉长，讲普通话。周光荣把劲头转向唱粤语歌曲，这小子是语言天才，他在喇叭里唱粤语歌，成了全校同学每天守候的节目，听得懂听不懂的人都喜欢粤语歌。周光荣红遍了校园，走在路上，都有低年级学生追上来盯他看几眼。

早恋这事其实并非城里学生的专利。乡中学生保守，上小学上初中，男生女生之间，别说拉手，就是搭话，也成为嘲笑和攻击的目标。到了高中，这不成文的规矩还在，但是，高中男生毕竟都是发育正常的小伙子了，而高中女生，基本都发育完成了。倘若有高考这座大山压着，那点心思还只能趴在大山之下。可当时，他们大多数人觉得高考与自己的学习和生活很遥远，自己把头顶上的高考压力卸了。现在看来，这倒是健康的心态，比起后来千军万马过独木桥，学校把学生往死里考的状况要正常，做学问搞研究的事，本来不是每个人都喜欢的活计。于是，那点小心思在藕节中学的高中生们心里发芽，生根，一不小心还会冒出地面，长出一株苗来。野地里的作物总是自由生长，乡村中学的爱情，也不遵守条条框框的爱情规则。先是小王老师从中师毕业，回到藕节中学任教，子承父业，挺正能量。据说教育局原来把他分配在鸭屎中学，那毕竟是镇上，那年代讲究找对象找城镇户口，鸭屎镇毕竟是镇，看上去只是一条街，街东是镇卫生院，街西是农业银行，都有吃商品粮的女同志，街面上还有镇供销社，营业员姑娘手里也揣着城镇户口本。小王老师不在乎那户口本，他不是嘴上说说，而是落实到实际行动上。放在今天，没人在乎那本本儿，很多人愿意把户口迁到乡下，有田，还能有块屋基地。那年月，那本本里有肉票有油票，有供应粮。孩子大了，国家还替孩子安排工作。一家人都有那本本才是美好呢。王学文考上中师之前就是藕节中学初中民办教师，他看中了他教过的学生吕荷花，他回到藕节中学，就是为了等待吕荷花同学读完高中，吕荷花就是后来的王师娘。有人说小王老师有远见，他三十年前就知道计划经济必将被时代淘汰，那城镇户口本迟早会一文不值。

吕荷花同学在女生中以泼辣闻名，敢与村里的悍妇骂街，敢与班上的男生干架，班上的男女生都不敢招惹她。惹急了，不管你是男生女生，不管是在校内校外，她拽过你的胳膊，将你抡个大马叉，坐到你身上再和你论理。吕荷花父亲是个瘫子，为村里架石桥时腿被方台压断了，母亲改嫁，吕荷花是老大，下面有一个弟弟两个妹妹。虽说村里有点补助款，但对这五口之家只是杯水车薪。吕荷花的泼辣是被生活逼出来的，这样的女人其实内心柔弱。小王老师对吕荷花的好有目共睹，替吕荷花买饭菜票，过年节时替她弟弟妹妹买衣服，农忙时甚至下她家大田干农活。老王老师提醒儿子，你是老师，她是学生，在校的师生之间有一条红线，恋爱就是越线，就违背了师德。小王老师坚决不认账，是，我是老师她是学生，我帮助她有错吗？您当年不也是经常用自己的工资补助学生吗？小王老师将恋爱进行到底，这当然产生了负面影响，以致后来他竞选校长岗位时，"师生恋"成了一个抹不掉的污点。

问题是在藕节中学的学生中有一个人暗恋吕荷花，爱情面前人人平等，老师爱得，学生为何爱不得？此人就是周光荣。周光荣不缺讨好他的女生，有女生悄悄给他塞零食，周光荣常常把零食拿出来与死党白玉才分享，有女生悄悄给他塞纸条，周光荣偶尔也将纸条拿出来与死党白玉才分享，有炫耀的意思，关键是白玉才嘴紧，三脚踹不出一个屁来。但周光荣心里惦记的是吕荷花，这也真是阴差阳错。吕荷花周末都在大田里干活，肤黑，走路大手大脚，说话大嗓门掷地有声，那都是大男人的特点，可周光荣说吕同学外粗内细，心地善良。有一回轮到周光荣值日打扫教室，他打篮球忘记了，第二天一早想起，已经来不及了。可他提前进教室一看，教室打扫过了，凳子整齐地垒在课桌上。他等待了一整天，等待做好事的人告诉他，没有。到了下次值日，他故意又去操场上打球了，但只摸了几把球，他悄悄回到教室，是吕荷花，她埋头弯腰，在整理凳子。周光荣不敢进教室，偌大的空旷的教室，安静的空气凝结的教室，一男生一女生面对，那是一件恐怖的事，周光荣没有这个胆量。更何况，周光荣也耳闻了小王老师与吕同学的某些传闻。周同学苦闷，纵无千种风情，也需对人诉说，对谁呢？只能是白玉才。白玉才说，你抛弃幻想，面对现实，现实是鸭屎镇镇长的女儿，有城镇居民户口本，有一辆凤凰牌女式自行车，还有，就是隔三岔五给周光荣塞好吃的。你在脑子里接纳下了她，就能赶走吕荷花。正常的人，脑子里放不下第二个人。现在有女孩子说，宁愿坐在宝马车里哭，不愿坐自行车后座上笑，可那年代，拥有一辆凤凰牌自行车，不亚于今天拥有一辆宝马轿车。

镇长千金的那辆自行车，也就周光荣借用过，倍有面子。周光荣说，你瞎扯些什么，你不懂女人，你根本不懂爱情。白玉才闭嘴，周光荣上面有两个姐姐，爸妈为了生他这个宝贝儿子，被罚了一笔款，周光荣比姐姐们值钱，姐姐们都以这个弟弟为核心，围着他转。他当然比白同学懂女人。至于爱情，当时的白玉才认为，每天能吃到女生送的零食，就是得到了爱情。

有了苦闷就有了诗意。周光荣那时候不会写诗，不会写，但他会读，读就是朗诵。晚饭后的暮色中，周光荣常拉上白玉才，在校门外的渡口桥上朗诵诗歌，普希金、莱蒙托夫，农村中学的图书馆只能借到这些诗人的爱情诗集。

渡口桥本来只是个渡船口。鸭屎镇所辖一带，原来是湖畔的五个圩子，一个圩子是一个圆圈，五个圆圈围在一起，各不相交，各个圩的人有各个圩的营生，有的以打鱼为业，有的以织席编芦花草鞋为生。比如这鸭屎圩，是其中最大一个圩子，这圩子里的百姓以养鸭为生计，据说那时候南京城里的盐水鸭有一半出自这个圩。鸭子闻名，这个圩的名字却叫鸭屎镇，这不奇怪，化肥那会儿还没出现，农民种田靠的是有机肥，沿湖一带的农民都喜欢来湖滩上拾鸭屎。有句话现在没人提了，庄稼一枝花，全靠肥当家，鸭粪拾多了，在圩埂边垒个粪堆，圩区没有推车，圩子之间没有道路交通，农民们拾一个礼拜鸭屎，然后挑着粪筐走渡船口，往自家大田挑鸭屎。鸭子值钱，却没有鸭屎气味大，附近圩子的人就将这圩称为鸭屎圩，后来建镇就成了鸭屎镇。也就是说，这五个圩，看上去与奥林匹克运动会的那五个环，就不是一回事，互不交叉。五个圩子的人走动，依靠圩子间的渡船口，两边系一根粗绳，绳下是一条小渡船，绳上挂着一个环，一根毛竹贯穿环中，毛竹的底部插在渡船船头的桨柱孔里，人拉环走，环走船走，船到了那边系住，如果没人拉绳回来，这边的人喊破了天也喊不动船，只有傻等。藕节初中加办高中后，对面圩子的学生过来读高中，常常在渡船口耽搁。老王老师是校长，召集两边圩子的领导商量，架桥，既方便学生，也方便百姓，当然得到了大家的拥护。做一件好事不难，做一辈子好事才难，不难，老百姓凭什么再也忘不了你？老王老师至今让百姓们惦念，就是他这辈子的作为积了功德，包括这铺路架桥。桥完成后，桥中间刻的三个字就是老王老师的手迹，"渡口桥"，阳光一照闪金光，至今尚在。

那已经是个热烘烘的春天，再过两三个月就是高考的日子。若是现在高三的学生，已经进入冲刺阶段，没日没夜地刷题了。藕节中学的高三四个班，其实只剩下一百号人左右了，高考无望的同学，有的回家帮父母种地，有的进城打工，只有一些不到黄河心不死的同学还想搏一搏。白玉才的成绩算中上，老王老师和小王老师都鼓励他说，加把劲，说不定你能考上呢。白玉才不是头脑发热的人，知道自己有多少差距，但小学中学这么多年，是成是败总得上一次考场才甘心。周光荣呢，学习成绩比白玉才还差一截，心思也没用在学习上，考大学这场美梦，他根本懒得去做。若干年后在周光荣的拍卖公司办公室里，周光荣说，其实凭他的艺术天赋，他当时可以报考艺术院校，艺术专业的专业考试合格了，文化成绩要求很低。那时的藕节中学，别说学生，就是老师，就是校长老王老师，怕也没想到过有这条路可走。周光荣那次感叹，生不逢时，命中注定我只能做个艺术品小贩。很多年后他才承认，没上大学是同时代所有人的遗憾，可那一年，他沉浸在无望的爱情中，不分场合地朗诵莫名其妙的爱情诗，被很多人视为精神病患者。

那天，周光荣没有读诗。晚风吹拂，带来阵阵夜香，浓的是田里的油菜花，淡的来自水里的荷叶。荷花还没来得及打尖，圩区人觉得，荷叶的清香似乎能传得更远：他们用新鲜荷叶铺在蒸笼里蒸包子，包子就有荷叶香；他们把晒干的荷叶当包装纸，买肉裹肉，买咸姜咸萝卜干也用干荷叶裹上，吃的时候那齿颊生香。那时的村里还没普及电视机，村人们电灯也尽量省着用，唯一明亮耀眼处就是中学的晚自习教室。周光荣已经偷偷抽上烟了，供应他香烟的估计是镇长的女儿，烟是大前门，一般人买不起，也买不到。周光荣给白玉才递上一根，两人点上，从远处看，桥头上仿佛扑腾着两只萤火虫。这时节，萤火虫应该还没醒过神吧。

太安静了，这世界的声音就放大了许多倍。白玉才听到了有人说话的声音，以为夜色中藏着路人，却久不闻脚步声。凝神再听，有可疑的喘息声。白玉才说，有人在桥洞里，有男有女。周光荣说，一男一女，一对狗男女。白玉才说，能是谁？周光荣说，还能是谁，看我怎么收拾狗日的。

这条河通着湖，宽广，洪水来临时，水势汹涌，水面几乎能挨着圩埂的埂面，洪流对桥的冲击力当然也巨大。圩区的桥分两种，一种是圩内的桥，多是单孔桥，桥墩由石头垒成，桥面是青石板，或者是捆绑成排的树干，最简便的是两边打几根树桩，树桩上铺几根树干，一个"Π"形就是桥。反正圩区人出门行船多，圩子内的路不讲究，桥也不讲究。另一种就是圩子间的桥，俗称"大桥"，你千万不要往长江大桥、黄河大桥那方面联想，说"大"，只是相对圩子内的小桥而言。桥基是钢筋水泥墩，桥身由混凝土浇灌，小一点的是三孔，大一点的是五孔。这些孔，就是桥洞，一方面是为了泄洪，另一方面是为了减轻桥身自重。桥建成那天起，就被一些勤劳智慧的村民看上了。春天到，河滩上湖滩上的青草蓬勃丛生，村民们收割成堆，新鲜的可以喂牛喂猪等牲畜，晒干了就是烧火的柴草。桥面的两边，是水泥栏杆，村民们把青草扎成一个草把，往栏杆上一叉，草把们两腿撇开，成了一排骑士。人叉开腿舒畅，草把叉开腿风干得快。桥除了这个用途，还有一使用价值。圩区水多雨多，好不容易晒干的青草把，一旦遇了雨就会沤烂，那样村民劳动成果就随雨水付之东流。村民们发现了桥孔的妙用，草把们白天在桥上列队接受阳光照耀，晚上抱成堆藏在桥洞里躲雨露滋润。看上桥洞妙用的不只是村民，还有要饭的乞丐。这些年乡下的乞丐绝迹了，又有人打桥洞的主意，谁？谈恋爱的年轻人，其中也不排除有苟合偷情的婚外野鸳鸯。晒香的干草，简直就是现成的被褥，这洞房是天设地造。

桥洞里的动静让青春期的闷骚孩子热血沸腾。

周光荣捡起桥头上一个漏下的草把，嫌干燥，浇了一泡尿，然后点着了，斜刺里一扔，烟雾缭绕的草把被扔进了桥洞。这一招叫"烟熏火燎"，圩区的孩子常用这办法去湖滩上逮湖鼠。湖鼠藏在带泥水的地洞里，不同于大田里的田鼠，你灌多少水都灌不出它，那地洞怕是通到了湖底。但你拔一把新鲜的湖草，还带着潮湿，点着了堵在洞口，那湖鼠就奋不顾身地冲出来，落进洞口张开的网兜里。只一个草把显然力度不够，周光荣说，我再扔几个草把，你到那边盯着，看清楚是什么样的狗男女。桥洞不是鼠洞，两边贯通，风一吹，烟雾就从桥洞那一端飘出，人也可以从那端撤退。桥洞里没有声音，只有干草燃烧的噼噼啪啪声，白玉才怀疑是他们的耳朵听错了，桥洞里未必有人。放火把村民的干草堆烧了，一旦被发现，那两人就惹大麻烦了。

白玉才正要喊周光荣赶紧逃逸，桥洞里传来了男女声剧烈的咳嗽。都说火灾烧死人，其实人一般都不是被火烧死的，而是被烟雾熏死的，就是窒息致死。桥洞里的那两人，终于还是抵挡不了烟雾，想跳出桥洞。洞口与堤坝还是有一个落差的，平时学生们爬进桥洞里玩，都在洞口下垫几块石头才够着。圩埂的底部，为了防洪，垒了一层石壁。他们先是听到男人落在石壁上一声惨叫，慌不择路了，接着传来女声的哭喊。这两人的声音太熟悉了，熟悉得两人魂飞魄散。

那两人就是王学文和吕荷花。小王老师屁股里的骨头摔伤，大腿骨摔断，住进了县医院；女生吕荷花放弃了高考，在医院照顾王老师，待了半年。等王老师拄着拐杖走路，两人就办了婚事。

很少有人注意到，周光荣离开了藕节中学。离高考的日子越近，弃考的学生越多，加上一个周光荣不算个事。只有镇长的女儿一直打听周光荣的去处，周光荣跑得很远，他南下到了广州，在一家字画店做伙计。而白玉才，少了一个好朋友，在藕节中学最后的学生时代，他更加沉默，与谁都不愿意搭讪。

舞台上的周光荣依然陶醉在呐喊和欢呼声中，他蹦着跳着，口中一句接一句吐出激昂的妙语，有句话叫什么来着？归来仍是少年，说的就是此时的周光荣。这几年，在外打拼的村里人陆陆续续回来了，说倦鸟归巢，说叶落归根，主要是多少都赚到些钱了，或者说城里的钱越来越难赚了。不肯回家乡的人，有人是因为大起大落，把挣下的钱吐出去了，甚至是被骗子坑了，无颜见江东父老。白玉才、周光荣这茬人，赶上了好时代，城里搞建设，他们抓住了机遇。论文化，他们有文化；论吃苦耐劳，他们从小就在大田里摸爬滚打。最重要的是，他们都想挣钱，想过上好日子。人们说智者乐水，圩区的人脑子好使，人人寻思着当老板，为自己打工。满师的泥瓦工或者水电工，他的第一个小目标是当包工头，第二个小目标是当施工队长，第三个小目标就是拥有自己的公司。不想当将军的士兵不是好士兵，有奋斗目标没错，白玉才就是这样一步一个台阶爬上来的。白玉才等到自己当了老板，往下一看，他从老家带出来的人人人都不满足。也能理解，一起打天下，你当了司令，兄弟们都想弄个师长旅长干干，人之常情。但是，没人肯把心思放在干活上了，白玉才意识到了危险，才上演那出挥泪斩马谡，六亲不认，清理队伍。像白老二、周上财这样，被清理出去时对他一肚子怨恨，现在来看，倒是白总成全了他们做老板的理想。但是，人人想当老板，老板也不是人人能当。生意场上危机四伏，一不小心就会翻船。白玉才这几年常遇到这样的生意人，几天前还在酒桌上拎着茅台酒灌人，展示豪宅豪车家大业大，突然就求上门来，说公司倒闭，惶惶似丧家之犬。白总不敢救这种生意人，也没有能力救，交情深，送一万两万生活费拜拜。白总是个乡下人，有小农经济意识，不仅是他，藕节村出来的人也大多是一样的格局，做老板的账上有三五千万，就小富即安。白玉才常这样自嘲，请别人谅解，但在心中却将回乡的念头一次次掐死。这周光荣，应该也是发达过的人，白玉才想起当年他做拍卖公司时的红火，很难想象他怎么会回老家做起今天这个行当。别看他在台上红火，台下肯定被乡亲们看轻。白总看不懂，但他转念一想，周光荣其实让他内心里钦佩，在外面打拼了几十年的藕节村人，哪个身心都千疮百孔，即使事业失败，这把年纪还能青春四射、特立独行，也拥有一种百折不屈的气概。如果他是事业有成衣锦还乡，在这个年龄能抛下包袱，为自己的兴趣爱好而抛头露面，更是一种超越普通人想象的潇洒人生。

令白总看不懂的不是他从事婚礼主持人这行当，而是几十年后，他内心里如何面对王老师和吕荷花。

周光荣笑吟吟地走到台前，向白总发出邀请，邀请白总上台做新郎新娘的证婚人。周光荣笑意吟吟，神采飞扬，右手做了一个西式的邀请手势。白总觉得自己也年轻了，整了整衣襟，健步上台。

掌声如雷。

七

白玉才没喝什么酒，念证婚词之前，他说要保持形象，酒多舌头短了洋相就出大了。后半场，人们早捉上对拼酒，没人盯着他了。

他的思绪飘得有些远，一旁的老婆不时提醒他，敬爸妈的酒，敬新郎新娘双方父母的酒，敬支书村主任的酒。老婆在应酬上比他还考虑得周全，当她看明白白玉才家内家外都没生个儿子的念头，她比老公还着急。那怎么办？公司将来怎么办？我们老了怎么办？族人们议论白总没有儿子接班，不孝有三，无后为大，白总听了只在心里冷笑，女人却听到内心里去了。她时常在家里发愁，女儿女婿将来不回国，公司做得再大也没意义，老两口老了真的只能去养老院。白玉才逗她，说公司做不动了，他将赚的钱捐给国家，国内国外有许多慈善家都是这样做的。老了不住养老院，那就去北美，在女儿的隔壁买个楼，想看女儿能看到女儿，想看外孙能看到外孙。老婆早没有早年崇洋媚外的热情，现在出国也就购物那片刻尚有兴趣，在那边，不是嫌外边吃得不合胃口，就是嫌唐人街的按摩店手法不地道，嚷嚷着回国。不知道是她的观念变了，还是国内的生活质量真的提升了，老婆现在成了一个彻头彻尾的爱国主义者。老婆说，老了即使住养老院，也不出国受洋罪。白玉才说，那也没问题，咱掏钱办一家养老院。当时说的都是玩笑话，老婆也不当真。但是，老婆把另一件事当真了，按老辈人的风俗，没有儿子的老人由侄子照顾，财产由侄子继承。新时代讲究男女平等，尤其独生子女时代，政府和法律都保护女性权益。白夫人对丈夫说，我们的家产当然归女儿，但是，我们还是要待宗仁好，将来有一天叫天天不应，喊地地不理时，有个亲侄子照顾我们，总比外人好。这个女人聪明，她娘家也有侄子，她却一个劲儿待白宗仁好，省得惹婆家人议论。你白老大白老二翻脸，但白宗仁是小辈，是你白家的血脉，我做婶子待他好没错。白宗仁这孩子聪明上进，在省城读大学时，当大婶的比他亲妈还亲，送吃的穿的不说，连他恋爱工作的事都操心。这次结婚，白玉才说既然老二发来了请柬，我们去做大伯大婶，随个一万礼金不算少了。老婆说，那不中，冲老二家两口子，一万礼金嫌多。但冲你侄子，是你侄子结婚，得后边加个零。白玉才说，你不是喜欢算小账吗？礼金讲究往来，你女儿又不会回国办婚礼了，这礼金撒出去就收不回。老婆说，你别嫌老二他们说的话刺耳，有一天我们真在路上摔倒了，十万块钱未必能买到别人搀扶你一把。

这女人，她拿定主意做的事就强词夺理。

白玉明今天开心极了，也是，儿子结婚大喜，他当爸的当然开心。周光荣有一道节目，让新上任的公爹上台配合。周光荣拿一只碗，碗中盛满白酒，要求白玉明跟着他做动作，周光荣用食指蘸上酒，向天弹三下，向地弹三下，白玉明都恭顺地学了一遍。周光荣用食指在碗底上蘸一下，朝自己额上点三下，又朝下巴上点三下，白玉明也跟着做一遍。周光荣的脸上干干净净，白玉明的脸上却斑斑点点。台下的人笑弯了腰，指指点点，白玉明顺手朝脸上一抹，瞬间变成了大花脸。本地风俗，婚礼当天无大小，怎么作弄做公爹的都不算无礼，白玉明一个劲地站在台上傻笑。其实，白玉明未必不知道他手中的碗底有墨泥，人活着如唱戏，该你扮什么角色由不得你挑挑拣拣，更何况，他今天也算是大欢喜的主角，他是故意抹个大花脸，逗大家乐呵。白玉才想起小时候走亲戚，小孩没资格入座，都是由大人给饭碗里夹上菜，捧到一边去吃。那时候条件差，碗里的大块鱼大块肉在家都难得吃上。兄弟俩在院子里急吼吼享受，白玉明对老大说，哥，你看，你那碗底上有只大蚂蚁。白玉才低头看，没有。白玉明说，藏碗底去了。老大把碗底朝上一翻，蚂蚁没了，碗里的饭菜也没了，都落地上。老大吓得脸上变了色，老二却用手把地上的鱼和肉塞进嘴里，说，可惜可惜，脏了，脏了我也不嫌。凭良心说，老二打小就不是善茬。小时候父亲却偏袒他，说，老大和善，马善被人骑，人善被人欺。老二有心计，在人堆里吃不了亏，我们家将来就指望他翻身。事实上，世道自有公平，根本不是父亲说的那回事，到如今，老大就是老大，老二还是老二。

　　按惯例，双方父母得带着新人给来客敬酒，八十八桌，这任务不轻。若真是八十八杯白酒喝下来，铁打的人也得软瘫成泥。一般情况下，边上倒酒的人酒瓶中装的都是水，客人也不计较，把个意思表达了就行。老二他们从主桌开始敬酒，他脸上的墨泥抹干净了，但眉毛间还藏了些，显得威武了不少。老二说，哥，你喝的那是啥？饮料。我这杯里可都是白酒，不是白水，不信你闻闻。一股酒味夹杂着馊腐味直逼过来，白玉才赶紧说，我信我信，我喝的就是饮料，哥本来就喝不过你。白玉才对边上那人说，给他斟的还真是烧酒呀，喝到后来不喝出事才怪呢？小伙子一脸委屈，说，给他倒水，他闻一下就洒了，说没酒味。白玉才想了想说，反正他喝得也差不多了，备一杯酒，他嗅的时候递上，喝的时候换了，使个障眼法。

满场酒敬下来，老二回到主桌，脸色红润，脚步并不踉跄，看来真是人逢喜事精神爽。没有不散的宴席，老人们先撤，白玉才要与父母一起走，白玉明拉着老大的手，说，哥，今天你哪里也不准去，今天咱哥俩睡一张床，睡咱小时候睡的宁式床。酒毕竟还是喝糊涂了，小时候家里是有一张宁式床，据说是土改时从地主家分得的，笨重，而且旧得看不出那上面雕刻的花式，人睡上去，吱吱嘎嘎响一阵子，人侧个身，也吱吱嘎嘎响一阵子，吵得人心慌。兄弟俩稍大一点，父母带着妹妹睡，这床就归了他俩，老大比老二大三岁，两人免不了常干架，稍有动作，床就报警，逃不了挨一顿父母教训。

白玉才说，老二，别犯糊涂，那张床早让父母拆了，当干柴烧掉，灰都找不着了。老二说，哥，你骗我，那床明明还在咱爸妈屋里，你跟着我走，我指给你看。哪里还有什么宁式床，兄弟俩走进屋里爸妈的房间，明明是一张木板床，老爸腰不好，让白玉才撤了软垫床，换上木板床没到半年。老二睁着眼睛说瞎话，对老妈说，就是这，这就是我和我哥的床，今晚我和哥睡在这。老妈既好气，又好笑，但俩老大不小的儿子拉扯在一起闹腾，老母亲莫名欣喜，说，行，这就是你们的床，我跟你爸这就给你们让地儿。

老妈说，老大，那我们换房间，你照顾好老二。

白玉才点头。

从小到大，父母明明知道老二心眼多，却总是这样说，你照顾好老二。

他先给老二喝了一杯醋，又泡了一杯浓茶，老二的酒性退下去不少，手不舞足不蹈了。白玉明说，哥，有件事，我一直想跟你说，却一直说不出来。白玉才说，有什么事，你说吧。老二说，你得答应我不生气，我再说。这是老二以前惯用的套路，白玉才说，行，你说什么我都不会生气了，你做了什么缺良心的事我都不意外。老二在圈椅上坐直，说，哥，那事是我做下的。白玉才说，我早知道，瞒报仓库材料的事，只能是你，别人干不了，也没那么大胆。老二低下头，说，不，我指的是你一直在查的那件事。白玉才脑子嗡地一热，顺手朝他脸上扇了一巴掌。老二说，哥，你觉得解气你就使劲打吧。这不是人该做下的事，更不该是亲兄弟做出的事。大年初一，朝亲哥的大门上泼粪，白玉才怀疑过不下十个人，却仍然想不到是白玉明。白玉才那时翻盖了老屋不久，老二搬出去分门立户前，也时常从这门里进出，父母一直住在这屋里。乡下人讲究大门风水，他以为这样是坏老大的风水，殊不知也是在败父母的风水，败祖宗屋基的风水。老二说，都怪我，当初听信了周老瞎的胡说，说一脉传承，不可能支支兴旺，一支兴，另一支必败。我当时慌了，你那样发达，我的路就断了。周老瞎是藕节村的神汉，在鸭屎镇一带有些名气，人们丢了猪羊找他算卦，人们遇了难事请他看相，这几年，甚至有接工程上项目的老板去他屋里问凶吉。据说，他家的楼早盖到了六层，座车是奔驰，还有专职司机。不过，本村最大的老板白玉才不相信他那一套，从不上门请教。白玉才恨恨地对老二说，周老瞎的话你能信？周老瞎让你吃屎你肯去吃屎？老二嗫嚅着说，我错了，你刚才答应不生气我才敢说。现在的世界太神奇，什么神道邪说都有人信，有人生吞泥鳅，有人以牛尿为神水狂饮，周老瞎真让人吃屎，也未必没有人照他的话去做。老二，你将我的大门污了，害得我这些年提心吊胆，如履薄冰，可是，你的目的达到了吗？我的公司不还是红红火火？真是愚蠢。你为什么就不能想着走另一条路，兄弟间都能打出一个天下？老二已经在圈椅上仰头打出一串串呼噜，他借酒胆说出了那番话，居然轻松入睡了。老二从小就有把责任推卸给别人的天赋。高考复习那年，快要高考了，白玉才吃住在学校，父母想给他加营养，给他烧了一碗红烧肉，让弟弟和妹妹送到学校。弟弟和妹妹找到哥哥的教室，哥哥当然喜出望外，何况还是给他送红烧肉的。弟弟和妹妹都低着头，当哥的以为是到了陌生环境胆怯。红烧肉装在瓷碗里，瓷碗上面盖了块手帕，像新娘的盖头布。而盛着碗和筷的是一只竹制的小提篮。红烧肉那时当然是稀罕物，逢年过节才见得着，每人分几块都是父母按人头分配。大哥说，你们吃过了？弟弟和妹妹都点头。就是在家吃过了，他俩再见到肉还会惹动馋虫。当哥的说，咱仨一起吃。打开提篮盖，掀开手帕，碗底只卧了一块红烧肉。老二哇地哭出声来，说，哥，肉在来的路上让我俩吃掉了。老三哭着说，本来我跟二哥说好，走一百步吃一块，可越吃越馋，我们改为走五十步吃一块，吃着吃着只剩了这一块。老二说，哥，都是妹妹，她说不吃肉她走不动。妹妹回击说，明明是你用手掂了第一块，咂着嘴巴鼓动我的。当大哥的哭笑不得，说，都别吵了，不是还剩一块吗？哥多少也算吃到了，你俩好好地回家，我不会跟爸妈说。老二老三不用担心回家挨揍，立即释然了。老二说，哥，你真好。老三也跟着学了一句。两人高高兴兴地走了。

老二当年说话那表情，就跟现在这睡相一样轻松，做任何事他都没心没肺，任何该挑的担子他都肩头一滑扔给别人。

也许，白玉才还真的该感谢这位老弟，那一个阴影笼罩了他几十年，他每个决策、每迈一步都细致谨慎。别人做事都向好处想，而白总总是盘算，如果这一步棋走错了，我能否承担得了失败的后果。做生意的人，尤其暴富者，一不小心就头脑发热，好大喜功，弄得前功尽弃，满盘皆输。白总一步一个脚印，稳健，是因为那件事一直提醒着他，那无声的恶毒的咒语使他丝毫不敢松懈。

八

白玉才把老二弄到床上，这小子睡得沉，没皮没脸地在梦里笑着，都娶了儿媳妇的人，做了那么多缺德事，还能睡得如此踏实，厚颜无耻这词，就是说的眼前这位了。白玉才睡不着，一方面是心里生气，另一方面是因为也喝了几杯酒，村里的书记和主任，年龄上是晚辈，但所在的位置使他礼节上不能有一点怠慢。别人敬酒你喝水，人家心里就嘀咕，不就仗着手里有几个臭钱吗？这酒不喝不行，喝多了不行。白总见过，本来谦谦君子，喝醉了变成疯子的人太多了，胡言乱语，甚至大打出手。白总怕酒，说穿了是怕自己像那些人一样丑态百出。一个打拼了几十年的生意人，心里积累了多少憋屈多少辛酸，一旦打开闸门，那等于洪水冲溃了堤坝，家底都得毁光。但是，酒这东西，毕竟是兴奋剂，几杯下去，人能管住嘴、管住手，却管不了脑子胡思乱想。白总这一夜闹失眠，鸡叫三遍后，他就起了身。

白玉才正式成为城里人，当是从每天晨跑开始。老婆很注意塑造他的运动形象，运动衣裤、运动鞋，都是选品牌，而且专挑那些明亮鲜艳的色彩。白玉才骨子里就不是时尚的人，一个整天劳作的人，突然肩不挑手不提，腿也用不着奔波了，浑身上下都不自在，不舒坦。人虽说是高级动物，其实也是贱骨头，活干多了，嫌累，不干活吧，嫌闲，而且能闲出病来。白玉才打交道的那些城里人，都爱运动，白玉才觉得跑步这运动适合自己，成本低，能把控，不耽误想问题，边跑步边接电话也不耽误事。

回藕节村，白玉才喜欢上茅儿山慢跑。茅儿山不高，海拔才四百多米，攀登有石阶，行车有绕山公路，白玉才晨跑一般是沿着绕山公路，上下跑一个来回也就一个多小时，运动量和运动时间都适合他。天麻麻亮，冬天雾气重，十米以外就看不清人。他刚到山脚下，前面有人跟他打招呼，白总，你出来得真早。白玉才听出是周光荣，说，周总早，看来年纪大了，睡不着觉的不是我一个呵。

绕山公路说是公路，其实平时上山的车很少，路面是红色的山土，脚底踏上去能感觉到柔软，慢跑时有明显的弹性。这周光荣，才是真正的时尚达人，城里人的生活方式已如影随形，一早上山跑步怕是他回老家后的必修课了。

两人靠近了，周光荣说，我可不是睡不着觉，我是专门在此等白总的。看他脚下，已有两三个踩扁的过滤嘴烟头。藕节村的男人大多抽烟，但在城里出息了的人基本都把烟戒了，周光荣是个例外。城里人禁烟，抽烟的人成了过街老鼠。尤其严重的问题是，会客或者宴会，你倘若掏出根烟吞云吐雾，别人就觉得你素质差，层次低。只有一种人抽烟不被人鄙视，那就是艺术家。艺术家抽烟似乎是特权，讲噱头的人抽雪茄，或者手上揣一只烟斗。记得在周光荣的办公室，他说话时就喜欢挥舞手上的那只烟斗。看样子回到乡下，周总也懒得装，返璞归真抽卷烟了。白玉才说，光荣，白总周总的，咱俩这样喊着累不累，有事就直接说，我听着。

周光荣说，这两天忙着你侄子婚礼的事，没瞅上空和你说说话。

白玉才说，咱俩在小王老师家遇见，你也没说什么。

周光荣说，在王学文家，不是什么话都能说。

两人顾着说话，跑步速度慢下来，慢跑渐渐变成了慢走。这环山路，多少还有点坡度，就像这对少年时分开的伙伴，毕竟隔了几十年的坎坷岁月，彼此想重新回到昔日友谊，略显吃力。

周光荣说，那年我不辞而别，在广东打工那几年，心里其实一直没放下。

白玉才说，一直没放下吕荷花？

周光荣说，那时年纪小，吓坏了，老担心王老师报警，警察跑广东来将我缉拿归案。路上遇见个警察，店门前开过一辆警车，都能吓得我魂飞魄散。

在王老师和吕荷花结婚四五年后，周光荣悄悄回过一次家乡。他听说王学文腿瘸了，听说王学文和吕荷花生了一个女儿，长得像她母亲一样美丽。眼见为实，他还是想亲眼看一下这两人。那几年，广州是改革开放的前沿，周光荣见识了各种各样的新鲜事物，包括女人。周光荣说，真不是惦记着吕荷花，咱们都是过来人了，经历过女人的身体，对女人的那份情思就淡了。那时最关心的是王老师，毕竟是我毁了王老师的一条腿，王老师也就大我们几岁，他也有漫长的人生路要走。那时藕节中学还没有楼，教室是平房，教师宿舍也是平房。王学文和吕荷花住的那间房，是教室改建的，前后都是大窗户，周光荣趴在后窗，这两口子的生活一览无余，不，应该是三口之家了。他们已经有一个三岁的女儿，地面凹凸不平，还没条件铺上水泥，她已经能在房间里跑前跑后。周光荣看到了什么？看到了王老师在一张旧课桌上喝酒的侧影，当家的男人喝几杯小酒，女人炒几个菜侍候，小孩围着当爸的转悠，不时地张开嘴，当爸的及时地喂投。这是农家晚餐常见的场景。周光荣总觉得这家人有什么地方不对，女人离男人远远站着，女儿躲到床边看连环画，眼睛却不时盯着喝酒的父亲。果然，周光荣看到了他难以相信的一幕，王学文那时还没坐轮椅，拄着木头拐杖，他扶着旧课桌站起身，抡起拐杖朝吕荷花没头没脑地砸下去。没有任何预兆，连一句拌嘴的前奏也没有，吕荷花转过身，抱住头，任王学文朝她的后背一下又一下抡拐杖。她完全可以躲避，逃到拐杖够得到的距离之外，但是她没有躲开。周光荣想不到印象中那个文质彬彬、笑意盈盈的人民教师，竟然是这样的衣冠禽兽，但是，他当时实在没勇气站出来阻拦，这是别人家的家事。吕荷花说，我让他打，他打完了，心里的苦处就发泄了。白玉才插言，这么说，你后来与吕荷花有联系？周光荣说，我后来联系上了吕荷花，我心里不安，如果不是我们当年恶作剧，王老师不会落残疾，吕荷花也未必嫁给王老师，造成这两人不幸的原因我有份。周光荣停下脚步，说，你觉得你也有份吧，否则，为什么对王老师那么关照？听说王老师的轮椅你都替他换三回了，越换越高级。白玉才也顿住了，这些年来，他没有这样想过，他觉得自己就是一个旁观者，但第一个草把是他捡起的，他帮助周光荣点着火，要说罪过，他也逃不了干系。他待王学文好，主要是出于对老王老师的报恩。老王老师患了肝癌，白玉才将他接到了省人民医院手术，请的是省内一流的专家，也无力回天。在最后的时刻，老王老师说，玉才，我不放心的是你小王老师这一家，他有病，将一家人都拖累成病。白玉才说，您放心，我会记住您这番话。白玉才不说空话，小王老师也是他的老师啊，他作为学生，帮老师解决困难也是人之常情。王学文的女儿，老王老师唯一的宝贝孙女，当年去美国留学，白玉才不说二话，就掏出了王家不足部分的费用。周光荣说，那孩子我前几年在美国见过，我在美国旅行，专门去旧金山看她，她在那边发展得很好，忧郁症没了，人变得阳光开朗了。白玉才从没听小王老师两口子说过，那孩子原来得过忧郁症。现在想起老王老师在病床上的嘱托，他老人家说的将一家人拖累成病，竟是有所指。

周光荣说，那孩子，做父母的在她心里留下了太多阴影，她才会能走多远就走多远，越远心绪越光明。

说话间，两人已到了山顶。周光荣说，一直到现在，小王老师还常常犯疑心病，怀疑吕荷花外边有男人，他现在不用拐杖了，吕荷花的身上常常被他掐得伤痕累累。吕荷花在中学旧操场跳广场舞，王老师全程监视，你注意到没有，王老师在阳台上的那个位置，操场上所有跳舞的人都在他视线之内。

白玉才一声叹息，作孽。

周光荣说，今天我在山口守你，其实是受村里周书记和主任之托，谈建养老度假中心投资的事。你现在是大咖，年轻人怕你架子大，托我出面。

白玉才说，难怪呢，我还以为你就是为了叙旧。

白玉才说，为什么非得我投资，你瞒不了我，你现在的家底也不薄。

周光荣说，真神面前不说假话，我也没必要哭穷。不过，我忙活了大半生，赚下的就是一堆纸。

钱，也就是纸。有钱的老板都喜欢这么说。可周光荣说的纸，还真是纸。周光荣说，干字画拍卖这行，开始是看重钱，做到后来钱不稀罕了，只稀罕字画。看到好东西，就想自己收藏。干这一行，遇到的好东西太多了，胃口越来越大，藏品越藏越多，到后来不惜举债。就是害怕越陷越深，他才金盆洗手，收山回乡。

白玉才说，那你说不定是富可敌国，掏出一张纸就抵得上我一个公司。

周光荣说，村里书记说了，现在招商，有钱未必就是大爷，这山这水早有老板看中了。但他们商量了，还得看投资者人品。他们研究过你这个人，在党，人大代表，有头脑有原则，关键是讲道德，有公心，赚得了钱，也吃得了亏。

白玉才说，打住打住，你加我这么多高帽子，不想让我喘气了？不过，我得感谢各位领导，让我通过政审，入了领导的法眼。

周光荣说，我才没必要恭维你。小时候，我们曾经想过，长大后要做老王老师那样受人尊敬的人，在外面遛了一圈回来，老王老师走了，钱是挣下了，但人心不古了。村里这状况，最需要树起老王老师那样的旗帜，那样顶天立地的大树，做村庄的标杆，做山冈的标杆。当下人的心目中，佩服能人。藕节村并不缺能人，最缺的是能为大家谋幸福的能人，这也是书记和村主任选择你的理由。如果你真想干，我也加入，跟着你干踏实。

白玉才说，这对你来说，也就是拿出张纸的事。

离开藕节村时，周光荣送来一张纸，纸质发黄，说，你们老白家人写的字。周光荣将纸摊在地上，一字一顿读道：有时俗事不称意，无限好山都上心。白玉才说，这字迹龙飞凤舞，你不读给我听，我还真认不出来。周光荣说，白蕉这对联，是大白话，字面上的意思我懂你懂。

白玉才说，字好不好我看不出，这意思我能有一知半解。开价吧。

周光荣说，钱你早就付过了，你拿走，我心里的疙瘩就解开了，从此不欠你的。

白玉才说，原来周总心里藏着算盘，一直没停止拨拉呀。

两人相视一笑。

九

周光荣和白玉才加了微信。周光荣心态年轻，还玩直播，白玉才一有空闲，就看他的直播，他的直播背景都在藕节村，看着亲切。

这回是在村口大树下，还是那排凳子，还是那些老汉，周光荣对着镜头说：

　　天上云多，地上人多，
　　湖里水多，水里鱼多，
　　洼地草多，草里虫多，

> 冈上树多，树上鸟多，
> 院子鸡多，丝瓜花多，
> 熟人话多，人生梦多，
> 人生本是一场梦，
> 何必欢喜何必愁。

说朗诵不是朗诵，说唱歌正是唱歌，问身边的小年轻，说，这叫说唱，RAP，一般人学不好，这周光荣，就不是一般人。

还有一回是村里有人造屋上梁，那楼也有五六层，再高的楼也得上梁。粗硕的大梁披红挂绿，缓缓上升，木匠师傅将手中的大斧挥一记，周光荣唱一句：

> 我拿团子白如玉，鲁班令我敬龙珠。
> 东南西北我不撒，先敬主家万年柱。
> 亲朋贵宾头张望，财源福气满宅降。
> 团子落地滚元宝，四邻八舍都来抢。
> 小伙抢到配鸳鸯，姑娘抢到配情郎。
> 中年抢到富贵长，老人抢到寿无疆。
> ……

白玉才留言：我也想抢一只团子。

周光荣说，你来呀，有本事你来抢。

白玉才有一天拨通了周光荣的电话，说，村里那书记，都有什么条件？

周光荣说，书记说，给村里六十岁以上老人留一批名额，这里面现在包括咱们的老爸老妈，将来包括你包括我。

白玉才说，这倒不是问题，现在开发房产，也得拿出一定比例做人才房福利房。

周光荣说，哈，这么说，你这次是想通了。

白玉才说，你先别嚷嚷，这可不能直播。

放下电话，他在心里嘲笑自己，大半生谨慎，这次终于豁出去做了一次撒钱的傻事。别人都说，放长线钓大鱼，可这养老度假中心，是放长线钓小鱼，说不定投入是有去无回。怎么说呢，或许是真被老二说中了，反正你的钱将来也不姓白。